中国诗词大汇　品读醉美

郝豪杰 编著

励志诗词

中国言实出版社

图书在版编目（CIP）数据

品读醉美励志诗词 / 郝豪杰编著. –– 北京：中国
言实出版社, 2021.11

ISBN 978-7-5171-3886-0

Ⅰ. ①品⋯ Ⅱ. ①郝⋯ Ⅲ. ①诗词－诗歌欣赏－中国
Ⅳ. ①I207.2

中国版本图书馆CIP数据核字(2021)第192091号

品读醉美励志诗词

责任编辑：郭江妮
责任校对：敖　华

出版发行：中国言实出版社
　　　　　地　址：北京市朝阳区北苑路180号加利大厦5号楼105室
　　　　　邮　编：100101
　　　　　编辑部：北京市海淀区花园路 6 号院 B 座 6 层
　　　　　邮　编：100088
　　　　　电　话：64924853（总编室）　64924716（发行部）
　　　　　网　址：www.zgyscbs.cn　E-mail：zgyscbs@263.net

经　　销：新华书店
印　　刷：北京市兴怀印刷厂
版　　次：2022年 8 月第 1 版　2022年 8 月第 1 次印刷
规　　格：850毫米×1168毫米　1/32　7.5印张
字　　数：224千字

定　　价：42.80元
书　　号：ISBN 978-7-5171-3886-0

前言

优秀的诗词是我们中华民族传统文化的精粹，也是中华儿女引以为豪的瑰宝。我们伟大的祖国在悠久的历史长河中，造就了一个闻名世界的诗国。从《诗经》《楚辞》到汉乐府民歌，从魏晋诗歌到唐诗、宋词、元曲，无数诗人在祖国灵山秀水的孕育下，写下了一首首脍炙人口的诗篇。

看那优美的词句、听那和谐的音韵，或激励人奋发图强，或诉说爱情的悲欢离合，或追忆流金岁月，或赞美清幽的田园生活、山川田野的秀美景色；时而悲壮苍凉，时而清新优美，时而幽默风趣，时而沉郁激愤……内容五彩缤纷，情感细腻真挚。一首首诗词就像夜空中璀璨的星儿不断把光明洒向人间，驱散我们内心的迷惘，照亮我们的前程，这怎能不让我们为之震撼？怎能不让我们为之心动？

诵读经典诗词是中华民族的优良传统，对陶冶情操、开拓视野、继承古代优秀的文化遗产，提高文化修养、审美能力、想象能力和读写能力，都具有相当重要的作用。为此，我们在浩如烟海的中国诗词中精心选录了千余首，并按爱国、励志、怀古、思乡、登临、田园、言情、友谊、童趣等9个主题分为9册，更方便读者有针对性的选读。每册除了将诗词原汁原味地呈献给大家外，还增设了注释、作者名片、译文、赏析等四个版块，旨在让读者更准确、更深入地掌握这些诗词的内涵和特色。

明天是美好的，远方是迷人的，永远令人憧憬。未来就像夏日夜空中那满天的繁星，璀璨耀眼，怎能不令人产生无限的遐想？但未来的世界植根于眼下的努力之中，因而我们及早励志就显得格外重要了。本册为您精心挑选的百余首励志诗渗透着千百年来的志士们的惊人智慧和壮烈情怀，一定能照亮您的前程、激发您的斗志，为您的梦想插上多彩的翅膀……

目录

竹 石

【清】郑燮

咬定^①青山不放松，
立根原在破岩^②中。
千磨万击还坚劲^③，
任尔^④东西南北风。

注 释

①咬定：咬紧。

②立根：扎根。破岩：裂开的山岩，即岩石的缝隙。

③千磨万击：指无数的磨难和打击。坚劲：坚强有力。

④任：任凭，无论，不管。尔：你。

作者名片

郑燮（1693—1765），清代书画家、诗人。字克柔，号板桥，兴化（今江苏兴化）人。擅画竹、兰、石，书法以"六分半书"名世，诗文也写得很好，所以人称"三绝"。其画在画坛上独树一帜。与罗聘、李方膺、李鱓、金农、黄慎、高翔和汪士慎并称"扬州八怪"。

译 文

紧紧咬定青山不放松，原本深深扎根石缝中。
千磨万击身骨仍坚劲，任凭你刮东西南北风。

赏 析

这首诗在赞美岩竹的坚劲顽强中，隐喻了作者藐视俗见的刚劲风骨。

诗的第一句："咬定青山不放松"，首先把一个挺立峭拔的、牢牢把握着青山岩缝的翠竹形象展现在了读者面前。一个"咬"字使竹人格化。"咬"是一个主动的、需要付出力量的动作。它不仅写出了翠竹紧紧附着青山的情景，更表现出了竹子那种不畏艰辛，与大自然抗争，顽强生存的精神。紧承上句，第二句"立根原在破岩中"道出了翠竹能傲然挺拔于青山之上的基础是它深深扎根在破裂的岩石之中。有了前两句的铺垫，很自然地引出了下面两句："千磨万击还坚劲，任尔东西南北风"。这首诗里竹有个特点，它不是孤立的竹，也不是静止的竹，而是岩竹，是风竹。在作者郑板桥的诗画中，竹往往是高尚品行和顽强意志的象征，而风则往往是恶势力的代表，如："一阵狂风倒卷来，竹枝翻回向天开。扫云扫雾真吾事，岂屑区区扫地埃。"在这首诗中同样，竹子经受着"东西南北风"一年四季的千磨万击。但是由于它深深扎根于岩石之中，故而仍岿然不动，坚韧刚劲，什么样的风都对它无可奈何。诗人用"千""万"两字写出了竹子那种坚韧无畏、从容自信的神态，可以说全诗的意境至此顿然而出。这时挺立在我们面前的已不再是几竿普通的竹子了，我们感受到的已是一种顽强不息的生命力，一种坚韧不拔的意志力，而这一切又都蕴含在那萧萧风竹之中。

诗中的竹实际上也是作者郑板桥高尚人格的化身，在生活中，诗人正是这样一种与下层百姓有着较密切的联系、疾恶如仇、不畏权贵的岩竹。作者郑板桥的题画诗如同其画一样有着很强的立体感，可作画来欣赏。这首诗正是这样，无论是竹还是石在诗人笔下都形象鲜明，若在眼前。那没有实体的风也被描绘得如同拂面而过一样。但诗人追求的并不仅是外在的形似，而是在每一根瘦硬的岩竹中灌注了自己的理想，融进了自己的人格，从而使这竹石透露出一种蓄外的深意和内在的神韵。

这是一首借物喻人、托物言志的诗，也是一首咏物诗。这首诗着力表现了竹子那顽强而又执着的品质，托岩竹的坚忍顽强，言自己刚正不阿、正直不屈、铁骨铮铮的骨气。全诗语言简易明快，执着有力。

劝 学

【唐】孟郊

击石乃^①有火，

不击元^②无烟。

人学始知道^③，

不学非自然^④。

万事须己运^⑤，

他得非我贤^⑥。

青春^⑦须早为，

岂能长^⑧少年。

注 释

①乃：才。

②元：原本、本来。

③始：方才。道：事物的法则、规律，这里指各种知识。

④非：不是。自然：天然。

⑤运：运用。

⑥贤：才能。

⑦青春：指人的青年时期。

⑧岂：难道。长：长期。

作者名片

孟郊（751—814），唐代诗人。字东野。汉族，湖州武康（今浙江德清）人，祖籍平昌（今山东临邑东北），先世居洛阳（今属河南）。现存诗歌500多首，以短篇的五言古诗最多，代表作有《游子吟》。有"诗囚"之称，又与贾岛齐名，人称"郊寒岛瘦"。

译 文

只有击打石头，才会有火花；如果不击打，连一点儿烟也不冒出。

人也是这样，只有通过学习，才能掌握知识；如果不学习，知

识不会从天上掉下来。

任何事情必须自己去实践，别人得到的知识不能代替自己的才能。

青春年少时期就应趁早努力，一个人难道能够永远都是少年吗？

赏析

诗题《劝学》的"劝"是勉励的意思。早在先秦晚期，荀况就写了《劝学》，列为《荀子》的首篇。由于荀况的《劝学》采用博喻的手法，对学习的重要及其内容、途径作了详尽的阐发，孟郊用同一个题目作诗，就须另辟蹊径，看来诗人成功地做到了这一点。

孟郊的诗作语言明白淡素，而又力避平庸浅易。从《劝学》这首诗我们可以窥见他诗作风格的一斑。

诗人首先用当时人们日常生活中不可或缺的击石取火作譬喻，指出燧石只有经过敲击，才能产生火星；不敲击连烟都没有，更别说火了。"元"，现在通常写成"原"，元（原）来、本来的意思。

基于同样的道理，人只有通过学习，才能懂得"道"，诗中所说的"道"当包括做人之道和作诗之道。孟郊曾说："文章者，贤人之心气也。心气乐，则文章正；心气非，则文章不正。"（《送任载齐古二秀才自洞庭游宣城》诗序）可见这两者在孟郊认识中是统一的。自然，自家如此，即不学而能。

"万事须己运，他得非我贤"对"人学始知道"作了精彩的发挥，强调任何事都须自家努力，别人的创获不会成为自己的成果。这两句是孟郊一生得力处，直到今天也并未丧失其生命力。韩愈很推崇孟郊，称赞他的诗作"冥观洞古今，象外逐幽好"（《荐士》）；苏轼不欣赏孟郊，但也承认他的诗作"孤芳擢荒秽（独自挺出于俗诗之上），苦语余诗骚（是《诗经》《离骚》的绪余，即继承者）"（《读孟郊诗二首》），不论是褒者还是贬者，都肯定他的诗作有自己的个性。如果孟郊不学习，不知"道"，沿袭当时流行的平庸浮艳的诗风，那就不能形成自己的风格，我们今天也许就不会知道历史上曾经有过这位诗人了。

结句"青春须早为"，热切地勉励世人抓住一生最宝贵的时间，在"学""运"上狠下功夫；"岂能长少年（古人所说的少年相当于今天的青年）"，用冷语对怠惰的人当头棒喝。热切也好，冷峻也好，都体现了诗人劝学的一片苦心。

长歌行①

【汉】汉乐府②

青青园中葵③，
朝露待日晞④。
阳春⑤布⑥德泽⑦，
万物生光辉。
常恐秋节⑧至，
焜黄⑨华叶衰。
百川⑩东到海，
何时复西归？
少壮不努力，
老大徒伤悲！

注 释

①长歌行：汉乐府曲调名。
②汉乐府：汉族民歌音乐。乐府初设于秦，是当时"少府"下辖的一个专门管理乐舞演唱教习的机构。它的职责是采集民间歌谣或文人的诗来配乐，以备朝廷祭祀或宴会时演奏之用。它搜集整理的诗歌，后世就叫"乐府诗"，或简称"乐府"。
③葵：古代的一种蔬菜。
④晞：晒干。
⑤阳春：就是春天，是阳光和露水充足的时候。
⑥布：散布，洒满。
⑦德泽：恩泽。
⑧秋节：秋季。节：时节，节令。
⑨焜黄：枯黄。
⑩百川：江河湖泽的总称。川：河流。

译 文

菜园中的葵菜郁郁葱葱，清晨的露珠在旭日下飞升。

春天的太阳散布恩惠，万物都呈现出一派繁荣。
时常恐惧那萧瑟秋天的来到，树叶枯黄飘落百草也凋零。
江河奔腾向东流入大海，什么时候才能重新返回到西境？
少年时期不努力拼搏，到老来只能悲伤叹息了。

赏析

本诗的前六句，揭示出春荣秋枯这个自然规律。这六句诗，主要写自然界植物花草的荣枯变化，以托物起兴的方法，为过渡到珍惜时光作铺垫。

七、八句用生动巧妙的比喻，来揭示时光就像流水一样不会倒转，人老了就不会再年轻这一客观规律，从而突出人应珍惜宝贵时光这一中心意思。比喻贴切，蕴含着深刻的哲理，使诗句具有很强的逻辑力量。最后两句则进一步指出，一个人要有所作为、有所发明创造，就应该从青年起努力学习，不断扩充自己的知识，否则便会虚度岁月，一事无成而空自悲叹！这两句诗是古代诗人从实践中总结出来的人生格言，对于广大青少年具有积极的教育意义。全诗看起来平淡，都是些当时的口头用语，但仔细体味，就会觉得意味深长，乃是在平浅的语句中寄寓着不平凡的内容，词浅意深，淡而多味。读过之后，受益匪浅。

酬乐天扬州初逢席上见赠①

【唐】刘禹锡

巴山楚水②凄凉地，
二十三年弃置身③。

注释

① 酬：这里是指以诗相答的意思。乐天：指白居易，字乐天。见赠：送给（我）。
② 巴山楚水：指四川、湖南、湖北一带。
③ 弃置身：指遭受贬谪的诗人自

怀旧空吟④闻笛赋，

到乡翻似烂柯人⑤。

沉舟侧畔⑥千帆过，

病树前头万木春。

今日听君歌一曲，

暂凭杯酒长精神⑦。

己。置：放置。弃置：贬谪（zhé）。

④怀旧：怀念故友。吟：吟唱。

⑤到：到达。翻似：倒好像。翻：副词，反而。烂柯人：指晋人王质。

⑥沉舟：这是诗人以沉舟、病树自比。侧畔：旁边。

⑦长（zhǎng）精神：振作精神。长：增长，振作。

作者名片

刘禹锡（772—842），字梦得，河南洛阳人。唐朝时期大臣、文学家、哲学家，有"诗豪"之称。诗文俱佳，涉猎题材广泛，与柳宗元并称"刘柳"，与韦应物、白居易合称"三杰"，并与白居易合称"刘白"，留下《陋室铭》《竹枝词》《杨柳枝词》《乌衣巷》等名篇。哲学著作《天论》三篇，论述天的物质性，分析"天命论"产生的根源，具有唯物主义思想。著有《刘梦得文集》《刘宾客集》。

译文

巴山楚水凄凉之地，二十三年默默谪居。

只能空自吹笛赋诗，我回来物是人非像烂柯之人。

沉舟侧畔，千帆竞发；病树前头，万木逢春。

今日听你高歌一曲，暂借杯酒振作精神。

赏析

《酬乐天扬州初逢席上见赠》显示了诗人对世事变迁和仕宦升沉的豁达襟怀，表现了诗人的坚定信念和乐观精神，同时又暗含哲理，表明新事物必将取代旧事物。

刘禹锡这首酬答诗，接过白居易诗的话头，着重抒写这特定环境中自己的感情。白居易的赠诗中，有白居易对刘禹锡的遭遇无限感慨，最后两句说："亦知合被才名折，二十三年折太多。"一方面感叹刘禹锡的不幸命运，另一方面又称赞了刘禹锡的才气与名望。这两句诗，在同情之中又包含着赞美，显得十分委婉。因为白居易在诗的末尾说到二十三年，所以刘禹锡在诗的开头就接着说："巴山楚水凄凉地，二十三年弃置身。"自己谪居在巴山楚水这荒凉的地区，算来已经二十三年了。一来一往，显出朋友之间推心置腹的亲切关系。接着，诗人很自然地发出感慨道："怀旧空吟闻笛赋，到乡翻似烂柯人。"说自己在外二十三年，如今回来，许多老朋友都已去世，只能徒然地吟诵"闻笛赋"表示悼念而已。此番回来恍如隔世，觉得人事全非，不再是旧日的光景了。后一句用王质烂柯的典故，既暗示了自己贬谪时间的长久，又表现了世态的变迁，以及回归之后生疏而怅惘的心情，含义十分丰富。

白居易的赠诗中有"举眼风光长寂寞，满朝官职独蹉跎"这样两句，意思是说同辈的人都升迁了，只有你在荒凉的地方寂寞地虚度了年华，颇为刘禹锡抱不平。对此，刘禹锡在酬诗中写道："沉舟侧畔千帆过，病树前头万木春。"刘禹锡以沉舟、病树比喻自己，固然感到惆怅，却又相当达观。沉舟侧畔，有千帆竞发；病树前头，正万木皆春。他从白诗中翻出这两句，反而劝慰白居易不必为自己的寂寞、蹉跎而忧伤，对世事的变迁和仕宦的升沉，表现出豁达的襟怀。这两句诗意又和白诗"命压人头不奈何""亦知合被才名折"相呼应，但其思想境界要比白诗高，意义也深刻得多了。二十三年的贬谪生活，并没有使他消沉颓唐。正像他在另外的诗里所写的："莫道桑榆晚，为霞犹满天。"他这棵病树仍然要重添精神，迎上春光。因为这两句诗形象生动，至今仍常常被人引用，并赋予它新的意义，说明新事物必将取代旧事物。正因为"沉舟"这一联诗突然振起，一变前面伤感低沉的情调，尾联便顺势而下，写道："今日听君歌一曲，暂凭杯酒长精神。"点明了酬答白居易的题意。诗人也没有一味消沉下去，他笔锋一转，又相互劝慰，相互鼓励了。他对生活并未完全丧失信心。诗中虽然感慨很深，但读来给人的感受并不是消沉，相反却是振奋。

总体来说，诗的首联以伤感低沉的情调，回顾了诗人的贬谪生活。颔联借用典故暗示诗人被贬时间之长，表达了世态的变迁以及回归以后人事生疏而怅惘的心情。颈联是全诗感情升华之处，也是传诵千古的警句。诗人把自己比作"沉舟"和"病树"，意思是自己虽屡遭贬谪，新人辈出，却也令人欣慰，表现出他豁达的胸襟。尾联顺势点明了酬答的题意，表达了诗人重新投入生活的意愿及坚韧不拔的意志。

登鹳雀楼①

【唐】王之涣

白日依山尽②，
黄河入海流。
欲穷③千里目④，
更⑤上一层楼。

注 释

①鹳雀楼：其故址在永济市境内古蒲州城外西南的黄河岸边。
②白日：太阳。依：依傍。尽：消失。这句话是说太阳依傍山峦沉落。
③欲：想要。穷：尽，使达到极点。
④千里目：眼界宽阔。
⑤更：再。

作者名片

王之涣（688—742），字季凌，祖籍晋阳（今山西太原），其高祖迁至绛（今山西绛县）。讲究义气，豪放不羁，常击剑悲歌。其诗多被当时乐工制曲歌唱，以善于描写边塞风光著称。用词十分朴实，造境极为深远。传世之作仅六首诗。

译文

夕阳依傍着西山慢慢地沉没，滔滔黄河朝着东海汹涌奔流。若想把千里的风光景物看够，那就要登上更高的一层城楼。

赏析

　　这首诗写诗人在登高望远中表现出来的不凡的胸襟抱负，反映了盛唐时期人们积极向上的进取精神。

　　诗的前两句写所见。"白日依山尽"写远景、写山，写的是登楼望见的景色，"黄河入海流"写近景，写水写得景象壮观、气势磅礴。这里，诗人运用极其朴素、极其浅显的语言，既高度形象又高度概括地把进入广大视野的万里河山，收入短短十个字中；而后人在千载之下读到这十个字时，也如临其地，如见其景，感到胸襟为之一开。

　　首句写遥望一轮落日向着楼前一望无际、连绵起伏的群山西沉，在视野的尽头冉冉而没。这是天空景、远方景、西望景。次句写目送流经楼前下方的黄河奔腾咆哮、滚滚南来，又在远处折而东向，流归大海。这是由地面望到天边，由近望到远，由西望到东。这两句诗合起来，就把上下、远近、东西的景物，全都容纳进诗笔之下，使画面显得特别宽广、特别辽远。

　　就次句诗而言，诗人身在鹳雀楼上，不可能望见黄河入海，句中写的是诗人目送黄河远去天边而产生的意中景，是把当前景与意中景融合为一的写法。这样写，更增加了画面的广度和深度。而称太阳为"白日"，这是写实的笔调。落日衔山，云遮雾障，那本已减弱的太阳的光辉，此时显得更加暗淡，所以诗人直接观察到"白日"的奇景。至于"黄河"当然也是写实。它宛若一条金色的飘带，飞舞于层峦叠嶂之间。

　　后两句写所想。"欲穷千里目"，写诗人一种无止境探求的愿望，还想看得更远，看到目力所能达到的地方，唯一的办法就是要站得更高些，"更上一层楼"。从这后半首诗，可推知前半首写的可能是在第二层楼（非最高层）所见，而诗人还想进一步穷目力所及看尽远方景物，更登上了楼的顶层。在收尾处用一"楼"字，也起了点题作用，说明这是一首登楼诗。

　　诗句看来只是平铺直叙地写出了这一登楼的过程，但其含意深远，耐人探索。"千里""一层"，都是虚数，是诗人想象中纵横两方面的空间。"欲穷""更上"词语中包含了多少希望、多少憧憬。这两句诗发表议论，既别出新意，出人意表，又与前两句写景诗承接得十分自然、十分紧密，从而把诗篇推引入更高的境界，向读者展示了更大的视野。也正因为如此，这两句包含朴素哲理的议论，成了千古传诵的名句，也使得这首诗成为一首千古绝唱。

这应当只是说，诗歌不要生硬地、枯燥地、抽象地说理，而不是在诗歌中不能揭示和宣扬哲理。像这首诗，把道理与景物、情事融化得天衣无缝，使读者并不觉得它在说理，而理自在其中。这是根据诗歌特点、运用形象思维来显示生活哲理的典范。这首诗在写法上还有一个特点：它是一首全篇用对仗的绝句。前两句"白日"和"黄河"两个名词相对，"白"与"黄"两个色彩相对，"依"与"入"两个动词相对。后两句也如此，构成了形式上的完美。

从军行①

【唐】杨炯

烽火照西京②，

心中自不平。

牙璋③辞凤阙④，

铁骑绕龙城⑤。

雪暗凋⑥旗画，

风多杂鼓声。

宁为百夫长⑦，

胜作一书生。

注释

①从军行：为乐府《相和歌·平调曲》旧题，多写军旅生活。

②烽火：古代边防告急的烟火。西京：长安。

③牙璋：古代发兵所用之兵符。此指代奉命出征的将帅。

④凤阙：宫阙名。汉建章宫的圆阙上有金凤，故以凤阙指皇宫。

⑤龙城：又称龙庭，在今蒙古国鄂尔浑河的东岸。

⑥凋：原意指草木枯败凋零，此指失去了鲜艳的色彩。

⑦百夫长（zhǎng）：一百个士兵的头目，泛指下级军官。

作者名片

杨炯（650—约695），弘农华阴（今陕西华阴市）人。十岁举神童，待制弘文馆。二十七岁应制举及第，补校书郎。恃才傲物，因讥刺朝士的矫饰作风而遭人忌恨，武后时遭谗被贬为梓州司法参军。天授元年（690）任教于洛阳宫中习艺馆。如意元年（692）秋后出为婺州盈川县令，死于任所，故亦称"杨盈川"。与王勃、骆宾王、卢照邻齐名，世称"王杨卢骆"，为"初唐四杰"。工诗，擅长五律，其边塞诗较著名。

译 文

烽火照耀京都长安，不平之气油然而生。

辞别皇宫，将军手执兵符而去；围敌攻城，精锐骑兵勇猛异常。

大雪纷飞，军旗黯然失色；狂风怒吼，夹杂咚咚战鼓。

我宁愿做个低级军官为国冲锋陷阵，也胜过当个白面书生只会雕句寻章。

赏 析

这首诗借用乐府旧题"从军行"，描写一个读书士子从军边塞、参加战斗的全过程。仅仅四十个字，既揭示出人物的心理活动，又渲染了环境气氛，笔力极其雄劲。

前两句写边报传来，激起了志士的爱国热情。诗人并不直接说明军情紧急，却说"烽火照西京"，通过"烽火"这一形象化的景物，把军情的紧急表现出来了。一个"照"字渲染了紧张气氛。"心中自不平"，是由烽火而引起的，国家兴亡，匹夫有责，他不愿再把青春年华消磨在笔砚之间。一个"自"字，表现了书生那种由衷的爱国激情，写出了人物的精神境界。首两句交代了整个事件展开的背景。第三句"牙璋辞凤阙"，描写军队辞京出师的情景。"牙璋"是皇帝调兵的符信，分凹凸两块，分别掌握在皇帝和主将手中。"凤阙"是皇官的代称。这里，诗人用"牙璋""凤阙"两词，显得典雅、稳重，既说明出征将士怀有崇高的使命，又显示出师场面的隆重和庄严。第四句"铁骑绕龙城"，显然唐军已经神速地到达前线，并把敌方城堡包围得水泄不通。"铁骑""龙城"相对，渲染出龙争虎斗的战争气氛。一个"绕"字，又形象地写出了唐军包围敌人的军事态势。五六两句开始写战斗，诗人却没有从正面着笔，而是通过景物描写进行烘托。"雪暗凋旗画，风多杂鼓声"，前句从人的视觉出发：大雪弥漫，遮天蔽日，使军旗上的彩画都显得黯然失色；后句从人的听觉出发：狂风呼啸，与雄壮的进军鼓声交织在一起。两句诗，有声有色，各臻其妙。诗人别具机杼，以象征军队的"旗"和"鼓"，表现出征将士冒雪同敌人搏斗的坚强无畏精神和在战鼓声激励下奋勇杀敌的悲壮激烈场面。诗的最后两句："宁为百夫长，胜作一书生。"直接抒发从戎书生保边卫国的壮志豪情。艰苦激烈的战斗，更增添了他对这种不平凡的生活的热爱，他宁愿驰骋沙场，为保卫边疆而战，也不愿做置身书斋的书生。

这首短诗，写出书生投笔从戎、出塞参战的全过程。能把如此丰富的内容，浓缩在有限的篇幅里，可见诗人的艺术功力。首先诗人抓住整个过程中最有代表性的片断，作了形象概括的描写，至于书生是怎样投笔从戎的，他又是怎样告别父老妻室的，一路上行军的情况怎样……诗人一概略去不写其次，诗采取了跳跃式的结构，从一个典型场景跳到另一个典型场景，跳跃式地发展前进。如第三句刚写了辞京，第四句就已经包围了敌人，接着又展示了激烈战斗的场面。然而这种跳跃是十分自然的，每一个跨度之间又给人留下了丰富的想象余地。

行路难①·其一

【唐】李白

金樽②清酒斗十千③，

玉盘珍羞直④万钱。

停杯投箸不能食⑤，

拔剑四顾心茫然⑥。

欲渡黄河冰塞川，

将登太行⑦雪满山。

闲来垂钓碧⑧溪上，

忽复⑨乘舟梦日边。

行路难，行路难，

多歧路，今安⑩在？

长风破浪会⑪有时，

直挂云帆济⑫沧海。

具，以金为饰。

③清酒：清醇的美酒。斗十千：一斗值十千钱（即万钱），形容酒美价高。

④玉盘：精美的食具。珍羞：珍贵的菜肴。羞：同"馐"，美味的食物。直：通"值"，价值。

⑤投箸：丢下筷子。箸（zhù）：筷子。不能食：咽不下。

⑥茫然：无所适从。

⑦太行：太行山。

⑧碧：一作"坐"。

⑨忽复：忽然又。

⑩歧：一作"岐"，岔路。安：哪里。

⑪长风破浪：比喻实现政治理想。会：当。

⑫云帆：高高的船帆。济：渡。

作者名片

李白（701—762），字太白，号青莲居士，又号"谪仙人"，唐代伟大的浪漫主义诗人，被后人誉为"诗仙"，与杜甫并称为"李杜"，为了与另两位诗人李商隐与杜牧即"小李杜"区别，杜甫与李白又合称"大李杜"。其人爽朗大方，爱饮酒作诗，喜交友。李白深受黄老列庄思想影响，有《李太白集》传世，代表作有《望庐山瀑布》《将进酒》《早发白帝城》等多首。

译文

金杯里装的名酒，每斗要价十千；玉盘中盛的精美菜肴，收费万钱。

胸中郁闷啊，我停杯投箸吃不下；拔剑环顾四周，我心里委实茫然。

想渡黄河，冰雪堵塞了这条大川；要登太行，莽莽的风雪早已封山。

像姜太公磻溪垂钓，闲待东山再起；伊尹乘舟梦日，受聘在商汤身边。

何等艰难！何等艰难！歧路纷杂，真正的大道究竟在哪边？

相信总有一天，能乘长风破万里浪；高高挂起云帆，在沧海中勇往直前！

赏析

这是李白所写的三首《行路难》的第一首。这组诗从内容看，应该是写在天宝三载（744）李白离开长安的时候。

诗的前四句写朋友出于对李白的深厚友情，出于对这样一位天才被弃置的惋惜，不惜金钱，设下盛宴为之饯行。"嗜酒见天真"的李白，要是在平时，因为这美酒佳肴，再加上朋友的一片盛情，肯定是会"一饮三百杯"的。然而，这一次他端起酒杯，却又把酒杯推开了；拿起筷子，却又把筷子撂下了。他离开座席，拔下宝剑，举目四顾，心绪茫然。停、投、拔、顾四个连续的动作，形象地显示了内心的苦闷抑郁，感情的激荡变化。

接着两句紧承"心茫然"，正面写"行路难"。诗人用"冰塞川""雪满山"象征人生道路上的艰难险阻，具有比兴的意味。一个怀有伟大政治抱负的人物，在受诏入京、有幸接近皇帝的时候，皇帝却不能任用，被"赐金还山"，变相撵出了长安，这不正像遇到冰塞黄河、雪拥太行吗！但是，李白并不是那种软弱的性格，从"拔剑四顾"开始，就表示着不甘消沉，而要继续追求。"闲来垂钓碧溪上，忽复乘舟梦日边。"诗人在心境茫然之中，忽然想到两位开始在政治上并不顺利，而最后终于大有作为的人物：一位是吕尚，九十岁在磻溪钓鱼，得遇文王；一位是伊尹，在受汤聘前曾梦见自己乘舟绕日月而过。想到这两位历史人物的经历，又给诗人增强了信心。

"行路难，行路难，多歧路，今安在？"吕尚、伊尹的遇合，固然增加了对未来的信心，但当他的思路回到眼前现实中来的时候，又再一次感到人生道路的艰难。离筵上瞻望前程，只觉前路崎岖、歧途甚多，要走的路，究竟在哪里呢？这是感情在尖锐复杂的矛盾中再一次回旋。但是倔强而又自信的李白，决不愿在离筵上表现自己的气馁。他那种积极用世的强烈要求，终于使他再次摆脱了歧路彷徨的苦闷，唱出了充满信心与展望的强音："乘风破浪会有时，直挂云帆济沧海！"他相信尽管前路障碍重重，但仍将会有一天要像刘宋时宗悫所说的那样，乘长风破万里浪，挂上云帆，横渡沧海，到达理想的彼岸。

这首诗一共十四句，八十二个字，在七言歌行中只能算是短篇，但它跳荡纵横，具有长篇的气势格局。其重要的原因之一，就在于它百步九折地揭示了诗人感情的激荡起伏、复杂变化。诗的一开头，"金樽美酒""玉盘珍羞"，让人感觉似乎是一个欢乐的宴会，但紧接着"停杯投箸""拔剑四顾"两个细节，就显示了感情波涛的强烈冲击。中间四句，刚刚慨叹"冰塞川""雪满山"，又恍然神游千载之上，仿佛看到了吕尚、伊尹由微贱而忽然得到君主重用。诗人心理上的失望与希望、抑郁与追求，急遽变化交替。"行路难，行路难，多歧路，今安在？"四句节奏短促、跳跃，完全是急切不安状态下的内心独白，逼肖地传达出进退失据而又要继续探索追求的复杂心理。结尾二句，经过前面的反复回旋以后，境界顿开，唱出了高昂乐观的调子，相信自己的理想抱负总有实现的一天。通过这样层层叠叠的感情起伏变化，既充分显示了黑暗污浊的政治现实对诗人的宏大理想抱负的阻遏，反映了由此而引起的诗人内心的强烈苦闷、愤郁和不平，同时又突出表现了诗人的倔强、自信和他对理想的执着追求，展示了诗人力图从苦闷中挣脱出来的强大精神力量。

这首诗在题材、表现手法上都受到鲍照《拟行路难》的影响，但却青出于蓝而胜于蓝。两人的诗，都在一定程度上反映了封建统治者对人才的压抑，而由于时代和诗人精神气质方面的原因，李诗却揭示得更加深刻强烈，同时还表现了一种积极的追求、乐观的自信和顽强坚持理想的品格。因而，和鲍作相比，李诗的思想境界就显得更高。

水调歌头·沧浪亭

【宋】苏舜钦

潇洒太湖岸，淡伫洞庭山①。鱼龙隐处，烟雾深锁渺弥②间。方念陶朱③张翰④，忽有扁舟急桨，撇浪⑤载鲈还。落日暴风雨，归路绕汀湾⑥。

丈夫志，当景盛，耻疏闲。壮年何事憔悴，华发改朱颜。拟借寒潭⑦垂钓，又恐鸥鸟相猜，不肯傍青纶⑧。刺棹⑨穿芦荻，无语看波澜。

注 释

①淡伫：安静地伫立着。洞庭山：太湖中的岛屿，有东洞庭、西洞庭之分。
②渺弥：湖水充盈弥漫无际。
③陶朱：春秋越国范蠡。
④张翰：字季鹰，吴（今江苏苏州）人，西晋文学家。
⑤撇浪：搏击风浪。
⑥汀湾：水中港湾。
⑦寒潭：指在丹阳的小潭。
⑧青纶：青丝织成的印绶，代指为官身份。
⑨刺棹：即撑船。

作者名片

苏舜钦（1008—1048）字子美，开封（今属河南）人，曾祖父由梓州铜山（今四川中江）迁至开封（今属河南）。曾任县令、大理评事、集贤殿校理，监进奏院等职。因支持范仲淹的庆历革新，为守旧派所恨，御史中丞王拱辰让其属官劾奏苏舜钦，劾其在进奏院祭神

时，用卖废纸之钱宴请宾客。罢职闲居苏州。后来复起为湖州长史，但不久就病故了。他与梅尧臣齐名，人称"梅苏"。

译文

太湖岸边的景物一片凄凉，明净的湖水环接着洞庭山，浩渺湖泊不见鱼龙的踪影，它们被锁在弥漫的烟雾里。正想起范蠡和张翰的时候，忽然有一只小船载着鲈鱼，迅速驶来，撇开重重波浪。傍晚，暴风雨突扑面而来，只好沿着小洲弯处回航。

胸怀着干一番事业的大志，如今正当身强力壮的年华，耻于投闲置散隐居水乡。为什么壮年时就面容憔悴，容颜变得衰老，白发苍苍？真想在寒冷的潭水中垂钓，但是又担心鸥鸟猜疑妒忌，使鱼儿都不肯游近钓丝旁。还是划着小舟穿过芦荻去，默默地观看湖面浪涌涛荡。

赏析

苏舜钦政治上倾向于范仲淹为首的改革派，被诬削籍，闲居苏州沧浪亭。此词是词人此时之作。其落魄失意之感难免要时时向他袭击，因而，他既寄情于江湖，以期忘怀仕途之坎坷，但又感到抑郁不平，甚至于愤懑。这首词集中反映了他的这种情绪。

词一开篇："潇洒太湖岸，淡伫洞庭山。"洞庭山在太湖之中，有东、西洞庭山。首两句突兀而起，极写太湖岸之潇洒，洞庭山之淡伫，从大处着眼，引人注目。这两句生动形象地写出了太湖两景点之生机和情韵，平添了三分诗意，体现了词人的审美情趣与性情怀抱。

词人笔锋，由太湖岸山，顺势而下，推出了太湖水面的远景："鱼龙隐处烟雾，深锁渺弥"。写太湖浩渺壮阔、烟波迷蒙之风韵：横无涯际的太湖之上，望到极处，但见水浮云天，烟波浩渺，雾气迷蒙，鱼龙水族就深藏在烟波之下。这一句写出了词人此时之心态。

而"忽有"两句，从视觉的角度写实。以"忽有"二字领起，引出一个令人豁然开朗的壮阔境界：烟波浩渺的湖面上，一叶扁舟，急桨紧舵，劈波斩浪，迅疾而来。又惟其"载鲈还"，不仅使陶朱、张翰之念显得深远有致，而且隐然流露出词人心神的振奋与欢悦。

"落日暴风雨，归路赣汀湾。"此两句写天空的落日和暴风雨到地上的汀湾以及归路的曲折缠绕。从表现方式看，词人使用了几组意象勾勒了具有传统审美情趣的画面远处，湖水之上，夕日沉沉，欲落未落，在金红色球体的上方乌云翻滚，一场聚起的暴风雨降临，湖水喧腾，一个游客匆匆绕过水湾，赶路回家。

"丈夫志，当景盛，耻疏闲。"此三句自抒胸臆，展示了词人渴望及时立功报国，干一番事业的宏愿，充分传达出词人内心世界的动荡，感情直率强烈。"壮年何事憔悴，华发改朱颜。""憔悴"两字突如其来地把词人勃发的雄心壮志一扫而为世道艰难的辛酸，使词人奔涌的豪情跌进忧患的深渊而停滞回旋。"华发"二字不仅是写词人头上的白发，而且是"老冉冉其将至兮，恐修名之不立"的哀伤。"拟借寒潭垂钓，又恐鸥鸟相猜，不肯傍青纶。"承"华发改朱颜"句而出。"垂钓"与"耻疏闲"相呼应，联系下文"青纶"，引申为出仕从政。表现了词人矛盾复杂的心态，对全词来说起着渲染的作用。

最后结尾，转入实写，却又与前三句相呼应。用点睛之笔，勾画出词人闲云野鹤悠然自在的风神。"刺棹穿芦荻，无语看波澜"。词人用"刺""穿""芦荻""看""波澜"的字样，勾勒出了苍莽孤寂的大背景：词人驾着一叶扁舟，荡桨于浩渺无垠的水上，穿行在茫茫的芦荻之中，此时，词人独倚船舷，默默观赏着起伏不断的波澜。"无语看波澜"，不仅呼应了上片的"念陶朱、张翰"，而且将太湖的山与水，人生境界的坎坷与亨通统一于一体，将词人壮志与忧郁、入世与退隐的内在矛盾统一于一体，由此多少情、事，尽在这"无语"之中。

全词虽是上片写景，下片写情，但却一气贯通，具有内在联系。无论是太湖山水的描写，还是词人胸臆的展示，表现了词人在政治上遭打击后，对太湖佳境美景的热爱和隐者生活的追求以及壮志难酬而寄抑郁之情于江湖的情怀。

夏日绝句

【宋】李清照

生当作人杰①，

死亦为鬼雄。

至今思项羽②，

不肯过江东③。

注 释

①人杰：人中的豪杰。汉高祖曾称
　赞开国功臣张良、萧何、韩信是
　"人杰"。

②项羽：秦末时自立为西楚霸王，
　与刘邦争夺天下，在垓下之战
　中，兵败自杀。

③江东：项羽当初随叔父项梁起兵
　的地方。

作 者 名 片

　李清照（1084—1155），字易安，号易安居士，山东省济南章丘
人。宋代（南北宋之交）女词人，婉约词派代表，有"千古第一才
女"之称。李清照出身于书香门第，早期生活优裕。其父李格非藏书
甚富，她小时候就在良好的家庭环境中打下文学基
础。出嫁后与夫赵明诚共同致力于书画金石的搜集
整理。金兵入据中原时，流亡南方，境遇孤苦。
所作词，前期多写其悠闲生活，后期多悲叹身
世，情调感伤。

译 文

　生时应当做人中豪杰，死后也要做鬼中英雄。到今天人们还在
怀念项羽，因为他不肯苟且偷生，退回江东。

赏 析

　这是一首借古讽今、抒发悲愤的怀古诗。诗的前两句，语出惊

人，直抒胸臆，提出人"生当作人杰"，为国建功立业，报效朝廷；"死"也应该做"鬼雄"，方才不愧于顶天立地的好男儿。深深的爱国之情喷涌出来，震撼人心。最后两句，诗人通过歌颂项羽的悲壮之举来讽刺南宋当权者不思进取、苟且偷生的无耻行径。

"生当作人杰，死亦为鬼雄。"这不是几个字的精致组合，不是几个词的巧妙润色；是一种精髓的凝练，是一种气魄的承载，是一种所向无惧的人生姿态。那种凛然风骨、浩然正气，充斥天地之间，直令鬼神徒然变色。一个女子啊！纤弱无骨之手，娇柔无力之躯，演绎之柔美，绕指缠心，凄切入骨，细腻感人无以复加。透过她一贯的文笔风格，在她以"婉约派之宗"而著称文坛的光环映彻下。笔端劲力突起，笔锋刚劲显现时，这份刚韧之坚气势之大，敢问世间须眉几人可以匹敌？

"至今思项羽，不肯过江东。"女诗人追思那个叫项羽的楚霸枭雄，追随项羽的精神和气节，痛恨宋朝当权者苟且偷安的时政。都说退一步海阔天空。仅一河之遥，却是生死之界，仅一念之间，却是存亡之抉。项羽，为了无愧于英雄名节，无愧七尺男儿之身，无愧江东父老所托，以死相报。"不肯"！不是"不能"、不是"不想"、不是"不愿"、不是"不去"。一个"不肯"，笔来神韵，强过鬼斧神工，高过天地造化。一种"可杀不可辱""死不惧而辱不受"的英雄豪气，漫染纸面，力透纸背，令人叫绝称奇而无复任何言语！

这首诗起调高亢，鲜明地提出了人生的价值取向：人活着就要做人中的豪杰，为国家建功立业；死也要为国捐躯，成为鬼中的英雄。爱国激情，溢于言表，在当时确有振聋发聩的作用。南宋统治者不管百姓死活，只顾自己逃命；抛弃中原河山，苟且偷生。因此，诗人想起了项羽。项羽突围到乌江，乌江亭长劝他急速渡江，回到江东，重整旗鼓。项羽自己觉得无脸见江东父老，便回身苦战，杀死敌兵数百，然后自刎。诗人鞭挞南宋当权派的无耻行径，借古讽今，正气凛然。全诗仅二十个字，连用了三个典故，但无堆砌之弊，因为这都是诗人的心声。如此慷慨雄健、掷地有声的诗篇，出自女性之手，实在是压倒须眉了。

雪梅·其一

【宋】卢梅坡

梅雪争春未肯降①，
骚人②阁笔③费评章④。
梅须逊雪三分白，
雪却输梅一段香。

作者名片

卢梅坡，宋朝末年人，具体生卒年、生平事迹不详，存世诗作也不多，与刘过是朋友，以两首雪梅诗留名千古。

译文

梅花和雪花都认为各自占尽了春色，谁也不肯服输。难坏了诗人，难写评判文章。说句公道话，梅花须逊让雪花三分晶莹洁白，雪花却输给梅花一段清香。

赏析

古今不少诗人往往把雪、梅并写。雪因梅，透露出春的信息，梅因雪更显出高尚的品格。雪、梅都成了报春的使者、冬去春来的象征。

但在诗人卢梅坡的笔下，二者却为争春发生了"摩擦"，都认为各自占尽了春色，装点了春光，而且谁也不肯相让。这种写法，新颖

別致，出人意料，难怪诗人无法判个高低。诗的后两句巧妙地托出二者的长处与不足：梅不如雪白，雪没有梅香，借雪梅的争春，告诫我们人各有所长，也各有所短，要有自知之明。取人之长，补己之短，才是正理。这首诗既有情趣，也有理趣，值得咏思。

垓下①歌

【汉】项羽

力拔山兮②气盖世。

时不利兮骓③不逝。

骓不逝兮可奈何④！

虞兮虞兮奈若何⑤！

注释

①垓（gāi）下：在今安徽省灵璧县南沱河北岸。
②兮：文言助词，类似于现代汉语的"啊"或"呀"。
③骓（zhuī）：意为顶级宝马，名为乌骓。
④奈何：怎样，怎么办。
⑤虞：即虞姬。奈若何：拿你怎么办。若：你。

作者名片

项羽（前232—前202），名籍，字羽，秦末下相（今江苏宿迁）人，楚国名将项燕之孙。他是中国军事思想"兵形势"代表人物（兵家四势：兵形势、兵权谋、兵阴阳、兵技巧），与孙武、韩信等人齐名的顶级名将之一。是中国五千年历史上的最强武将，古人对其有"羽之神勇，千古无二"的评价。后在楚汉战争中被刘邦击败，自杀于乌江（今安徽和县东北）。

译文

力量可以拔起大山，豪气世上无人能比。但时局对我不利啊，乌骓马跑不起来了。

乌骓马不前进啊，我该怎么办？虞姬啊！虞姬啊！我又该把你怎么办？

赏析

诗歌的第一句，塑造了一个举世无双的英雄形象。在中国古代，"气"既源于人的先天禀赋，又能赖于后天的培养；人的品德、能力、风度等均取决于"气"。所谓"气盖世"，是说他在这些方面超过了任何一个人。尽管这是一种概括的叙述，但"力拔山"三字却显示了一种具体、生动的效果，所以在这一句中，通过虚实结合的手法，他把自己叱咤风云的气概生动地显现了出来。

然而，在第二、三句里，这位盖世英雄却突然变得苍白无力。这两句是说：由于天时不利，他所骑的那匹名马——乌骓马不能向前行进了，这使他陷入了失败的绝境而无法自拔，只好徒唤"奈何"。"骓"的"不逝"竟会引起这样严重的后果，是因为在项羽看来：他之所以得以建立如此伟大的功绩，最主要的依靠可以说是这匹名马；有了它的配合，他就可以所向无敌。换言之，他几乎是单人独骑打天下的，因此他的最主要的战友就是乌骓马，至于别人，对他的事业所起的作用实在微乎其微，他们的向背对他的成败起不了多少作用，从而他只要注意乌骓马就够了。在神秘的"天"的面前，人是非常渺小的；即使是人中最了不起的英雄，也经不起"天"的轻微的一击。

项羽知道自己的灭亡已经无可避免，他的事业就要烟消云散，但他没有留恋，没有悔恨，甚至也没有叹息。他所唯一忧虑的，是他所挚爱的、经常陪伴他东征西讨的一位美人虞姬的前途；毫无疑问，在他死后，虞姬的命运将会十分悲惨。于是，尖锐的、难以忍受的痛苦深深地吞噬着他的心，他无限哀伤地唱出了这首歌的最后一句："虞兮虞兮奈若何？"这是项羽面临绝境时的悲叹，在这简短的语句里包含着无比深沉的、刻骨铭心的爱。虞姬也很悲伤，眼含热泪，起而舞剑，边舞边歌，唱道："汉兵已略地，四方楚歌声。大王意气尽，贱妾何聊生？"（《和项王歌》）歌罢，自刎身亡，非常悲壮。

画 鹰

【唐】杜甫

素练风霜①起，

苍鹰画作殊②。

拟身思狡兔③，

侧目似愁胡④。

绦镟光堪擿⑤，

轩楹势可呼⑥。

何当击凡鸟，

毛血洒平芜。

注 释

①素练：作画用的白绢。风霜：这里形容画中之鹰凶猛如挟风霜之杀气。

②殊：特异，不同凡俗。

③拟（sǒng）身：即竦身。是收敛躯体准备搏击的样子。思狡兔：想捕获狡兔。

④侧目：斜视。似愁胡：形容鹰的眼睛色碧而锐利。愁胡：指发愁神态的胡人。

⑤绦：丝绳，指系鹰的绳子。镟：金属转轴，指鹰绳另一端所系的金属环。堪擿（zhāi）：可以解除。

⑥轩楹：堂前窗柱，指悬挂画鹰的地方。势可呼：画中的鹰势态逼真，呼之欲飞。

作者名片

杜甫（712—770），字子美，自号少陵野老，世称杜工部、杜少陵等，唐朝河南府巩县（河南郑州巩义市）人，唐代伟大的现实主义诗人，杜甫被世人尊为"诗圣"，其诗被称为"诗史"。杜甫与李白合称"李杜"，为了跟另外两位诗人李商隐与杜牧即"小李杜"区别开来，杜甫与李白又合称"大李杜"。杜甫忧国忧民，人格高尚，约1400余首诗被保留了下来，集为《杜工部集》，诗艺精湛，在中国古典诗歌中备受推崇，影响深远。

译文

洁白的画绢上腾起了一片风霜肃杀之气，原来是画鹰矫健不凡仿佛挟风带霜而起。

耸起身子好像是在想攫取狡猾兔子似的，苍鹰的眼睛侧目而视和猢狲的眼睛相似。

苍鹰神采飞扬可摘除系着私绳的铜环，悬挂在轩楹上的画鹰气势灵动能呼出。

何时让这样卓然不凡的苍鹰展翅搏击，将那些"凡鸟"的毛血洒落在原野上。

赏析

这是一首题画诗。作者借鹰言志，通过描绘画中雄鹰的威猛姿态和飞动的神情，以及搏击的激情，"曲尽其妙"（《瀛奎律髓》），从而表现了作者青年时代昂扬奋发的心志和鄙视平庸的性情。

全诗共八句，可分三层意思：一、二两句为第一层，点明题目。起句用惊讶的口气，说洁白的画绢上，突然腾起了一片风霜肃杀之气。第二句随即点明：原来是矫健不凡的画鹰仿佛挟风带霜而起，极赞绘画的特殊技巧所产生的艺术效果。这首诗运用倒插法。杜甫《姜楚公画角鹰歌》的起笔说："楚公画鹰鹰戴角，杀气森森到幽朔。"先从画鹰之人所画的角鹰写起，然后描写出画面上所产生的肃杀之气，这是正起。而此诗则先写"素练风霜起"，然后再点明"画鹰"，所以叫作倒插法。

中间四句为第二层，描写画面上苍鹰的神态，是正面文章。颔联两句是说苍鹰的眼睛和猢狲的眼睛相似，耸起身子的样子，好像是在想攫取狡猾的兔子似的，从而刻画出苍鹰搏击前的动作及其心理状态，是传神之笔，把画鹰一下子写活了，宛如真鹰。颈联两句是说系着金属圆轴的苍鹰，光彩照人，只要把丝绳解掉，即可展翅飞翔；悬挂在轩楹上的画鹰，神采飞动，气雄万丈，好像呼之即出，去追逐狡兔，从而描写出画鹰跃跃欲试的气势。作者用真鹰来做比拟，以这两联诗句，把画鹰描写得栩栩如生。

以上这两联中，"思"与"似"、"摘"与"呼"两对词，把画鹰刻画得极为传神。"思"写其动态，"似"写其静态，"摘"写其情态，"呼"写其神态。诗人用字精工，颇见匠心。通过这些富有表现力的字眼，把画鹰描写得同真鹰一样。是真鹰，还是画鹰，几难分辨。但从"堪"与"可"这两个推论之词来玩味，毕竟仍是画鹰。

最后两句进到第三层，承上收结，直把画鹰当成真鹰，寄托着作者的思想。"何当"含有希幸之意，就是希望画鹰能够变成真鹰，奋飞碧霄去搏击凡鸟。"毛血"句，见班固《西都赋》："风毛雨血，洒野蔽天。"至于"凡鸟"，张上若说："天下事皆庸人误之，末有深意。"这是把"凡鸟"喻为误国的庸人，似有锄恶之意。由此看来，此诗借咏《画鹰》以表现作者疾恶如仇之心，奋发向上之志。作者在《杨监又出画鹰十二扇》一诗的结尾，同样寄寓着他自己的感慨："为君除狡兔，会是翻鞲上。"

总起来看，这首诗起笔突兀，先勾勒出画鹰的气势，从"画作殊"兴起中间两联对画鹰神态的具体描绘，而又从"势可呼"顺势转入收结，寄托着作者的思想，揭示主题。

望 岳①

【唐】杜甫

岱宗②夫如何？
齐鲁③青未了。
造化钟神秀④，
阴阳⑤割昏晓。

注释

①岳：此指东岳泰山。
②岱宗：泰山亦名岱山，在今山东省泰安市城北。古代以泰山为五岳之首，诸山所宗，故又称"岱宗"。
③齐鲁：古代齐鲁两国以泰山为界，齐国在泰山北，鲁国在泰山南。
④造化：天地，大自然。钟：聚集。神秀：指山色的奇丽。

荡胸生曾⑥云，

决眦⑦入归鸟⑧。

会当凌绝顶⑨，

一览众山小。

⑤阴阳：这里指山北山南。

⑥曾：通"层"。

⑦决眦：决即指张大。眦即指眼眶。决眦形容极目远视的样子。

⑧入归鸟：目光追随归鸟。

⑨会当：一定要。凌：登上。

译 文

东岳泰山，美景如何？走出齐鲁，山色仍然历历在目。

神奇自然，汇聚千种美景，山南山北，分出清晨黄昏。

层层白云，荡涤胸中沟壑；翩翩归鸟，飞入赏景眼圈。

定要登上泰山顶峰，俯瞰群山豪情满怀。

赏 析

这首诗是杜甫青年时代的作品，充满了诗人青年时代的浪漫与激情。全诗没有一个"望"字，却紧紧围绕诗题"望岳"的"望"字着笔，由远望到近望，再到凝望，最后是俯望。诗人描写了泰山雄伟磅礴的气象，抒发了自己勇于攀登，傲视一切的雄心壮志，洋溢着蓬勃向上的朝气。

首句"岱宗夫如何？"写乍一望见泰山时，高兴得不知怎样形容才好的那种揣摩劲和惊叹仰慕之情，非常传神。岱是泰山的别名，因居五岳之首，故尊为岱宗。"夫如何"，就是"到底怎么样呢？""夫"字在古文中通常是用于句首的语气助词，这里把它融入诗句中，是个新创，很别致。这个"夫"字，虽无实在意义，却少它不得，所谓"传神写照，正在阿堵中"。可谓匠心独具。

接下来"齐鲁青未了"一句，是经过一番揣摩后得出的答案。它没有从海拔角度单纯形容泰山之高，也不是像谢灵运《泰山吟》那样用"崔崒刺云天"这类一般化的语言来形容，而是别出心裁地写出自己的体验——在古代齐鲁两大国的国境外还能望见远远横亘在那里的泰山，以距离之远来烘托出泰山之高。泰山之南为鲁，泰山之北为齐，所以这一句描写出的地理特点，在写其他山岳时不能挪用。明代莫如忠《登东郡望岳楼》特别提出这句诗，并认为无人能继。

"造化钟神秀，阴阳割昏晓"两句，写近望中所见泰山的神奇秀丽和巍峨高大的形象，是上句"青未了"的注脚。一个"钟"字把天地万物一下写活了，整个大自然如此有情致，把神奇和秀美都给了泰山。山前向日的一面为"阳"，山后背日的一面为"阴"（山南水北为"阳"，山北水南为阴），由于山高，天色的一昏一晓被割于山的阴、阳面，所以说"割昏晓"。这本是十分正常的自然现象，可诗人妙笔生花，用一个"割"字，则写出了高大的泰山一种主宰的力量，这力量不是别的，泰山以其高度将山南山北的阳光割断，形成不同的景观，突出泰山遮天蔽日的形象。这里诗人此用笔使静止的泰山顿时充满了雄浑的力量，而那种"语不惊人死不休"的创作风格，也在此得到显现。

"荡胸生曾（层）云，决眦入归鸟"两句，是写细望。见山中云气层出不穷，故心胸亦为之荡漾。"决眦"二字尤为传神，生动地体现了诗人在这神奇缥缈的景观面前像着了迷似的，想把这一切看个够，看个明白，因而使劲地睁大眼睛张望，故感到眼眶有似决裂。这情景使泰山迷人的景色表现得更为形象鲜明。"归鸟"是投林还巢的鸟，可知时已薄暮，诗人还在望。其中蕴藏着诗人对祖国河山的热爱和对祖国山河的赞美之情。

末句的"会当凌绝顶，一览众山小"两句，写诗人从望岳产生了登岳的想法，此联号为绝响，再一次突出了泰山的高峻，写出了雄视一切的雄姿和气势，也表现出诗人的心胸气魄。"会当"是唐人口语，意即"一定要"。如果把"会当"解作"应当"，便欠准确。众山的小和高大的泰山进行对比，表现出诗人不怕困难、敢于攀登绝顶、俯视一切的雄心和气概。

全诗以诗题中的"望"字统摄全篇，句句写望岳，但通篇并无一个"望"字，而能给人以身临其境之感，可见诗人的谋篇布局和艺术构思是精妙奇绝的。

题乌江亭①

【唐】杜牧

胜败兵家事不期②，
包羞忍耻是男儿。
江东子弟多才俊③，
卷土重来④未可知。

注 释

①乌江亭：在今安徽和县东北的乌江
浦，相传为西楚霸王项羽自刎之处。
②兵家：一作"由来"。事不期：一
作"不可期"。不期：难以预料。
③才俊：才能出众的人。才：一
作"豪"。
④卷土重来：指失败以后，整顿以求
再起。

作者名片

　　杜牧（803—约852），字牧之，号樊川居
士，京兆万年（今陕西西安）人。杜牧是唐代杰
出的诗人、散文家，是宰相杜佑之孙，杜从郁之
子。唐文宗大和二年26岁中进士，授弘文馆校书
郎。后赴江西观察使幕，转淮南节度使幕，又入
观察使幕，理人国史馆修撰，膳部、比部、司勋
员外郎，黄州、池州、睦州刺史等职。因晚年居
长安南樊川别墅，故后世称"杜樊川"，著有
《樊川文集》。

译 文

　　胜败乃是兵家常事，难以事前预料。能够忍辱负重，才是真正
男儿。西楚霸王啊，江东子弟人才济济，若能重整旗鼓卷土杀回，
楚汉相争，谁输谁赢还很难说。

赏析

杜牧会昌中官池州刺史时，过乌江亭，写了这首咏史诗。"乌江亭"即现在安徽和县东北的乌江浦，旧传是项羽自刎之处。

项羽溃围来到乌江，亭长建议渡江，他愧对江东父兄，羞愤自杀。这首诗针对项羽兵败身亡的史实，批评他不能总结失败的教训，惋惜他的"英雄"事业归于覆灭，同时暗寓讽刺之意。

首句直截了当地指出胜败乃兵家之常这一普通常识，并暗示关键在于如何对待的问题，为以下作好铺垫。"事不期"，是说胜败的事，不能预料。

次句强调指出只有"包羞忍耻"，才是"男儿"。项羽遭到挫折便灰心丧气，含羞自刎，怎么算得上真正的"男儿"呢？"男儿"二字，令人联想到自诩为力能拔山、气可盖世的西楚霸王，直到临死，还未找到自己失败的原因，只是归咎于"时不利"而羞愤自杀，有愧于他的"英雄"称号。

第三句"江东子弟多才俊"，是对亭长建议"江东虽小，地方千里，众数十万人，亦足王也"的艺术概括。人们历来欣赏项羽"无面见江东父兄"一语，认为表现了他的气节。其实这恰好反映了他的刚愎自用，听不进亭长忠言。他错过了韩信，气死了范增，确是愚蠢得可笑。然而在这最后关头，如果他能面对现实，"包羞忍耻"，采纳忠言，重返江东，再整旗鼓，则胜负之数，或未易量。这就又落脚到了末句。

"卷土重来未可知"，是全诗最得力的句子，其意盖谓如能做到这样，还是大有可为的；可惜的是项羽却不肯放下架子而自刎了。这样就为上面一、二两句提供了有力的依据，而这样急转直下，一气呵成，令人想见"江东子弟""卷土重来"的情状，是颇有气势的。同时，在惋惜、批判、讽刺之余，又表明了"败不馁"的道理，也是颇有积极意义的。

金缕衣·其一①

【唐】杜秋娘

劝君莫惜金缕衣，
劝君须惜②少年时。
有花堪③折直须④折，
莫待⑤无花空折枝。

注 释

①金缕衣：缀有金线的衣服，比喻
荣华富贵。
②须惜：珍惜。
③堪：可以，能够。
④直须：尽管。直：直接，爽快。
⑤莫待：不要等到。

作者名片

杜秋娘（约791—？），间州（江苏镇江）人。15岁嫁唐宗室李奇为妾，后李奇谋反被杀，她被纳入宫中，有宠于宪宗。穆宗即位后，命她作皇子傅母，后赐归故里，穷老无依。

译 文

我劝你不要顾惜华贵的金缕衣，我劝你一定要珍惜青春少年时。

花开宜折的时候就要抓紧去折，不要等到花谢时只能折空枝。

赏 析

这首诗作并非艺术上最为上乘，然确也不让须眉，可诵可传。诗可理解为惜阴，亦可理解为及时行乐，但主题似为劝人及时进取，不要"白了少年头，空悲切"。

此诗含意很单纯，可以用"莫负好时光"一言以蔽之。这原是一种人所共有的思想感情。它每个诗句似乎都在重复那单一的意思"莫负好时光！"而每句又都寓有微妙变化，重复而不单调，回环而有缓急，形成优美的旋律。

一、二句式相同，都以"劝君"开始，"惜"字也两次出现，这是二句重复的因素。但第一句说的是"劝君莫惜"，二句说的是"劝君须惜"，"莫"与"须"意正相反，又形成重复中的变化。这两句诗意又是贯通的。"金缕衣"是华丽贵重之物，却"劝君莫惜"，可见还有远比它更为珍贵的东西，这就是"劝君须惜"的"少年时"了。何以如此？诗句未直说，那本是不言而喻的："一寸光阴一寸金，寸金难买寸光阴"，贵如黄金也有再得的时候，"千金散尽还复来"；然而青春对任何人也只有一次，它一旦逝去是永不复返的。

三、四句则构成第二次反复和咏叹，单就诗意看，与一、二句差不多，还是"莫负好时光"那个意思。这样，除了句与句之间的反复，又有上联与下联之间的较大的回旋反复。但两联表现手法就不一样，上联直抒胸臆，是赋法；下联却用了譬喻方式，是比义。于是重复中仍有变化。三、四没有一、二那样整饬的句式，但意义上彼此是对称的。上句说"有花"应怎样，下句说"无花"会怎样；上句说"须"怎样，下句说"莫"怎样，也有肯定否定的对立。二句意义又紧紧关联："有花堪折直须折"是从正面说"行乐须及春"意，"莫待无花空折枝"是从反面说"行乐须及春"意，似分实合，反复倾诉同一情愫，是"劝君"的继续，但语调节奏由徐缓变得峻急、热烈。"堪折——直须折"这句中节奏短促，力度极强，"直须"比前面的"须"更加强调。这是对青春与欢爱的放胆歌唱。这里的热情奔放，不但直率、大胆，而且形象、优美。"花"字两见，"折"字竟三见；"须——莫"云云与上联"莫——须"云云，又自然构成回文式的复叠美。这一系列天然工妙的字与字的反复、句与句的反复、联与联的反复，使诗句朗朗上口，语语可歌。除了形式美，其情绪由徐缓的回环到热烈的动荡，又构成此诗内在的韵律，诵读起来就更使人感到荡气回肠了。

风

【唐】李峤

解落^①三秋^②叶，

能开二月花^③。

过^④江千尺浪，

入竹万竿斜^⑤。

注 释

①解落：吹落，散落。

②三秋：秋季。一说指农历九月。

③能：能够。二月：农历二月，指
　 春季。

④过：经过。

⑤斜：倾斜。

作者名片

　　李峤（645—714），字巨山，赵郡赞皇（今河北赞皇县）人。唐朝
时期宰相。早年进士及第，历任安定小尉、长安尉、监察御史、给事中、润
州司马、凤阁舍人、麟台少监等职。李峤生前以文辞著称，与苏味
道并称"苏李"，又与苏味道、杜审言、崔融合称"文章
四友"，晚年成为"文章宿老"。先后历仕五朝，
趋炎附势，史家评价以贬义居多。

译 文

　　能吹落秋天金黄的树叶，能吹开春天美丽的鲜花。

　　刮过江面能掀千尺巨浪，吹进竹林能使万竿倾斜。

赏 析

　　全诗不带一点情感色彩，形象客观地给风下了一个定义，把风的
功能、力量，描写得淋漓尽致。

　　前两句就"风"的季节功能而言：秋风能令万木凋零，春风却

又能教百花绽放；后两句则就"风"所到之处，呈不同景象来描写：风过江上时，则水面波浪滔滔；入竹林时，只见竹竿一齐倾斜。风，为自然界之物象，本是看不见摸不着，只能经由生命个体用心去感受或通过外物的变化知晓。因此，全诗无出现一个"风"字，也没有直接描写风之外部形态与外显特点，而是通过外物在风的作用下原质或原态的改变去表现风之柔情与强悍。可见诗人对物态常识的熟知与了然。

"解落"，"解"字用得好。常言道"秋风扫落叶"，秋风之蛮横可见一斑。不用"扫""吹"，也不用"刮""剥"，就用一个"解"。"解"，是细心，是用心，是专心地去化解，不急不慢，不狂不躁，让叶儿怡然清爽地离开了母体，找到了很好的归宿。风之柔情让人感动。"能开"，"开"是唤醒、是催生、是召唤，在寒冬中沉睡的花儿，在风儿的轻轻抚摸下，睁开惺忪的睡眼，伸伸懒腰，又将迎来一个美丽、美好、美妙的春意。风之温情让人舒坦。"解落"与"能开"，把风的温存柔情表现得淋漓尽致，也深深地触动了读者那或许早有些漠然的心绪，重新唤醒人们对美好生命的感念。

"赋"意指"直赋""赋陈"，由物即心，直面陈说，直接表白。

"过江千尺浪，入竹万竿斜"，风，"过江"卷起"千尺浪"，风急浪高，直冲云霄，风之气力是何等威风；风，"入竹"引来"万竿斜"，风狂竹伏，万般无奈，风之外力是何等潇洒。此处，风之强悍、风之强劲、风之强势，同之前风之温情、风之柔情、风之痴情，形成强烈的反差。

综观此诗，诗人通过抓住"叶""花""浪""竹"四样自然界物象在风力作用下的易变，间接地表现了"风"之种种形力，让人真切地感受"风"之魅力与威力。全诗除诗名外，却不见风字；而每一句都表达了风的作用，如果将四句诗连续起来，反映了世间的欢乐和悲伤，表达了"世风"和"人风"。风是善变的，有柔弱，又有彪悍、风是多情的，姿态丰盈，万竹起舞。短短的四句诗，以动态的描述诠释了风的性格。

己亥杂诗·其五

【清】龚自珍

浩荡离愁①白日斜，
吟鞭东指即天涯②。
落红③不是无情物，
化作春泥更护花④。

作者名片

龚自珍（1792—1841）近代思想家、文学家及改良主义的先驱者。27岁中举人，38岁中进士。曾任内阁中书、宗人府主事和礼部主事等官职。主张革除弊政，抵制外国侵略，曾全力支持林则徐禁除鸦片。48岁辞官南归，次年暴卒于江苏丹阳云阳书院。他的诗文主张"更法""改图"，揭露清统治者的腐朽，洋溢着爱国热情，被柳亚子誉为"三百年来第一流"。著有《定庵文集》，留存文章300余篇，诗词近800首，今人辑为《龚自珍全集》。

译 文

浩浩荡荡的离别愁绪向着日落西斜的远处延伸，离开北京，马鞭向东一挥，感觉就是人在天涯一般。我辞官归乡，有如从枝头上掉下来的落花，但它却不是无情之物，化成了春天的泥土，还能起着培育下一代的作用。

赏析

这首诗是《己亥杂诗》的第五首，写诗人离京的感受。虽然载着"浩荡离愁"，却表示仍然要为国为民尽自己最后一份心力。

诗的前两句抒情叙事，在无限感慨中表现出豪放洒脱的气概。一方面，离别是忧伤的，毕竟自己寓居京城多年，故友如云，往事如烟；另一方面，离别是轻松愉快的，毕竟自己逃出了令人桎梏的樊笼，可以回到外面的世界里另有一番作为。这样，离别的愁绪就和回归的喜悦交织在一起，既有"浩荡离愁"，又有"吟鞭东指"；既有白日西斜，又有广阔天涯。这两个画面相反相成，互为映衬，是诗人当日心境的真实写照。诗的后两句以落花为喻，表明自己的心志，在形象的比喻中，自然而然地融入议论。"化作春泥更护花"，诗人是这样说的，也是这样做的。鸦片战争爆发后，他多次给驻防上海的江西巡抚梁章钜写信，商讨国事，并希望参加他的幕府，献计献策。可惜诗人不久就死在丹阳书院（年仅50岁），无从实现他的社会理想了，令人叹惋。

"落红不是无情物，化作春泥更护花。"诗人笔锋一转，由抒发离别之情转入抒发报国之志。并反用陆游的词"零落成泥碾作尘，只有香如故。"落红，本指脱离花枝的花，但是，并不是没有感情的东西，即使化作春泥，也甘愿培育美丽的春花成长。不为独香，而为护花。表现诗人虽然脱离官场，依然关心着国家的命运，不忘报国之志，以此来表达他至死仍牵挂国家的一腔热情；充分表达诗人的壮怀，成为传世名句。

这首小诗将政治抱负和个人志向融为一体，将抒情和议论有机结合，形象地表达了诗人复杂的情感。

菊 花

【唐】元稹

秋**丛**绕舍似陶家①，

注释

①秋丛：指丛丛秋菊。舍（shè）：居住的房子。陶家：陶渊明的家。

遍绕篱边日渐斜②。

不是花中偏爱菊，

此花开尽更无花③。

②遍绕：环绕一遍。篱（lí）：篱
笆。日渐斜（xiá）：太阳渐渐
落山。斜，倾斜。
③尽：完。更（gèng）：再。

作者名片

元稹（779—831），字微之，别字咸明，唐洛阳人（今河
南洛阳）。父元宽，母郑氏。为北魏宗室鲜卑族拓跋部后裔，
是什翼犍之十四世孙。早年和白居易共同提倡"新乐府"。世
人常把他和白居易并称"元白"。

译 文

一丛一丛的秋菊环绕着房屋，看起来好似诗人陶渊明的家。绕
着篱笆观赏菊花，不知不觉太阳已经快落山了。

不是因为百花中偏爱菊花，只是因为菊花开过之后便不能够看
到更好的花了。

赏 析

东晋大诗人陶渊明写了"采菊东篱下，悠然见南山"的名句，其
爱菊之名，无人不晓，而菊花也逐渐成了超凡脱俗的隐逸者之象征。
历代文人墨客爱菊者不乏其人，其中咏菊者也时有佳作。中唐诗人元
稹的七绝《菊花》便是其中较有情韵的一首。

第一句"秋丛绕舍似陶家"的"绕"字写屋外所种菊花之多，给
人以环境幽雅，如陶渊明家之感。诗人将种菊的地方比作陶家，可见
秋菊之多，花开之盛。这么多美丽的菊花，让人心情愉悦。

第二句"遍绕篱边日渐斜"表现了诗人专注地看花的情形。第二
句中的"绕"字写赏菊兴致之浓，不是到东篱便驻足，而是"遍绕篱
边"，直至不知日之将夕，表现了诗人赏菊时悠闲的情态。诗人被菊

花深深吸引住了，其爱菊之情，似较五柳先生有过之而无不及。"遍绕""日渐斜"，把诗人赏菊入迷，流连忘返的情态和诗人对菊花的由衷喜爱真切地表现了出来，字里行间充满了喜悦的心情。前两句短短的十四个字，有景、有情、有联想，活脱脱地勾勒出一幅诗人在秋日傍晚，漫步菊丛赏花吟诗而乐不思返的画面。

三、四两句"不是花中偏爱菊，此花开尽更无花"，点明了诗人爱菊的原因。这两句以否定句式陡地一转，指出自己并非没来由地钟情菊花。时至深秋，百花尽谢，唯有菊花能凌风霜而不凋，独立支持，为世界平添了盎然的生机。诗人热爱生活、热爱自然，这四季中最后开放的菊花使他忘情，爱不能舍了。诗人从菊花凋谢最晚这个角度出发，写出了自己独特的爱菊花的理由。其中也暗含了对菊花历尽寒冷最后凋零的坚强品格的赞美之情。中国古典诗词常借物咏怀喻志，如屈原的《橘颂》，陈子昂的《感遇》，都是范例。元稹《菊花》一诗赞菊花高洁的操守、坚强的品格，也是这种写作手法，寓有深意。

这首七言绝句诗，虽然写的是咏菊这个寻常的题材，但用笔巧妙，别具一格，诗人独特的爱菊花理由新颖自然，不落俗套，并且发人思考。诗人没有正面写菊花，却通过爱菊，侧面烘托它的优秀品格，美妙灵动，意趣盎然。该诗取陶诗的意境，且也以淡雅朴素的语言吟咏，便不似陶公全用意象，蕴藉之至；而是在描绘具象之后，以自述的方式道出爱菊之由而又不一语说尽，留下了想象空间去回味咀嚼，这就增强了它的艺术感染力。

岭南^①江行

【唐】柳宗元

瘴江南去入云烟^②，
望尽黄茆^③是海边。
山腹雨晴添象迹，

注　释

①岭南：指五岭以南的地区，即今广东、广西一带。

②瘴（zhàng）江：古时认为岭南地区多有瘴疠之气，因而称这里的江河为瘴江。云烟：云雾，烟雾。

③黄茆（máo）：即黄茅，一年生或多年生草本植物。

潭心日暖长蛟涎④。

射工巧伺游人影⑤,

飓母⑥偏惊旅客船。

从此忧来非一事,

岂容华发待流年⑦。

④潭心:水潭中心。蛟涎:蛟龙的
口液。

⑤射工:即蜮,古代相传有一种能
含沙射影的动物。伺:窥伺。

⑥飓母:飓风来临前天空出现的一种
云气,形似虹霓。亦用以指飓风。

⑦华发:花白的头发。流年:如水
般流逝的光阴、年华。

作者名片

柳宗元(773—819),字子厚,唐朝河东(今山西运城)人,杰出诗人、哲学家、儒学家、政治家,唐宋八大家之一。著名作品有《永州八记》等六百多篇文章,经后人辑为三十卷,名为《柳河东集》。因为他是河东人,人称柳河东,又因终于柳州刺史任上,又称柳柳州。柳宗元与韩愈同为中唐古文运动的领导人物,并称"韩柳"。在中国文化史上,其诗、文成就均极为杰出,可谓一时难分轩轾。

译 文

江水南去隐入那茫茫云烟,遍地黄茅的尽头便是海边。
雨过天晴山腰间大象出没,阳光灼热潭水里水蛭浮现。
射工阴险地窥伺行人身影,飓母不时地惊扰旅客舟船。
从今后忧虑之事何止一桩,哪容我衰老之身再挨几年!

赏 析

此诗写出了岭南的特异风物瘴江、黄茆、象迹、蛟涎、射工、飓母,曲折地反映出当地荒凉落后的自然环境,同时运用象征手法含蓄地抒发了自己被贬后政治环境的险恶，发出了"从此忧来非一事，岂容华发待流年"的感慨，蕴含着对未来的忧虑之情，表示不能坐待时光的流逝，要在柳州刺史任内为治理地方有所建树。

诗中"从此忧来非一事，岂容华发待流年"两句与苏轼的《念奴娇·赤壁怀古》中"故国神游，多情应笑我，早生华发"都提到"华发"，但情感有所不同。从两者相比较可知，此诗意志并不消沉，情感并不低回，作者有欲趁暮年有所奋发之意。

酬乐天①咏老见示

【唐】刘禹锡

人谁不顾②老，

老去有谁怜③。

身瘦带④频减⑤，

发稀冠⑥自偏。

废书⑦缘惜眼，

多灸⑧为随年⑨。

经事还谙⑩事，

阅人⑪如阅川。

细思皆幸⑫矣，

下此⑬便翛然⑭。

莫道桑榆⑮晚，

为霞⑯尚满天。

注 释

① 酬乐天：作诗酬答白居易。

② 顾：念，指考虑。

③ 怜：怜惜，爱惜。

④ 带：腰带。

⑤ 频减：多次缩紧。

⑥ 稀：太少、稀疏。冠：帽子。

⑦ 废书：丢下书本，指不看书。

⑧ 灸（jiǔ）：艾灸，在穴位燃艾灼之。

⑨ 随年：适应身老体衰的需要，这里指延长寿命。

⑩ 谙（ān）：熟悉。

⑪ 阅人：观看人，观察人。

⑫ 幸：幸运，引申为优点。

⑬ 下此：下，攻下，等于说"解决"、"领悟"。此，指"顾老"，指对衰老的忧虑和担心。

⑭ 翛（xiāo）然：自由自在，心情畅快的样子。

⑮ 桑榆：指桑、榆二星。

⑯ 霞：霞光，这里指晚霞。

译 文

谁人不害怕衰老，老了又有谁来怜惜？

身体日渐消瘦，衣带也越收越紧，头发日渐稀少，戴正了的帽子也总是偏斜到一边。

不再看书是为了爱惜眼睛，经常用艾灸是因为年迈力衰诸病多缠。

经历过的世事多见识也就广了，人生阅历如同积水成川一样。

细细想来老了也有好的一面，克服了对老的忧虑心情就会畅快，无挂也无牵。

不要说日落时光照桑榆树端已近傍晚，它的霞光余晖照样可以映红满天。

赏 析

此诗前六句承接白居易的原唱，表示对白居易关于"老"的看法颇有同感。一、二句写"顾老"是人之常情，人们谁都顾虑衰老，老了就没有人怜惜。接着四句进一步交代了"顾老"的原因，诗人用形象的语言作了描绘：因为衰老，身体一天天消瘦，腰带要不断地紧缩，头发渐渐稀疏，帽子就自然要偏斜。书卷废置不看，是为了保护眼睛；经常用艾灸，是为了延年益寿。

"经事"四句从另一个方面谈了对"老"的看法，是针对白居易的"伤老"而言。刘禹锡认为，老固然有老的短处，但是老也有老的长处。老的短处是体衰多病，"身瘦带频减，发稀帽自偏。"老的长处是阅历丰富，"经历还谙事，阅人如阅川。"年岁大了，经历的事多了，了解的事理也多，看见过的人多了，阅历也就更加深广。仔细想起来，这也是一件幸事。所以诗人吟道："下此便翛然。"诗人劝慰他的朋友对待衰老不要过多的忧虑，只要正确对待，便可翛然自乐。

最后两句是全诗点睛之笔，意境优美。气势豪放，大有曹操"老骥伏枥，志在千里。烈士暮年，壮心不已"之概。诗人面对衰老，不消极，不悲观，要用有生之年撒出满天的红霞。这两句诗既是诗人的内心世界的自我剖白，又是对老朋友白居易的宽慰和鼓励。

这首诗前后两段一反一正，转折自然，很有辩证的观点和说服力量。最后两句尤为精辟，实为警策之语，后人多以此自勉自励。

小 松

【唐】杜荀鹤

自小刺头①深草里，

而今渐觉出蓬蒿②。

时人不识凌云③木，

直待④凌云始道⑤高。

注 释

①刺头：指长满松针的小松树。

②蓬蒿（péng hāo）：两种野草。

③凌云：高耸入云。

④直待：直等到。

⑤始道：才说。

作者名片

杜荀鹤（846—904），字彦之，号九华山人。池州石埭（今安徽石台）人。大顺进士，以诗名，自成一家，尤长于宫词。官至翰学士知制诰。大顺二年，第一人擢第，复还旧山。宣州田頵遣至汴通好，朱全忠厚遇之，表授翰林学士、主客员外郎、知制诰。恃势侮易缙绅，众怒，欲杀之而未及。天祐初卒。自序其文为《唐风集》十卷，今编诗三卷。

译 文

松树小的时候长在很深很深的草中，埋没看不出来，到现在才发现已经比那些野草（蓬蒿）高出了许多。

那些人当时不识得可以高耸入云的树木，直到它高耸入云，人们才说它高。

赏 析

这首小诗借松写人，托物讽喻，寓意深长。

"自小刺头深草里"——小松刚出土，的确小得可怜，路边野草都比它高，以至被淹没在"深草里"。但它虽小而并不弱，在"深草"的包围中，它不低头，而是"刺头"——那长满松针的头，又直又硬，一个劲地向上冲刺，锐不可当。那些弱不禁风的小草是不能和它相匹敌的。"刺头"的"刺"，一字千钧，不但准确地勾勒出小松外形的特点，而且把小松坚强不屈的性格、勇敢战斗的精神，活脱脱地勾画出来了。一个"刺"字，显示出小松具有强大的生命力；它的"小"，只是暂时的，相对的，随着时间的推进，它必然由小转大。不是么？——

"而今渐觉出蓬蒿。"蓬蒿，即蓬草、蒿草，草类中长得较高者。小松原先被百草踩在脚底下，可现在它已超出蓬蒿的高度；其他的草当然更不在话下。这个"出"字用得精当，不仅显示了小松由小转大、发展变化的情景，而且在结构上也起了承前启后的作用："出"是"刺"的必然结果，也是未来"凌云"的先兆。事物发展总是循序渐进，不可能一步登天，故小松从"刺头深草里"到"出蓬蒿"，只能"渐觉"。"渐觉"说得既有分寸，又很含蓄。是谁"渐觉"的呢？只有关心、爱护小松的人，时时观察、比较，才能"渐觉"；至于那些不关心小松成长的人，视而不见，哪能谈得上"渐觉"呢？故作者笔锋一转，发出深深的慨叹：

"时人不识凌云木，直待凌云始道高。"这里连说两个"凌云"，前一个指小松，后一个指大松。大松"凌云"，已成事实，称赞它高，并不说明有眼力，也无多大意义。小松尚幼小，和小草一样貌不惊人，如能识别出它就是"凌云木"，而加以爱护、培养，那才是有识见，才有意义。然而时俗之人所缺少的正是这个"识"字，故诗人感叹道：眼光短浅的"时人"，是不会把小松看成是栋梁之材的，有多少小松，由于"时人不识",而被摧残、被砍杀啊!这些小松,和韩愈笔下"骈死于槽枥之间"的千里马,不是遭到同样悲惨的命运吗?

由于诗人观察敏锐,体验深切,诗中对小松的描写,精炼传神。描写和议论,诗情和哲理,幽默和严肃,在这首诗中得到有机的统一,字里行间,充满理趣,耐人寻味。

苔

【清】袁枚

白日①不到处②,

青春恰③自来。

苔④花如米⑤小,

也⑥学牡丹开。

注 释

①白日:太阳。

②不到处:阳光照不到的地方。

③恰:正好,刚刚。

④苔:苔藓,多生于阴暗潮湿之处。

⑤米:小米,米粒。

⑥也:一作亦。

作者名片

袁枚(1716—1797),散文家,字子才,号简斋,晚年自号仓山居士、随园主人、随园老人,钱塘(今浙江杭州)人。乾隆四年进士,历任溧水、江宁等县知县,有政绩,四十岁即告归。在江宁小仓山下筑随园,吟咏其中。广收诗弟子,女弟子尤众。袁枚是乾嘉时期代表诗人之一,与赵翼、蒋士铨合称"乾隆三大家"。

译 文

春天和煦的阳光照不到的背阴处,生命照常在萌动,苔藓仍旧长出绿意来。

苔花虽如米粒般微小，依然像那高贵的牡丹一样热烈绽放。

赏析

苔藓自是低级植物，多寄生于阴暗潮湿之处，可它也有自己的生命本能和生活意向，并不会因为环境恶劣而丧失生发的勇气，诗人能看到这一点并歌而颂之，很有眼光！

"白日不到处"，是如此一个不宜生命成长的地方，可是苔藓却长出绿意来，展现出自己的青春，而这青春从何而来？"恰自来"，并不从何处来，而是生命力旺盛的苔藓自己创造出来的！它就是凭着坚强的活力，突破环境的重重窒碍，焕发青春的光彩。

苔也会开花的，当然，怪可怜的，花如米粒般细小，但难道小的就不是花吗？只要能够开放，结出种子，繁衍后代，便是生命的胜利。所以，"也学牡丹开"，既是谦虚，也是骄傲！对的，苔花如此细小低微，自不能跟国色天香的牡丹相比，可是牡丹是受人玩赏而受悉心栽培的，而苔花却是靠自己生命的力量自强，争得和花一样开放的权利——这世道并非仅为少数天才和英雄而存在的！

晓① 窗

【清】魏源

少②闻鸡声③眠，

老④听鸡声起。

千古⑤万代人，

消磨⑥数声里。

注释

①晓：破晓，天将亮时。

②少：少年。

③鸡声：指晚上鸡鸣的声音。

④老：老年人。

⑤千古：长远的年代。

⑥消磨：意志与精力逐渐消失，或度过岁月。

作者名片

魏源（1794—1857），清代启蒙思想家、政治家、文学家，近代中国"睁眼看世界"的先行者之一。名远达，字默深，又字墨生、汉士，号良图，汉族，湖南邵阳隆回人，道光二年举人，二十五年始成进士，官高邮知州，晚年弃官归隐，潜心佛学，法名承贯。魏源认为论学应以"经世致用"为宗旨，提出"变古愈尽，便民愈甚"的变法主张，倡导学习西方先进科学技术，总结出"师夷之长技以制夷"的新思想。

译文

少年贪玩，半夜鸡叫才睡，老年惜时，凌晨闻鸡即起。

遥想千秋万代贤士、庸人，一生都在鸡的鸣声中磨去。

赏析

此诗前两句选取"少""老"两种人对待鸡啼声的不同表现，以"少闻"而"眠"与"老听"而"起"作对照，形象地概括了当时不同人的处世态度：年轻人听到鸡鸣声才上床入睡，老年人听到鸡啼声已起身了。这里，诗人以"少"和"老"的大跨度时间以及"闻鸡声眠"和"听鸡声起"两种对时间截然不同的态度，形成强烈的反差，使读者印象鲜明地感到时间的宝贵和充分认识时间之价值的重要性。其中，后一句暗用"闻鸡起舞"之典，写奋发向上之心，与前句作对照。后二句笔锋一转，由横而纵，由对个人的微观审视而引申到对社会、历史的宏观思考，拓宽了诗的思想视野，同时向读者展示了一部人类的历史：在千古万代的历史长河中，人们就在这送往迎来的鸡啼声中消磨了他们的岁月。其中，"消磨"二字颇耐深思：虚度固然是消磨，奋发也是一种"消磨"，人生苦短，鸡声无多，该如何"消磨"这"数声"，是诗人

向读者提出的一个值得深思的问题。诗人虽然没有就此问题做出回答，但从前两句的鲜明对比中，诗人通过"寄情于言外"暗暗地透出了答案：时光如逝，人生世上，自当抓住分阴，干一番有利于国、造福于民的大事业。从字面上看，这是诗人就岁月的流逝发出的感慨，其中似乎饱含着诗人深深的哀怨，能引发读者无限的联想，于平易中见奇崛，言有尽而意无穷，使不同的人读后产生不同的感受，或催人猛省，或激人上进。

全诗举重若轻，寓庄于谐，以小见大，虽然篇幅短小，文字亦浅近，但内容含量却很广，仅用二十个字，用日常生活中"闻鸡声"引起的一种微妙的感受，深刻地阐明了"时不我待""稍纵即逝"的道理，使人受益匪浅，可谓言近旨远，富有哲理，予人启迪。

题花山寺①壁

【宋】苏舜钦

寺里山因花得名，
繁英不见草纵横②。
栽培剪伐须勤力③，
花易凋零④草易生。

注 释

①花山寺：地址不详。《镇江府志》载有沈括诗《游花山寺》一首，据此，花山寺可能在镇江。
②繁英：繁花。草纵横：野草丛生。
③剪伐：指斩去枯枝败叶。剪：斩断。勤力：勤奋努力。
④凋零：凋落衰败。

译 文

花山寺是因鲜花繁多、美丽而得名，来到这里才发现，不见鲜花，只见杂草丛生。

鲜花栽种的培养和修枝很重要，要勤奋努力，要知道，花是很容易凋零的，而杂草却是很容易就蔓延生长的。

赏析

从标题看，这首诗是记游之作。记游诗可以写景状物，也可以因景生发，别有寄托，内容是不可限止的。如果说唐人的记游诗多强调图形绘影、情寓景中，宋人的记游诗多注重借景生发，述志明理。那么，这首诗则正是符合后一特点的。

"寺里"一联，两句各写一种景观。前一句虚出，后一句实录，构成形象鲜明的对比。但二者所写的对象又是同一的，这样就把花山寺"名"与"实"相离的现状突出了。生活中名实不符的事常有之，但诗人所见所写的情况也实在太刺眼，这就使人读了这两句诗后不能不激动，激动的同时也必然要想：寺名是因为寺里山中有花才得，而眼前却无花可赏，必然会引起人们思索玩味的兴趣，于是，作为一首诗的"发人深思"的艺术目的，也就自然实现了。作者当然是有着自己的答案的。他显然深信命名之谬，寺里和山中本来是确实有花的，之所以"繁英不见草纵横"，是因为有主、客观两方面的原因。从客观上说，"花易凋零草易生"，这是自然界的客观规律，所谓"野火烧不尽，春风吹又生"（白居易《赋得古原草送别》），正是有感于它的旺盛的生命力。俗语说："有心栽花花不发"，也正是对种花不易的真实感叹。无疑，从主观上说，是"栽培剪伐"不"勤力"，助长了草势的疯狂，而且从诗人对这两句次序的安排上看，显然是特别强调人的主观原因的。草本无罪，剪伐不力则是无可推卸的责任。

不过，诗人在做出这一结论的时候，情感色彩却并不十分强硬，因为诗没有说"为何剪伐不尽力"，而是既讲到对草要"剪伐"，又讲到对花要"栽培"，中间加一个"须"字，就把他对剪伐不力的愤懑，变为必须要剪伐的规劝，因此，惋惜大于愤慨，警告少于劝诫的这种感情色彩，就表明了诗人在诗歌创作中，是遵循着传统的"明劝诫，著升沉"（南齐·谢赫《古画品录》）和"美刺"的美学思想和原则的。

这是结合诗人具体的经历和思想所作的思想内容上的理解。但是，由于这首诗毕竟是从自然景观的描写而来，从社会生活的现象而来，所以这首诗的思想内容，又不仅限于社会政治方面。尽管也可以把诗中的"花"理解为贤臣，"草"，理解为奸佞，因而说诗的题旨是对革新除弊的企望。因此，从这方面来看，这首诗就不是一般的政治诗，而是对生活中某一方面的经验进行了深刻总结的具有相当的哲理的醒世诗。

回车驾言迈①

【汉】佚名

回车驾言迈，
悠悠涉长道②。
四顾何茫茫③，
东风摇百草④。
所遇无故物⑤，
焉得不速老。
盛衰各有时⑥，
立身苦不早⑦。
人生非金石，
岂能长寿考？
奄忽随物化⑧，
荣名⑨以为宝。

注 释

①回车驾言迈："回"，转也。"言"，语助词。"迈"，远行也。

②悠悠：远而未至之貌。涉长道：犹言"历长道"。涉，本义是徒步过水；引申之，凡渡水都叫"涉"；再引申之，则不限于涉水。

③茫茫：广大而无边际的样子。

④东风：指春风。百草：新生的草。

⑤无故物：承"东风摇百草"而言。故，旧也。

⑥各有时：犹言"各有其时"，是兼指百草和人生而说的。"时"的短长虽各有不同，但在这一定时间内，有盛必有衰，而且是由盛而衰的。

⑦立身：犹言树立一生的事业基础。早：指盛时。

⑧奄忽：急遽。随物化：指死亡。

⑨荣名：指荣禄和声名。

译文

转回车子驾驶向远方，遥远的路途跋涉难以到达。

一路上四野广大而无边际，春风吹生了枯萎的野草。

眼前一切都是陌生无故物，像草之荣生，人又何尝不会很快地由少而老呢！百草和人生的短长虽各有不同，但由盛而衰皆相同，既然如此，立业就必须即时把握。

人不如金石般的坚固，人的生命是脆弱的，即使长寿也有尽期，岂能长久下去。

生命急遽地衰老死亡，应立刻进取保得声名与荣禄。

赏析

这是一首通过对客观景物荣枯更替的描写，来抒发人生短暂，所以人"立身"宜早，以"荣名"为宝的说理诗；同时也是一首抒写仕宦虽有建树但又并不十分得意的士子对人生的感悟和自励自警的诗。全诗共十二句，可分作两层。前六句为第一层，写诗人由叙事写景引发出对人生的联想和感慨；后六句为第二层，写诗人继续抒发自己对人生的议论和感慨。此诗情文并茂，富含哲理，其艺术风格质朴自然，行文如行云流水，但又不浅露，而是余味曲包，耐人寻味。

"回车驾言迈，悠悠涉长道。"这两句是说，调转车头我驾着车子开始远行，路途遥远不知何时才能到达。

"四顾何茫茫，东风摇百草。"这两句是说，抬头四顾，但见原野茫茫，春风吹拂摇动着原野上无边的青草。

"所遇无故物，焉得不速老。"这两句是说，一路上我所见的不再是我认识的旧物，不能不使人感到岁月催人老。

首起两句叙事，写诗人要驾车远行。是出门离家游宦，还是衣锦还乡省亲，诗人并没有言说。不过结合全诗来说，诗中的主人公应是游宦京都多年，在功名事业上略有建树，虽不是一帆风顺，但也并非完全失意潦倒。从首起"回车"二字来看，他应该是准备动身离开京师返回自己的故乡。从诗人笔下的描绘来看，此时应该是一年中景致最为美好的春天。但现在眼下美好的春光，并没有给诗人带来美好的心情。诗句中一个"何"字，一个"摇"字就隐隐地带有沧桑感。紧接着诗人由眼前景物引发出对人生的联想和感慨，一路上，昔日来时的景物都不见了，当然这里的故物，不仅仅局限于物，也应指人，如亲朋古旧。正如曹植诗言："不睹旧耆老，但见新少年。""所遇无故物，焉得不速老。"这两句诗是全诗的纽带，既是对前四句叙事写景发出来的联想和感慨，又是开启后六句议论感慨的由头所在。

"盛衰各有时，立身苦不早。"这两句是说，人生和草木的兴盛和衰败都有各自的时限，苦恼的是自己没有很早地建立起自己的功名。

"人生非金石，岂能长寿考。"这两句是说，人没有像金石那样坚固，怎么能长寿无尽期？

这两句用来比喻人的生命短暂和短促。

"奄忽随物化。荣名以为宝。"古今注本于荣名有二解。一说荣名即美名；有一说荣名则谓荣禄和声名。许多人把这两种说法对立起来，认为前者认为人生易尽，还是珍惜声名，追求的是永恒的东西；后者认为人生短暂，不如早取荣禄声名，及时行乐。这两种境界有高下之别。事实上，在封建社会，儒家正统知识分子都以博取功名、建树事业作为人生的最高目标。所以不能说追求荣禄和声名，就是庸俗的，就只是为了行乐。"穷则独善其身，达则兼济天下。"是儒家正统知识分子追求的目标。因此诗人把"荣禄和声名"作为人生之宝，是无可非议的事。从全诗来看，诗人还是认真地对生命进行了思考，立足于追求永恒的美名，是希望自己有所作为的，对人生的态度还是积极进取的，并以此自警自励。

显然，这是一首哲理性的杂诗，但读来却非但不觉枯索，反感到富于情韵。这一方面固然因为他的思索切近生活，自然可亲，与后来玄言诗之过度抽象异趣，由四个层次的思索中，能感到诗人由抑而扬，由扬又抑，再抑而再扬的感情节奏变化。另一方面，也许更重要的是，这位诗人已开始自觉不自觉地接触到了诗歌之境主于美的道理，在景物的营构、情景的交融上，达到了前人所未有的新境地。

劝学①诗

【宋】朱熹

少年易老学难成，
一寸光阴②不可轻。
未觉池塘春草梦③，
阶前梧叶已秋声④。

注 释

①学：学问，学业，事业。
②一寸光阴：日影移动一寸的时间，形容时间短暂。
③池塘春草梦：这是一个典故，此处活用其典，意谓美好的青春年华将很快消逝，如同一场春梦。
④秋声：秋时西风作，草木凋零，多肃杀之声。

作者名片

朱熹（1130—1200），行五十二，小名沈郎，小字季延，字元晦，一字仲晦，号晦庵，晚称晦翁，又称紫阳先生、考亭先生、云谷老人、沧洲病叟、逆翁。谥文，又称朱文公。汉族，祖籍南宋江南东路徽州府婺源县（今江西省婺源），出生于南剑州尤溪（今属福建三明市）。南宋著名的理学家、思想家、哲学家、教育家、诗人、闽学派的代表人物，世称朱子，是孔子、孟子以来最杰出的弘扬儒学的大师。

译 文

青春的日子十分容易逝去，学问却很难获得成功，所以每一寸光阴都要珍惜，不能轻易放过。

没等池塘生春草的美梦醒来，台阶前的梧桐树叶就已经在秋风里沙沙作响了。

赏析

本诗中的"劝"起着统领全篇的作用。"劝"解释为"勉励"的意思。

"少年易老学难成，一寸光阴不可轻。"这是诗人用切身体会告诫年轻人的经验之谈，说明人生易老，学问难成，因而必须爱惜光阴。因其"易老"、故"不可轻"，可见惜时之重要。说明应该珍惜自己美好的年华，努力学习，切莫让可贵的时光从身边白白地溜走。

"未觉池塘春草梦，阶前梧叶已秋声。"诗人以敏锐、细腻的笔触，借用前人诗句中的优美形象，结合自己对"少年易老学难成"的深切感受，把时间快过，岁月易逝的程度，用梦未觉、梧叶秋声来比喻，十分贴切，倍增劝勉的力量；从而使"一寸光阴不可轻"的题旨得以更鲜明地体现，给读者留下深刻难忘的印象。

全诗通过梦未醒、梧叶已落来比喻光阴转瞬即逝，告诫青年人珍视光阴，努力向学。用以劝人，亦用于自警。告诫人们要珍惜光阴，追求学业，感叹人生苦短，要抓紧时间学习，将来才不会因虚度年华而悔恨，不因碌碌无为而蹉跎人生。青春的日子容易逝去，学问却很难成功，所以每一寸光阴都要珍惜，不能轻易放过。还没从美丽的春色中一梦醒来，台阶前的梧桐树叶就已经在秋风里沙沙作响了。

龟虽寿

【汉】曹操

神龟虽寿①，

犹有竟②时；

腾蛇③乘雾，

终为土灰。

老骥伏枥④，

注释

①神龟：传说中的通灵之龟，能活几千岁。寿：长寿。

②竟：终结，这里指死亡。

③腾蛇：传说中龙的一种，能乘云雾升天。

④骥：良马，千里马。伏：趴，卧。枥：马槽。

志在千里；

烈士暮年⑤，

壮心不已⑥。

盈缩之期⑦，

不但⑧在天；

养怡⑨之福，

可得永年⑩。

幸甚至哉⑪，

歌以咏志。

⑤烈士：有远大抱负的男子。这里专指为理想事业献身的人。暮年：晚年。

⑥已：停止。

⑦盈缩：原指岁星的长短变化，这里指人的寿命长短。盈：增长。缩：亏，引申为短。

⑧但：仅，只。

⑨养怡：指调养身心，保持身心健康。怡：愉快、和乐。

⑩永：长久。永年：长寿，活得长。

⑪幸甚至哉：庆幸得很，好极了。幸：庆幸。至：极点。

作者名片

曹操（155—220），字孟德，一名吉利，小字阿瞒，沛国谯（今安徽亳州）人，东汉末年杰出的政治家、军事家、文学家、书法家。三国中曹魏政权的缔造者，以汉天子的名义征讨四方，对内消灭二袁、吕布、刘表、韩遂等割据势力，对外降服南匈奴、乌桓、鲜卑等，统一了中国北方，并实行一系列政策恢复经济生产和社会秩序，奠定了曹魏立国的基础。曹操在世时，担任东汉丞相，后为魏王，去世后谥号为武王。

译文

神龟虽然十分长寿，但生命终究会有结束的一天；

腾蛇尽管能腾云乘雾飞行，但终究也会死亡化为土灰。

年老的千里马虽然伏在马槽旁，雄心壮志仍是驰骋千里；

壮志凌云的人士即便到了晚年，奋发思进的心也永不止息。

人寿命长短，不只是由上天决定；

调养好身心，就定可以益寿延年。

真是幸运极了，用歌唱来表达自己的思想感情吧。

赏析

　　这是一首富于哲理的诗，阐述了诗人的人生态度。诗中的哲理来自诗人对生活的真切体验，因而写得兴致淋漓，有着一种真挚而浓烈的感情力量。

　　全诗跌宕起伏，又机理缜密，闪耀出哲理的智慧之光，并发出奋进之情，振响着乐观声调。艺术风格朴实无华，格调高远，慷慨激昂，显示出诗人自强不息的进取精神、热爱生活的乐观精神。人寿命的长短不完全决定于天，只要保持身心健康就能延年益寿，可见诗人对天命持否定态度，而对事在人为抱有信心的乐观主义精神，抒发了诗人不甘衰老、不信天命、奋斗不息、对伟大理想的追求永不停止的壮志豪情。

　　这首诗是抒发人生的咏志诗。曹操以神龟、腾蛇、老骥作为比喻，表明宇宙万物生必有死，是自然的规律，人应该利用有限之年，建功立业，始终保持昂扬乐观的积极进取的精神。

劝　学

【唐】颜真卿

三更灯火五更鸡①，

正是男儿读书时。

黑发②不知勤学早，

白首方③悔读书迟。

注释

①更：古时夜间计算时间的单位，一夜分五更，每更为两小时。午夜11点到1点为三更。五更鸡：天快亮时，鸡啼叫。

②黑发：年少时期，指少年。

③白首：头发白了，这里指老年。方：才。

作者名片

颜真卿（709—784），字清臣，小名羡门子，别号应方，京兆万年（今陕西西安）人，祖籍琅琊临沂（今山东临沂）。唐朝名臣、书法家，秘书监颜师古五世从孙、司徒颜杲卿从弟。颜真卿书法精妙，擅长行、楷。初学褚遂良，后师从张旭，得其笔法。其正楷端庄雄伟，行书气势遒劲，创"颜体"楷书，对后世影响很大。与赵孟頫、柳公权、欧阳询并称为"楷书四大家"。又与柳公权并称"颜柳"，被称为"颜筋柳骨"。又善诗文，有《韵海镜源》《礼乐集》《吴兴集》《庐陵集》《临川集》，均佚。宋人辑有《颜鲁公集》。

译文

每天三更半夜到鸡啼叫的时候，是男孩子们读书的最好时间。

少年不知道早起勤奋学习，到老了后悔读书少就太迟了。

赏析

《劝学》中的"劝"起着统领全篇的作用。"劝"解释为"勉励"的意思。作者在这篇以《劝学》为目的的诗歌中，劝勉青少年要珍惜少壮年华，勤奋学习，有所作为，否则，到老一事无成，后悔已晚。使孩子初步理解人生短暂，从而提高学习的积极性。诗歌以短短的28个字便揭示了这个深刻的道理，达到了催人奋进的效果。

"三更灯火五更鸡。"是指勤劳的人、勤奋学习的学生在三更半夜时还在工作、学习，三更时灯还亮着，熄灯躺下稍稍歇息不久，五更的鸡就叫了，这些勤劳的人又得起床忙碌开了。第一句用客观现象写时间早，引出第二句学习要勤奋，要早起，"正是男儿读书时。"为第一句作补充，表达了年少学习时应该不分昼夜学习，通过努力学习才能报家报国、建功立业。

"黑发不知勤学早，白首方悔读书迟。"写的是年轻的时候不好好学习到了年纪大了，再想要学习也晚了。句子中"黑发""白首"是采用借代的修辞方法，借指青年和老年。通过对比的手法，突出读书学习要趁早，不要到了老了后悔了才去学习。从结构上看，三、四句为对偶句，"黑发"与"白首"前后呼应，互相映衬，给读者留下深刻的印象。

这首诗深入浅出，自然流畅，富含哲理。核心是"黑发早勤学，白首读书迟。"作为有志气的人，要注意抓紧时间读书学习修身养性，最好的读书时间是在三更五更，晨读不息；而且只有年年月月刻苦坚持，才能真正学到报国兴家立业的本领。从学习的时间这一角度立意，劝勉年轻人不要虚度光阴，要及早努力学习，免得将来后悔。诗人是从学习的意义，作用和学习应持的态度方法等角度立意，希望人们重视后天学习，以加强自身的行为修养。

白鹿洞①二首·其一

【唐】王贞白

读书不觉已春深②，
一寸光阴③一寸金。
不是道人来引笑④，
周情孔思正追寻⑤。

注 释

①白鹿洞：在今江西省境内庐山五老峰南麓的后屏山之南。
②春深：春末，晚春。
③寸阴：极短的时间。
④道人：指白鹿洞的道人。引笑：逗笑，开玩笑。
⑤周情孔思：指周公、孔子的精义教导。追寻：深入钻研。

作者名片

王贞白（875—958），字有道，号灵溪，信州永丰（今江西省上饶市广丰区）人。唐末五代十国著名诗人。唐乾宁二年（公元895）登进士，七年后（公元902）授职校书郎，尝与罗隐、方干、贯休同唱和。著有《灵溪集》7卷行世，今编诗一卷。

译 文

专心读书，不知不觉春天过完了，每一寸时间就像一寸黄金珍贵。

如果不是道人过来嘲笑，我还沉浸在那钻研周公的精义、孔子的思想中。

赏 析

这是一首写诗人自己的读书生活的诗，也是一首惜时诗。"白鹿洞"在今江西省境内庐山五老峰南麓的后屏山之南。这里青山环抱，碧树成荫，环境幽静。名为"白鹿洞"，实际并不是洞，而是山谷间的一方坪地。中唐李渤曾在此读书，养有一头白鹿为伴，因名"白鹿洞"。

"读书不觉已春深。"是说自己专心读书，不知不觉就已经到了春末。"春深"犹言春末、晚春。从这句诗中可以看出，诗人读书入神，每天都过得紧张而充实，全然忘记了时间。春天快过完了，是诗人不经意中猛然发现的。这一发现令诗人甚感意外，颇多感慨。他觉得光阴过得太快了，许多知识要学，时间总不够用似的。次句写诗人的感悟。"一寸光阴一寸金"，寸阴，指极短的时间，这里以金子喻光阴，谓时间宝贵，应该珍惜。这是诗人由第一句叙事自然引发出来的感悟，也是诗人给后人留下的不朽格言，千百年来一直勉励人们、特别是读书人珍惜时间、注重知识积累，不断充实和丰富自己。

"不是道人来引笑，周情孔思正追寻。"是叙事，补叙自己发觉"春深"，是因为"道人来引笑"。"道人"指白鹿洞的道人。"引笑"指逗笑，开玩笑。道人修禅养性是耐得住寂寞、静得下心的了，而诗人需要道人来"引笑",才肯放松一下,休息片刻,可见诗人读书之专心致志,非同寻常。这不,道人到来之时,诗人正在深入钻研周公、孔子的精义教导呢。"周情孔思",当指古代读书人所读的儒家典籍。

"一寸光阴一寸金。"诗句成为劝勉世人珍惜光阴的千古流传的至理名言。后人应当从中受到启发和教育,知识是靠时间积累起来的,为充实和丰富自己,应十分珍惜时间才是。

出 塞

【清】徐锡麟

军歌应唱大刀环①,
誓灭胡奴出玉关②。
只解沙场③为国死,
何须马革裹尸④还。

注 释

①环:与"还"同音,古人常用作还乡的隐语。

②胡奴:指清王朝封建统治者。玉关:即甘肃玉门关,汉时为出塞要道。

③沙场:本指平沙旷野,后多指战场。

④马革裹尸:英勇作战,战死于战场。

作者名片

徐锡麟(1873—1907),字伯荪,号光汉子,浙江绍兴府山阴东浦镇人。中国近代民主革命家。1901年任绍兴府学堂教师,后升副监督。1903年应乡试,名列副榜。1904年在上海加入光复会。1907年7月6日,徐锡麟在安庆刺杀安徽巡抚恩铭,率领学生军起义,攻占军械所,激战4小时,失败被捕,次日慷慨就义。

译 文

出征的战士应当高唱军歌胜利归来。决心把满族统治者赶出山海关。

战士只知道在战场上，要为国捐躯。何必考虑把尸体运回家乡。

赏析

"军歌应唱大刀环，誓灭胡奴出玉关。"这开篇的两句，诗人便是直抒胸臆，直接表达出了自己内心的一种愿望，而且这两句，也是非常好理解；对于出征的士兵来说，应该要高唱着战歌，然后胜利归来，只要有决心，一定是可以把胡奴赶出玉门关去。其实这更多的是诗人一种内心的表现，由于当时的满族从关外，入主中原，使得很多的文人，都有着这样的一种抱负，但是徐锡麟这首诗，则是显得更为独特，也更加的霸气。

第三句在前句的基础之上，更进一步深化出征战士的思想境界，把他们出征的雄心和壮志上升到为国牺牲的高度。"只解"是说心中所存唯一的念头，排除了其他的种种想法。古人在对待"死"的问题上，很崇尚为国而死、为朋友而死、为公而死、为义而死，等等，其中尤以为国捐躯被看作无上光荣的事，尤其是战场上为国牺牲，更是高于一切的莫大荣幸。这句诗正好体现了上述内容，强调了"为国"二字。

末句，总领全诗，从反面讲，为国牺牲、战死沙场，既然是人生最大的荣幸之事，那么，对于尸体归葬的问题，就不必考虑了。徐锡麟把东汉时期马援"马革裹尸"的思想又作了更进一步的发挥，他用了"何须"两个字，认定了只要为国牺牲不问其他；至于尸体归葬故土的问题，并不重要，所以才说"何须……还！"

这首诗抒发了作者义无反顾的革命激情和牺牲精神，充满了英雄主义气概，把一腔报效祖国、战死疆场的热忱发挥得淋漓尽致。在写下了这首诗的一年以后，作者在安庆起义，失败被捕，清政府要他写口供，他挥笔直书："尔等杀我好了，将我心剖了，两手两足断了，全身碎了，均可，不可冤杀学生。"尔后，慷慨就义，他用生命实现了自己的理想。这首诗感情豪放激扬，语气慷慨悲壮，英气逼人，最后一句"何须马革裹尸还。"写出了他壮怀激烈、视死如归的英雄气概。

池鹤二首·其一

【唐】白居易

高竹笼前无伴侣，

乱鸡群里有风标①。

低头乍恐丹砂②落，

晒翅常疑白雪消。

转觉鸬鹚③毛色下④，

苦嫌鹦鹉语声娇。

临风一唳⑤思何事，

怅望青田云水遥。

注 释

①风标：风度、品格。

②丹砂：又名朱砂，一种红色的矿物，可以入药。

③鸬鹚（lú cí）：大型的食鱼游禽，善于潜水，潜水后羽毛湿透，需张开双翅在阳光下晒干后才能飞翔。栖息于海滨、湖沼中。飞时颈和脚均伸直。常被人驯化用以捕鱼，在喉部系绳，捕到后强行吐出。

④下：低下喉。

⑤唳（lì）：鸣叫。鹤、鸿雁的叫声。

作者名片

白居易（772—846），字乐天，号香山居士，又号醉吟先生，祖籍太原，到其曾祖父时迁居下邽，生于河南新郑。是唐代伟大的现实主义诗人，唐代三大诗人之一。白居易与元稹共同倡导新乐府运动，世称"元白"，与刘禹锡并称"刘白"。白居易的诗歌题材广泛，形式多样，语言平易通俗，有"诗魔"和"诗王"之称。官至翰林学士、左赞善大夫。公元846年，白居易在洛阳逝世，葬于香山。有《白氏长庆集》传世，代表诗作有《长恨歌》《卖炭翁》《琵琶

行》等。

译文

在高高的竹笼前没有自己的同伴，在乱哄哄的鸡群中却有着自己的风度。

低下头怕丹砂落下，晒翅的时候担心白色的短尾消失。

转眼看到鸬鹚觉得它毛色污浊，又讨厌鹦鹉的叫声太谄媚。

对风鸣唳想的究竟是什么呢？惆怅地望向青青的田野和天之遥的云水之间。

赏析

这是一只被囚的鹤，它的品格和仪表与众不同（鹤立鸡群），不会像鸬鹚那样侍奉权贵，也不会像鹦鹉那样讨好别人。

当时诗人被贬江州司马，开始"吏隐"，在庐山建草堂，思想从"兼济天下"转向"独善其身"，闲适、伤感的诗渐多。

"高竹笼前无伴侣，乱群鸡里有风标。"这句很容易让人联想到一个词鹤立鸡群。在高高的竹笼前找不到自己的知音，在庸俗的鸡群还凸显着自己的风度和节操。

"低头乍恐丹砂落，晒翅常疑白雪消。"此句，从表面上看，是丹顶鹤害怕低下头，头上象征高贵的标志丹砂落下，晒翅的时候担忧白色的毛色变得不好看。从意义上理解，应该还有一层：低下头，不仅仅担忧高贵的标志不再，还因为低头本身就代表了屈服和卑微，和孤高的形象气度相悖；"晒翅常疑白雪消"，这里的白雪不仅仅是指毛色，更多的是保持一种圣洁的清白。由此，一个清高孤傲，而又不愿意对世俗妥协的丹顶鹤形象便脱颖而出。

"转觉鸬鹚毛色下，苦嫌鹦鹉语声娇。"转眼四望，觉得鸬鹚毛色污浊，徒有其表而又善于学舌的鹦鹉太娇弱，这两者不仅形象气质欠佳，而且善于侍奉讨好主人，完全没有自己的自由和主见，更不要说具备一副铮铮的傲骨了。

　　"临风一唳思何事？怅望青田云水遥。"没有知音的欣赏，没有主人的青睐，只是在囚笼里长唳，惆怅地望向远方，那遥不可及的云水之乡才是梦想的天堂。丹顶鹤所思的，不仅仅是宝贵的自由，还有知音的赏识，和对自己理想抱负不能实现的苦闷，但又希望保持自己孤高的品格和非凡的气质才华，将来能鹤唳云端，展翅冲天。

定风波·次高左藏①使君韵

【宋】黄庭坚

　　万里黔中一漏天②，屋居终日似乘船。及至重阳天也霁③，催醉，鬼门关④外蜀江前。

　　莫笑老翁犹气岸⑤，君看，几人黄菊上华颠⑥？戏马台⑦南追两谢，驰射，风流犹拍古人肩。

注释

①定风波：词牌名。左藏（cáng）：古代国库之一，以其在左方，故称左藏。
②黔（qián）中：即黔州（今四川彭水）。漏天：指阴雨连绵。
③及至：表示等到某种情况出现；直至。霁（jì）：雨雪之止也。
④鬼门关：即石门关，今重庆市奉节县东，两山相夹如蜀门户。
⑤老翁（wēng）：老年男子，含尊重意。气岸：气度傲岸。
⑥华颠：白头。
⑦戏马台：又称掠马台，项羽所筑，今江苏徐州城南。

作者名片

　　黄庭坚（1045—1105），字鲁直，号山谷道人、涪翁，洪州分宁（江西

省九江市修水县）人，北宋著名文学家、书法家、江西诗派开山之祖。作品有《山谷词》，与杜甫、陈师道和陈与义素有"一祖三宗"（黄庭坚为其中一宗）之称。与张耒、晁补之、秦观都游学于苏轼门下，合称为"苏门四学士"。生前与苏轼齐名，世称"苏黄"。

译文

黔中阴雨连绵，仿佛天漏，遍地都是水，终日被困家中，犹如待在一艘破船上。久雨放晴，又逢重阳佳节，在蜀江之畔，畅饮狂欢。

不要取笑我，虽然年迈但气概仍在。请看，老翁头上插菊花者有几人呢？吟填词，堪比戏马台南赋诗的两谢。骑马射箭，纵横驰骋，英雄直追古时风流人物。

赏析

此词为作者贬谪黔州期间的作品。写出他在穷困险恶的处境中，不向命运屈服的博大胸怀；主要通过重阳即事，抒发了一种老当益壮、穷且益坚的乐观奋发精神。

上片首两句写黔中气候，以明贬谪环境之恶劣。黔中秋来阴雨连绵，遍地是水，人终日只能困居室内，不好外出活动。不说苦雨，而通过"一漏天""似乘船"的比喻，形象生动地表明秋霖不止叫人不堪其苦的状况。"乘船"而风雨喧江，就有覆舟之虞。所以"似乘船"的比喻是足不出户的意思，又影射着环境的险恶。联系"万里"二字，又有去国怀乡之感。下三句是一转，写重阳放晴，登高痛饮。说重阳天霁，用"及至""也"二虚词呼应斡旋，有不期然而然、喜出望外之意。久雨得晴，又适逢佳节，真是喜上加喜。遂逼出"催醉"二字。"鬼门关外蜀江前"回应"万里黔中"，点明欢度重阳的地点。"鬼门关"即石门关，在今四川奉节县东，两山相夹如蜀门户。但这里却是用其险峻来反衬一种忘怀得失的胸襟，颇有几分傲兀之气。

　　过片三句承上意写重阳赏菊。古人在重阳节有簪菊的风俗，但老翁头上插花却不合时宜，即所谓"几人黄菊上华颠。"作者借这种不入俗眼的举止，写出一种不服老的气概。"君看""莫笑"云云，全是自负口吻。这比前写纵饮就更进一层，词情再扬。最后三句是高潮。此三句说自己重阳节不但照例饮酒赏菊，还要骑马射箭，吟诗填词，其气概直追古时的风流人物。此处巧用晋诗人谢瞻、谢灵运戏马台赋诗之典。末句中的"拍肩"一词出于郭璞《游仙诗》"右拍洪崖肩"，即追踪的意思。下片从"莫笑老翁犹气岸"到"风流犹拍古人肩"彼此呼应，一气呵成，将豪迈气概表现得淋漓尽致。

　　这首词铸词造句新警生动，用典自然贴切，其豪迈之气动人心魄。

贺新郎^①·寄辛幼安和见怀韵^②

【宋】陈亮

　　老去凭谁说^③。看几番、神奇臭腐，夏裘冬葛。父老长安今余几，后死无仇可雪。犹未燥、当时生发。二十五弦^④多少恨，算世间、那有平分月^⑤。胡妇弄，汉宫瑟。

　　树犹如此堪重别。只使君、从来与我，话头多合。行矣置之无足问，谁换妍皮痴骨^⑥。但莫使、伯牙弦绝。九转丹砂牢拾取，管精金、只是寻常铁。龙共虎，应声裂。

注释

①贺新郎：后人创调，又名《金缕曲》《乳燕飞》《貂裘换酒》。
②辛幼安：辛弃疾，字幼安。和见怀韵：酬和（你）怀想（我而写的词作的）

原韵。

③凭谁说：向谁诉说。

④二十五弦：用乌孙公主、王昭君和番事，指宋金议和。这里指琵琶。

⑤月：以月喻地。

⑥妍皮：俊美的外貌。痴骨：指愚笨的内心。

作者名片

陈亮（1143—1194）原名汝能，后改名陈亮，字同甫，号龙川，婺州永康（今属浙江）人。婺州以解头荐，因上《中兴五论》，奏入不报。孝宗淳熙五年，诣阙上书论国事。后曾两次被诬入狱。绍熙四年光宗策进士第一，状元。授签书建康府判官公事，未行而卒，谥号文毅。所作政论气势纵横，词作豪放，有《龙川文集》《龙川词》，宋史有传。

译文

年华老去我能向谁诉说？看了多少世事变幻，是非颠倒！那时留在中原的父老，活到今天的已所剩无几，年轻人已不知复仇雪耻。如今在世的，都是当年乳臭未干的婴儿！宋金议和有着多少的悔恨，世间哪有南北政权平分土地的道理。胡女弄乐，琵琶声声悲。

树也已经长得这么大了，怎堪离别。只有你（辛弃疾），与我有许多相同的见解。我们天各一方，但只要双方不变初衷，则无须多问挂念。希望不会缺少知音。炼丹一旦成功，就要牢牢拾取，点铁成金。龙虎丹炼就，就可功成迸裂而出。

赏析

词的上片主旨在于议论天下大事；下片则重叙友谊，两人虽已老，但从来都是志同道合的，今后还要互相鼓励，坚持共同主张，奋斗到底。

首句"老去凭谁说"，写知音难觅，而年已老大，不惟壮志莫酬，甚至连找一个可以畅谈天下大事的同伴都不容易。词人借此一句，引出以下的全部思想和感慨。他先言世事颠倒变化，雪仇复土无望，令人痛愤。最后四句，重申中原被占，版图半入于金之恨。词以"二十五弦"之瑟，兼寓分破与悲恨两重意思。读到这里，再回头去看"老去凭谁说"一句，亦感词人一腔忧愤，满腹牢骚，都是由此而发的。

下片转入抒情。所抒之情正与上片所论之事相一致。词人深情地抒写了他与辛弃疾建立在改变南宋屈辱现实这一共同理想基础上的真挚友谊。这一句并非突如其来，而是上承"老去凭谁说"自然引出的。下句"只使君、从来与我，话头多合"，又正是对岂"堪重别"原因的解释，也与词首"老去"一句遥相呼应。词人借此来说明，即使世人都说他们是"妍皮裹痴骨"，遭到误解和鄙视，他们的志向也永不会变。然后，话题一转，写出"九转丹砂牢拾取，管精金只是寻常铁。"以"九转丹砂"与辛弃疾共勉，希望能经得起锻炼，使"寻常铁"炼成"精金"，为国家干一番事业。最后，再借龙虎丹炼成而迸裂出鼎之状，以"龙共虎，应声裂"这铿锵有力的六个字，刻画胜利时刻必将到来的不可阻止之势。至此，全词方戛然而止，这最后几句乃是作者与其友人的共勉之辞。

这首词突出表现了作者痛恨屈辱求和，痛恨南北分裂，渴望北伐中原，统一祖国的迫切愿望。壮士悲歌，动人心弦。

酹江月·驿中言别

【宋】邓剡

水天空阔，恨东风不惜世间英物。蜀鸟吴花残照里，忍见荒城颓壁。铜雀春情，金人①秋泪，此恨凭谁雪？堂堂剑气②，斗牛空认奇杰。

那信江海余生，南行万里，属扁舟齐发。正为鸥盟留醉眼，细看涛生云灭。睨柱吞嬴③，回旗走懿④，千古冲冠发。伴人无寐，秦淮应是孤月。

注 释

①金人：谓魏明帝迁铜人、承露盘等汉时旧物，铜人潸然泪下之事。
②堂堂剑气：指灵剑奇气，上冲斗牛，得水化龙事。
③睨柱吞嬴：谓战国蔺相如使秦完璧归赵故事。
④回旗走懿：谓诸葛亮遗计吓退司马懿事。

作 者 名 片

邓剡（1232—1303），字光荐，又字中甫，号中斋。庐陵人（今江西省吉安县永阳镇邓家村）。南宋末年爱国诗人、词作家，第一个为文天祥作传的人。他与文天祥、刘辰翁是白鹭洲书院的同学。

译 文

面对水天相连的长江，我真恨老天不肯帮忙，竟让元军打败了我们。春天来了，杜鹃鸟在哀啼，夕阳斜照着花朵，可是我怎么忍心去看被元军摧毁了的南京城啊。想到我们的妇女和珍贵文物被敌人掳掠一空，连我自己也当了俘虏，真不知道靠谁才能报仇。我是多么的痛悔，可惜了我的那把宝剑，它还以为我是个豪杰呢。

回想不久以前，为了抗击元军，我曾经摆脱敌人严密的监视坐了小船，经过海路，到南方举起抗元的大旗。虽然后来失败被俘，但我决心要像蔺相如痛斥秦王、诸葛亮吓退司马懿那样，英勇顽强地同敌人斗争到底，保持崇高的民族气节。这样想着，我再也难以入睡。周围是那么寂静，只有秦淮河上的孤月，在默默地陪伴着我啊。

赏析

亡国之痛是此词上片的主旋律，"水天空阔，恨东风不惜世间英物。"感叹金陵的水阔天空。"世间英物"，指的是文天祥。面对长江，不禁令人心驰神往：长江险阻，能拒曹兵，为何不能拒元兵。英雄没有天的帮助，只能遭人怜惜。"东风"如此不公平，可恨之极。这两句，凌空而来，磅礴的气势之中，蕴含着无限悲痛。随即引出许多感叹。"蜀鸟吴花残照里，忍见荒城颓壁"，写金陵城中残垣断壁的惨相。"蜀鸟"，指产于四川的杜鹃鸟，相传为蜀亡国之君杜宇的灵魂托身。在残阳夕照中听到这种鸟的叫声，令人顿觉特别感到凄切。"吴花"，即曾生长在吴国官中的花，现在残阳中开放，有过亡国之苦，好像也蒙上了一层惨淡的色彩。凄惨的景象，使人不忍目睹；蜀鸟的叫声，更叫人耳不忍闻。

"铜雀春情，金人秋泪，此恨凭谁雪？"杜牧曾写有"东风不与周郎便，铜雀春深锁二乔。"的诗句，这本是一个大胆的历史的假设，现在居然成了现实。借历史故事，描写江山易主的悲哀。三年前元军已把谢、全二太后掳去。"金人秋泪"典出自魏明帝时，曾派人到长安把汉朝建章宫前的铜人搬至洛阳，传说铜人在被拆卸时流下了眼泪。但宋朝亡国，国亡数被迁移，此恨难消。"堂堂剑气，斗牛空认奇杰。"宝剑是力量的象征，奇杰是胆略的化身，所向披靡。可如今，却空有精气上冲斗牛的宝剑和文天祥这样的人物。对文天祥的失败，惋惜之情，溢于言表。

词的上片情景交融。金陵风物是历代词人咏叹颇多的。但此词把其作为感情的附着物融入感情之中，别有一番风韵。蜀鸟、吴花、残垣断壁，是一种惨相，但表现了作者复杂的情感。

下片主要写情，表达对文天祥的倾慕、期望和惜别之情。"那信江海余生，南行万里，属扁舟齐发。"颂扬文天祥与元人作斗争的胆略与勇气。几年前文天祥被元军扣留，乘机逃脱，绕道海上，历尽千辛万苦回到南方。正为"鸥盟留醉眼，细看涛生云灭"。

邓剡前面跳海未死，这次又病而求医，为的是"留醉眼"，等文天祥东山再起，再起复宋大业。"睨柱吞嬴，回旗走懿，千古冲冠发。""睨柱吞嬴"，赵国丞相蔺相如身立秦庭，持璧睨柱，气吞秦王的那种气魄："回旗走懿"指的是蜀国丞相诸葛亮死了以后还能把司马懿吓退的那种威严。用典故写出对文天祥的期望之情。这自然是赞许，也是期望。"伴人无寐，秦淮应是孤月。"最后再转到惜别上来，孤月意喻好友的分离、各人将形单影只了。作者虽然因病不能随之北上，但将在一个又一个的不眠之夜中为友人祈盼。这句话虽然普遍，但朋友之情，家国之悲深蕴其中。

这词在艺术上的特色除了写情写景较为融洽之外，还用典颇多。借历史人物，抒发自己胸臆。各种历史人物都已出现，较好地完成了形象塑造。这阕词用东坡居士词原韵，难度极大，但仍写得气冲斗牛，感人肺腑，是因为这其中蕴含着真情。

论诗五首·其二

【清】赵翼

李杜①诗篇万口传，
至今已觉不新鲜。
江山代有才人②出，
各领风骚数③百年。

注 释

①李杜：指李白和杜甫。
②才人：有才情的人。
③风骚：指《诗经》中的"国风"和屈原的《离骚》。这里指在文学上有成就的"才人"的崇高地位和深远影响。

作者名片

赵翼（1727—1814）清代文学家、史学家。字云崧，一字耘崧，号瓯北，又号裘萼，晚号三半老人，江苏阳湖（今江苏省常州市）人。乾隆二十六年进士，官至贵西兵备道。旋辞官，主讲安定书院。长于史学，考据精赅。论诗主"独创"，反模拟。五、七言古诗中有些作品，嘲讽理学，隐喻对时政的不满之情，与袁枚、张问陶并称清代性灵派三大家。所著《廿二史札记》与王鸣盛《十七史商榷》、钱大昕《二十二史考异》合称清代三大史学名著。

译文

李白和杜甫的诗篇被成千上万的人传颂，流传至今感觉已经没有什么新意了。

历史上每一朝代都会有才华出众的人出现，各自开创一代新风，引领诗坛几百年。

赏析

诗的前两句以李白、杜甫的诗为例来说理："李杜诗篇万口传，至今已觉不新鲜。"为了说明诗风代变的道理，诗人举出了诗歌史上的两位大家，唐代的李白与杜甫为例。李白、杜甫的诗歌万古流传，无人能与之相比。即使是李、杜这样的大诗人，他们的诗作因流传千年，播于众口，已经不再给人以新鲜感了。以历史发展的眼光来看，各个时代都有其标领风骚的人物。可见，"江山代有才人出，各领风骚数百年。"国家代代都有有才情的人出现，他们各自的影响也不过几百年而已。作者认为诗歌应随着时代不断发展，诗人在创作上应求变创新，而不要刻意模仿，跟在古人后面亦步亦趋。

此诗反映了作者诗歌创作贵在创新的主张。他认为诗歌随时代不断发展，诗人在创作的时候也应求新求变，并非只有古人的作品才是最好的，每个时代都有属于自己的风格的诗人。写出了后人继承前人。本诗虽语言直白，但寓意深刻。"江山代有才人出，各领风骚数百年。"一句表达了文学创作随着时代变化发展的主题思想与中心。

赵翼论诗提倡创新，反对机械模式。他通过对诗家李白、杜甫成就的回顾，以历史发展的眼光来看，各个时代都有其标领风骚的人物，不必为古人是从。诗歌也应随着时代不断发展。

戏为六绝句·其二

【唐】杜甫

王杨卢骆当时体①，
轻薄为文哂②未休。
尔曹③身与名俱灭，
不废江河万古流。

注 释

①王杨卢骆：王勃、杨炯、卢照邻、骆宾王。当时体：那个时代的风格体裁。
②轻薄（bó）：言行轻佻，带有玩弄的意思。这里指当时守旧文人对"四杰"的攻击态度。哂：讥笑。
③尔曹：彼辈，指那些轻薄之徒。

译 文

王杨卢骆开创了一代词的风格和体裁，浅薄的评论者对此讥笑是无止无休的。

待你辈的一切都化为灰土之后，也丝毫无伤于滔滔江河的万古奔流。

赏 析

《戏为六绝句》是杜甫针对当时文坛上一些人存在贵古贱今、好高骛远的习气而写的。它反映了杜甫反对好古非今的文学批评观点。其中的"不薄今人""别裁伪体"，学习"风雅""转益多师"（兼采众家之长）等见解在今天也还是有借鉴意义的。本诗是《戏为六绝句》中的第二首，诗中既明确地肯定了王杨卢骆"初唐四杰"的文学贡献和地位，又告诫那些轻薄之徒不要一叶障目而讥笑王杨卢骆，他们的诗文将传之久远，其历史地位也是不容抹杀的。

勤 学

【宋】汪洙

学向勤①中得，
萤窗②万卷书。
三冬③今足用，
谁笑腹空虚④。

注 释

①勤：勤奋，勤勉。
②萤窗：晋人车胤以囊盛萤，用萤火照书夜读。后因以"萤窗"形容勤学苦读。
③三冬：冬季，意思是指三个冬季，这里指三年，意为时间长。
④空虚：空无，不充实。

作者名片

　　汪洙，字德温，鄞县（今宁波市鄞州区）人。元符三年（1100）进士，官至观文殿大学士。其幼颖异，九岁能诗，号称汪神童。其父，汪元吉，曾任鄞县县吏。在王安石任鄞县县令时，因看重汪元吉的为人，特把汪元吉推荐给转运史，叫汪元吉负责明州府的法律方面（司法参军）的事务。

译文

　　学问是需要勤奋才能得来的，就像前人囊萤取光，勤奋夜读，读很多书。

　　苦学几年，学问也就有了，那时候谁还会笑话你胸无点墨，没有学问呢？

赏析

　　这首诗简单明了地论述：学问是需要勤奋才能得到，要学囊萤映雪（原是古人车胤用口袋装萤火虫来照书本，孙康利用雪的反光勤奋苦学的故事，后形容刻苦攻读）的读书精神。"萤窗万卷书"化用"囊萤夜读"的典故，丰富了诗歌内容，使其语言精练、生动、含蓄而耐人寻味，感染力很强。

自　嘲

【现代】鲁迅

运交华盖①欲何求，

未敢翻身已碰头。

破帽②遮颜过闹市，

漏船载酒泛中流。

横眉③冷对千夫指，

俯首甘为孺子牛④。

躲进小楼成一统⑤，

管他冬夏与春秋⑤。

注释

①华盖：星座名。旧时迷信，以为人的命运中犯了华盖星，运气就不好。

②破帽：原作"旧帽"。

③横眉：怒目而视的样子，表示愤恨和轻蔑。

④孺子牛：春秋时，齐景公装牛趴在地上，让儿子骑在背上，戏耍。这里比喻为人民大众服务，更指小孩子，鲁迅把希望寄托在小孩子身上，就是未来的希望。

⑤小楼：指作者居住的地方。成一统：我躲进小楼，有个一统的小天下。

⑥管他冬夏与春秋：即不管外在的气候、环境有怎样的变化。

作者名片

　　鲁迅（1881—1936），中国现代文学的奠基者。原名周树人，字豫山、豫亭，后改名为豫才，浙江绍兴人。1918年5月，首次以"鲁迅"作笔名，发表了中国文学史上第一篇白话小说《狂人日记》。他

的著作以小说、杂文为主，代表作有：小说集《呐喊》《彷徨》《故事新编》；散文集《朝花夕拾》；文学论著《中国小说史略》；散文诗集《野草》；杂文集《坟》《热风集》《华盖集》等18部。毛泽东主席评价他是伟大的无产阶级的文学家、思想家、革命家，是中国文化革命的主将，也被称为"民族魂"。

译 文

交了不好的运气我又能怎么办呢？想摆脱却被碰得头破血流。

破帽遮脸穿过热闹的集市，像用漏船载酒驶于水中一样危险。

横眉怒对那些丧尽天良、千夫所指的人，俯下身子甘愿为老百姓做孺子牛。

坚守自己的志向和立场永不改变，不管外面的环境发生怎样的变化。

赏 析

"运交华盖欲何求，未敢翻身已碰头。"其中"运交华盖"是说生逢豺狼当道的黑暗社会，交了倒霉的坏运。"欲何求""未敢"都带有反语的意味，是极大的愤激之词，反衬出当时国民党统治者的残暴，形象地描画和揭示了一个禁锢得像密封罐头那样的黑暗社会，概括了作者同当时国民党的尖锐的矛盾冲突。表明他对当时国民党统治者不抱任何幻想，对当时的政治环境极端蔑视和无比的憎恨。由此衬托无产阶级战士不畏强暴，碰壁不回的革命精神。

"破帽遮颜过闹市，漏船载酒泛中流。"其中"闹市"喻指敌人猖獗跋扈、横行霸道的地方。"中流"指水深急处。这联用象征的手法，讲形势非常险恶。作者在"破帽"与"闹市"，"漏船"与"中流"这两不相应且对立的事物中，巧妙地运用了一个"过"和一个"泛"，再一次形象地表现出作者临危不惧、激流勇进的战斗精神，衬托出革命战士在险恶环境中是何等的英勇顽强、机智灵活。这两句诗流露出诙谐、乐观的情趣，表现出寓庄于谐的特色。

"横眉冷对千夫指，俯首甘为孺子牛。"是全诗的核心和精髓，集中地体现出作者无产阶级的世界观。前四句叙写处境和战斗行动，这两句揭示内心深处的感情，把全诗的思想境界推到了高峰。这两句诗，表达作者对人民的强烈的爱和对敌人的强烈的憎，表现了作者在敌人面前毫不妥协，为人民大众鞠躬尽瘁的崇高品德。这句是全诗主题的集中体现，也是作者感情表达的最高潮。

"躲进小楼成一统，管他冬夏与春秋。"其中"小楼"是作者居住的地方。"躲进"有暂时隐蔽下来的意思。"躲"字，融合着巧与敢的双重意味。前一句十分风趣地道出了作者当时战斗环境的特点和善于斗争的艺术，反映出作者自信、乐观的心境和神情。后一句写无所畏惧、韧战到底的决心。这就把前一句的战斗内容揭示得更加鲜明，使寓庄于谐的特色表现得更加突出。既表明作者不管形势怎样变幻，前途如何艰险，决心为革命坚持不懈地斗争，又是对当时国民党统治者出卖民族利益的罪行的辛辣讽刺。这一语双关的结尾，增强了本诗的主题。

这首诗是一首抒情诗，是作者鲁迅从自己深受迫害，四处碰壁中迸发出的愤懑之情，有力地揭露和抨击了当时国民党的血腥统治，形象地展现了作者的硬骨头性格和勇敢坚毅的战斗精神。

上堂开示颂

【唐】黄蘗禅师

尘劳迥脱①事非常，
紧把②绳头做一场。
不经一番寒彻骨③，
怎得梅花扑鼻④香。

注 释

①尘劳：佛教徒谓世俗事务的烦恼。迥（jiǒng）脱：迥，远离，指超脱。
②紧把：紧紧握住。
③彻骨：透到骨头里，比喻达到很深的程度。
④扑鼻：形容气味浓烈，花香直扑鼻孔。

作者名片

黄蘖禅师（？—850），闽（今福建）人，幼于黄蘖山出家，因人启发，参谒百丈禅师而悟道。此后住洪州（今江西南昌）大安寺，参者云集。裴休镇宛陵时，建大禅苑，请师说法。因希运酷爱家乡黄蘖山，以此名其禅苑，世称黄蘖希运。唐宣宗大中年间，宰相裴休收集其语录，编成《黄蘖山断际禅师传法心要》《黄蘖断际禅师宛陵录》各一卷传于世。

译文

摆脱尘念劳心并不是一件容易事，必须拉紧绳子、俯下身子在事业上卖力气。

如果不经历冬天那刺骨严寒，梅花怎会有扑鼻的芳香。

赏析

中华文化有谓"春兰，夏荷，秋菊，冬梅"，梅花凭着耐寒的特性，成为冬季花的代表。梅花象征坚韧不拔，不屈不挠，奋勇当先，自强不息的精神品质。"不经一番寒彻骨，怎得梅花扑鼻香"这两句从梅花本身来说，是赞美梅花不畏严寒、凌寒独开的品格。引申开来，就是勉励人们不畏艰难困苦，须经一番奋斗才能有所成就，有所作为。

作者黄蘖是佛门禅宗的一代高僧，他借此诗表达对坚志修行终得成果的决心，以自然界常见的现象，道出了世人对待一切困难所应采取的正确态度。这也是这两句诗极为有名，屡屡被人引用，从禅宗诗偈成为世俗名言的主要原因。

蟋 蟀

【先秦】佚名

蟋蟀在堂，岁聿①其莫②。

今我不乐，日月其除③。

无④已⑤大康⑥，职⑦思其居⑧。

好乐无荒，良士瞿瞿⑨。

蟋蟀在堂，岁聿其逝。

今我不乐，日月其迈⑩。

无已大康，职思其外⑪。

好乐无荒，良士蹶蹶⑫。

蟋蟀在堂，役车⑬其休。

今我不乐，日月其慆⑭。

无以大康。职思其忧。

好乐无荒，良士休休⑮。

注 释

①聿（yù）：作语助。

②莫：古"暮"字。

③除：过去。

④无：勿。

⑤已：甚。

⑥大（tài）康：过于享乐。

⑦职：相当于口语"得"。

⑧居：处，指所处职位。

⑨瞿瞿（jù）：警惕瞻顾貌；一说敛也。

⑩迈：义同"逝"，去：流逝。

⑪外：本职之外的事。

⑫蹶蹶（jué）：勤奋状。

⑬役车：服役出差的车子。

⑭慆（tāo）：逝去。

⑮休休：安闲自得，乐而有节貌。

译 文

蟋蟀在堂屋，一年快要完。今我不寻乐，时光去不返。

不可太享福，本职得承担。好乐事不误，贤士当防范。

蟋蟀在堂屋，一年将到头。今我不寻乐，时光去不留。

不可太享福，其他得兼求。好乐事不误，贤士该奋斗。

蟋蟀在堂屋，役车将收藏。今我不寻乐，时光追不上。

不可太享福，多将忧患想。好乐事不误，贤士应善良。

赏析

　　就诗论诗，此篇劝人勤勉的意图非常明显。此篇三章意思相同，头两句感物伤时。诗人从蟋蟀由野外迁至屋内，天气渐渐寒凉，想到"时节忽复易"，这一年已到了岁暮。古人常用候虫对气候变化的反应来表示时序更易，《诗经·豳风·七月》写道："七月在野，八月在宇，九月在户，十月蟋蟀入我床下。""九月在户"与此诗"蟋蟀在堂"说的当是同一时间。《七月》用夏历，此诗则是用周历，夏历的九月为周历十一月。此篇诗人正有感于十一月蟋蟀入室而叹慨"岁聿其莫"。首句丰坊《诗说》以为"兴"，朱熹《诗集传》定为"赋"，理解角度不同，实际各有道理。作为"兴"看，与《诗经》中一些含有"比"的"兴"不同，它与下文没有直接的意义联系，但在深层情感上却是密不可分的，即起情作用。所以从"直陈其事"说则是"赋"。从触发情感说则是"兴"。诗的三、四句是直接导入述怀：诗人由"岁莫"引起对时光流逝的感慨，他宣称要抓紧时机好好行乐，不然便是浪费了光阴。其实这不过是欲进故退，着一虚笔罢了，后四句即针对三、四句而发。三章诗五、六句合起来意思是说：不要过分地追求享乐，应当好好想想自己承当的工作，对分外事务也不能漠不关心，尤其是不可只顾眼前，还要想到今后可能出现的忧患。可见"思"字是全诗的主眼，"三戒"意味深长。这反复的叮嘱，包含着诗人宝贵的人生经验，是自儆也是儆人。最后两句三章联系起来是说：喜欢玩乐，可不要荒废事业，要像贤士那样，时刻提醒自己，做到勤奋向上。后四句虽是说教，却很有分寸，诗人肯定"好乐"，但要求节制在限度内，即"好乐无荒"。这一告诫，至今仍有意义。

　　此诗作者，有人根据"役车其休"一句遂断为农民，其实是误解，诗人并非说自己"役车其休"，只是借所见物起情而已，因"役车休息，是农工毕无事也"（孔颖达《毛诗正义》），故借以表示时序移易，同"岁聿其莫"意思一样。此诗作者身份难具体确定，姚际恒说："观诗中'良士'二字，既非君上，亦不必尽是细民，乃士大夫之诗也。"（《诗经通论》）可备一说。

全诗是有感脱口而出，直吐心曲，坦率真挚，以重章反复抒发，语言自然中节，不加修饰。押韵与《诗经》多数篇目不同，采用一章中两韵交错，各章一、五、七句同韵；二、四、六、八句同韵，后者是规则的间句韵。

二 砺

【宋】郑思肖

愁里高歌梁父吟①，
犹如金玉戛商音②。
十年勾践亡吴计③，
七日包胥哭楚心④。
秋送新鸿哀破国，
昼行饥虎啮空林⑤。
胸中有誓⑥深于海，
肯使神州竟陆沉⑦？

注释

①梁父吟：梁父亦作梁甫，在泰山附近；《梁父吟》，乐曲名。

②戛商音：戛，敲击。商音：五音之一，其声悲凉。

③"十年"句：越王勾践十年生聚，十年教训，卧薪尝胆，矢志灭吴，终于达到目的，洗雪了国耻。

④"七日"句：楚大夫申包胥到秦国讨救兵请求帮助击退吴国的入侵，痛哭七天，秦国才允许出兵。

⑤"昼行"句：作者自比饿虎，白天也要出来痛咬敌人。

⑥誓：发誓，誓言。

⑦陆沉：沉沦，沦陷。

作者名片

郑思肖（1241—1318）宋末诗人、画家，连江（今属福建）人。原名不详，宋亡后改名思肖，因肖是宋朝国姓赵的组成部分。字忆翁，表示不忘故国；号所南，日常坐卧，要向南背北。亦自称菊山后人、景定诗人、三外野人、三外老夫等。曾以太学上舍生应博学鸿词试。元军南侵时，曾向朝廷献抵御之策，未被采纳。后客居吴下，寄食报国寺。郑思肖擅长作墨兰，花叶萧疏而不画根土，意寓宋土地已被掠夺。有诗集《心史》《郑所南先生文集》《所南翁一百二十图诗集》等。

译 文

愁闷时高歌一曲《梁父吟》，像敲金击玉一般发出悲凉的声音。

要学勾践立下十年亡吴的大计，有包胥哭师秦庭七天七夜的坚心。

秋雁悲鸣也懂得亡国的惨痛，空林饿虎白昼也要出来咬人。

我心中立下比海还深的誓愿，决不让中国大好河山永远沉沦！

赏 析

这首诗是作者写来勉励自己磨砺志气的，从诗中可以看出作者对侵略者的痛恨和矢志报仇的爱国精神。

首联把自己的歌声比作"金玉戛商音"，形象表现出悲凉的内心；颔联化用"勾践灭吴""包胥之哭"两个典故，意蕴含蓄；颈联托物言志，借"秋雁""饿虎"巧妙、充分地表达出自己的心志；尾联直抒胸臆，坦率、真挚地表露心愿。

山园小梅二首·其一

【宋】林逋

众芳摇落独暄妍①，

占尽风情向小园。

疏影横斜②水清浅，

暗香浮动月黄昏③。

霜禽欲下先偷眼④，

粉蝶如知合断魂⑤。

幸有微吟可相狎⑥，

不须檀板共金樽⑦。

注 释

①暄（xuān）妍：景物明媚鲜丽，这里是形容梅花。

②疏影横斜：梅花疏疏落落，斜横枝干投在水中的影子。疏影：指梅枝的形态。

③暗香浮动：梅花散发的清幽香味在飘动。黄昏：指月色朦胧。

④霜禽：羽毛白色的禽鸟。偷眼：偷偷地窥看。

⑤合：应该。断魂：形容神往，犹指销魂。

⑥狎（xiá）：玩赏，亲近。

⑦檀（tán）板：歌唱或演奏音乐时用以打拍子。这里泛指乐器。金樽（zūn）：豪华的酒杯，此处指饮酒。

作者名片

林逋（967—1028），字君复，钱塘（今浙江杭州）人。早岁浪游江淮间，后归隐杭州西湖孤山，种梅养鹤，经身不仕，也不婚娶，旧时称其"梅妻鹤子"。天圣六年卒，仁宗赐谥和靖先生。《宋史》《东都事略》《名臣碑传琬琰集》均有传。逋善行书，喜为诗，与钱易、范仲淹、梅尧臣、陈尧佐均有诗酬答。

译 文

百花落尽后只有梅花绽放得那么美丽、明艳，成为小园中最美丽的风景。

梅枝在水面上映照出稀疏的倒影，淡淡的芳香在月下的黄昏中浮动飘散。

冬天的鸟要先停落在梅枝上偷偷观看，夏日的蝴蝶如果知道这梅花的美丽应该惭愧得死去。

幸好可以吟诗与梅花亲近，既不需要拍檀板歌唱，也不用金樽饮酒助兴。

赏析

这首诗突出地写出梅花特有的姿态美和高洁的品性，以梅的品性比喻自己孤高幽逸的生活情趣。作者赋予梅花以人的品格，作者与梅花的关系达到了精神上的无间契合。

一开端就突写作者对梅花的喜爱与赞颂之情："众芳摇落独暄妍，占尽风情向小园。"它是在百花凋零的严冬迎着寒风昂然盛开，那明丽动人的景色把小园的风光占尽了。一个"独"字、一个"尽"字，充分表现了梅花独特的生活环境、不同凡响的性格和那引人入胜的风韵。作者虽是咏梅，实则是他"弗趋荣利""趣向博远"思想性格的真实写照。苏轼曾在《书林逋诗后》说："先生可是绝俗人，神清骨冷无尘俗。"其诗正是作者人格的化身。

颔联是最为世人称道的，它为人们送上了一幅优美的山园小梅图。这一联简直把梅花的气质风姿写尽写绝了，它神清骨秀，高洁端庄，幽独超逸。上句轻笔勾勒出梅之骨，下句浓墨描摹出梅之韵，"疏影""暗香"二词用得极好，它既写出了梅花不同于牡丹、芍药的独特形成；又写出了它异于桃李浓郁的独有芬芳。极真实地表现诗人在朦胧月色下对梅花清幽香气的感受，更何况是在黄昏月下的清澈水边漫步，那静谧的意境，疏淡的梅影，缕缕的清香，使之陶醉。"横斜"传其妩媚，迎风而歌；"浮动"言其款款而来，飘然而逝，颇有仙风道骨。"水清浅"显其澄澈，灵动温润。"暗香"写其无形而香，随风而至，如同捉迷藏一样富有情趣；"月黄昏"采其美妙背景，从时间上把人们带到一个"月上柳梢头，人约黄昏后"的动人时刻，从空间上把人们引进一个"落霞与孤鹜齐飞，秋水共长天一色。"似的迷人意境。首联极目骋怀，颔联凝眉结思。林逋这两句诗也并非是臆想出来的，他除了有生活实感外，还借鉴了前人的诗句。

五代南唐江为有残句："竹影横斜水清浅，桂香浮动月黄昏。"这两句既写竹，又写桂。不但未写出竹影的特点，且未道出桂花的清香。因无题，又没有完整的诗篇，未能构成一个统一和谐的主题、意境，感触不到主人公的激情，故缺乏感人力量。而林逋只改了两字，将"竹"改成"疏"，将"桂"改成"暗"，这"点睛"之笔，使梅花形神活现，可见林逋点化诗句的才华。

画 鸡

【明】唐寅

头上红冠不用裁①，
满身雪白走将②来。
平生不敢轻言语③，
一叫千门万户④开。

注 释

①裁：裁剪，这里是制作的意思。
②将：助词，用在动词和来、去等表示趋向的补语之间。
③平生：平素，平常。轻：随便，轻易。言语：这里指啼鸣，喻指说话，发表意见。
④一：一旦。千门万户：指众多的人家。

作者名片

唐寅（1470—1523），字伯虎，一字子畏，号六如居士、桃花庵主、鲁国唐生、逃禅仙吏等，南直隶苏州吴县人。明代著名画家、文学家。据传他于明宪宗成化六年庚寅年寅月寅日寅时生。他玩世不恭而又才气横溢，诗文擅名，与祝允明、文徵明、徐祯卿并

称"江南四大才子（吴门四才子）"，画名更著，与沈周、文徵明、仇英并称"吴门四家"。

译文

它头上的红色冠子不用裁剪是天生的，身披雪白的羽毛雄赳赳地走来。

一生之中它从来不敢轻易鸣叫，但是它叫的时候，千家万户的门都打开。

赏析

《画鸡》是一首题画诗。

"头上红冠不用裁，满身雪白走将来。"这是写公鸡的动作、神态。头戴无须剪裁的天然红冠，一身雪白，兴致勃勃地迎面走来。诗人运用了描写和色彩的对比，勾画了一只冠红羽白、威风凛凛，相貌堂堂的大公鸡。起句的"头上红冠"，从局部描写公鸡头上的大红冠，在这第一句里，诗人更着重的是雄鸡那不用装饰而自然形成的自然美本身，所以诗人称颂这种美为"不用裁"。

承句"满身雪白"又从全身描写公鸡浑身的雪白羽毛。状物明确，从局部到全面；用大面积的白色（公鸡羽毛）与公鸡头上的大红冠相比，色彩对比强烈，描绘了雄鸡优美高洁的形象。

"平生不敢轻言语，一叫千门万户开。"这是写公鸡的心理和声音。诗人拟鸡为人揭开了它一生中不敢轻易说话的心理状态，它一声鸣叫，便意味着黎明的到来。它一声鸣叫，千家万户都要打开门，迎接新的一天的到来。"平身不敢轻言语。"诗人的诗路急转，说公鸡一生不敢随便啼叫，此句的气色收敛，还很低调，尤其"不敢"一词，用得很贴切，为第四句的结句做了铺垫，并对下句有反衬效果。后两句用拟人法写出了雄鸡在清晨报晓的情景，动静结合，运用了诗歌的艺术手法，使两句产生了强烈的对比树立了雄鸡高伟的形象，表现了公鸡具备的美德和权威。

这首诗描绘了公鸡的威武，写出了它的高洁。把鸡这种家禽的神态气质和报晓天性展现得淋漓尽致。它平时不多说话，但一说话大家都响应，由此表达了诗人的思想和抱负，从此诗还可看出诗人"不避口语"的写诗特点，富有儿歌风味。

墨 梅

【宋】张嵲

山边幽谷①水边村，

曾被疏花②断客魂。

犹恨东风无意思③，

更吹烟雨④暗黄昏。

注释

①幽谷：幽静深邃的山谷。

②疏花：蔷薇目，蔷薇科的植物。

③犹：仍然，还。恨：悔恨，遗憾。无意思：没有风情，情趣。

④烟雨：像烟雾一样的朦胧细雨。

作者名片

张嵲（1096—1184），字巨山，襄阳（今湖北襄樊）人。徽宗宣和三年（1121）上舍中第，调唐州方城尉，改房州司法参军，辟利州路安抚司干办公事。

译文

在山边的幽谷里和水边的村庄中，疏疏落落的梅花让过客魂断不舍。

一直遗憾的是东风没有情趣，越发地吹拂着烟雾似的朦胧细雨使黄昏更加暗淡。

赏 析

在山边幽静的山谷和水边的村落里，疏疏落落的梅花曾使得过客行人伤心断肠。尤其憎恨东风不解风情，更把烟雨吹拂得使黄昏更暗淡。

这首诗描写了开在山野村头的梅花，虽然地处偏远，梅花一样能给人带来含蓄的美，并给人带来情绪上的触动。

这笔墨梅更是坚强独立，清高脱俗，隐忍着寂寞，在孤独中悄然地绽放着，也与作者落寞又清高的心绪产生共鸣。

白 梅

【元】王冕

冰雪林中著此身①，
不同桃李混芳尘②；
忽然一夜清香发③，
散作乾坤④万里春。

注 释

①著：放进，置入。此身：指白梅。

②桃李：桃花和李花。混：混杂。芳尘：香尘。

③清香发：指梅花开放，香气传播。

④乾坤：天地。

作者名片

王冕（1287—1359）元代诗人、文学家、书法家、画家。王冕，字元章，号煮石山农，浙江诸暨人。出身农家，幼年丧父，在秦家放牛，每天利用放牛的时间画荷花，晚至寺院长明灯下读书，学识深邃，能诗。隐居九里山，以卖画为生。画梅以胭脂作梅花骨体，或花密枝繁，别具风格，亦善写竹石。兼能刻印，用花乳石作印材，相传是他始创。著有《竹斋集》《墨梅图题诗》等。

译 文

白梅生长在有冰有雪的树林之中，并不与桃花李花混在一起，沦落在世俗的尘埃之中。

忽然间，这一夜清新的香味散发出来，竟散作了天地间的万里新春。

赏 析

这是一首题画诗。诗人赞美白梅不求人夸，只愿给人间留下清香的美德，实际上是借梅自喻，表达自己的人生态度以及不向世俗献媚的高尚情操。

"冰雪林中著此身"，就色而言，以"冰雪"形"此身"之"白"也；就品性而言，以"冰雪"形"此身"之坚忍耐寒也，诗人运用拟人手法，将寒冬中伫立的梅树比作自己。已经表现白梅的冰清玉洁，接着就拿桃李作反衬。夭桃秾李，花中之艳，香则香矣，可惜争春太苦，未能一尘不染。"不同桃李混芳尘"的"混芳尘"，是说把芳香与尘垢混同，即"和其光，同其尘""和光同尘，不能为皎皎之操。"相形之下，梅花则能迥异流俗，所以"清香"二字，只能属梅，而桃李无份。

"忽然一夜清香发，散作乾坤万里春。"也许只是诗人在灯下画了一枝墨梅而已。而诗句却造成这样的意向：忽然在一夜之中，世间的白梅都齐齐绽放，清香四溢，弥漫整个大地。这首诗给人以品高兼志大，绝俗而又入世的矛盾统一的感觉，这又正是王冕人格的写照。

前两句写梅花冰清玉洁，傲霜斗雪，不与众芳争艳的品格。后两句借梅喻人，写自己的志趣、理想与抱负，讴歌了为广大民众造福的英雄行为及牺牲精神。本文通过对梅花的吟咏描写，表达了诗人自己的志趣和品格。

从诗歌大的构思技巧来看，这是一首"托物言志"之作，诗人以梅自况，借梅花的高洁来表达自己坚守情操，不与世俗同流合污的高格远志。在具体表现手法中，诗歌将混世芳尘的普通桃李与冰雪林中的白梅对比，从而衬托出梅花的素雅高洁。通过阅读与分析，我们便知这首的主要的艺术手法是：托物言志，对比衬托。

梅花绝句二首·其一

【宋】陆游

闻道梅花坼晓风①，

雪堆②遍满四山中。

何方可化身千亿③，

一树梅花④一放翁。

注 释

①闻道：听说。坼（chè）：裂开。这里是绽开的意思。坼晓风：即在晨风中开放。

②雪堆：指梅花盛开像雪堆似的。

③何方：有什么办法。千亿：指能变成千万个放翁（陆游，号放翁）。

④梅花：一作梅前。

作者名片

陆游（1125—1210），字务观，号放翁。越州山阴（今浙江绍兴）人，南宋著名诗人。少时受家庭爱国思想熏陶，高宗时应礼部试，为秦桧所黜。孝宗时赐进士出身。中年入蜀，投身军旅生活，官至宝章阁待制。晚年退居家乡。创作诗歌今存九千多首，内容极为丰富。

译 文

听说山上的梅花已经迎着晨风绽放，远远望去，四周山上的梅花树就像一堆堆白雪一样。

有什么办法可以把自己变化成数亿身影呢？让每一棵梅花树前都有一个陆游常在。

赏析

这首诗的首句"闻道梅花坼晓风，雪堆遍满四山中。"写梅花绽放的情景。如第一句中"坼晓风"一词，突出了梅花不畏严寒的傲然情态；第二句中则把梅花比喻成白雪，既写出了梅花洁白的特点，也表现了梅花漫山遍野的盛况。语言鲜明，景象开阔。而三、四两句"何方可化身千亿，一树梅花一放翁。"更是出人意表，高迈脱俗，愿化身千亿个陆游，而每个陆游前都有一树梅花，把痴迷的爱梅之情淋漓尽致地表达了出来。

"何方可化身千亿，一树梅花一放翁。"化用柳宗元的"若为化得身千亿，散向峰头望故乡"（《与浩初上人同看山寄京华亲故》）。然而柳诗以此写思乡之殷，陆游以此写赏梅之痴，在情感上又有悲与喜的不同。

前两句的写梅是为后两句写人作陪衬。面对梅花盛开的奇丽景象，诗人突发奇想，愿化身千亿个陆游，而每个陆游前都有一树梅花。这种丰富而大胆的想象，把诗人对梅花的喜爱之情淋漓尽致地表达了出来，同时也表现了诗人高雅脱俗的品格。末句之情，试在脑中拟想，能令人发出会心的微笑。

别 离

【唐】陆龟蒙

丈夫非无泪，
不洒离别间。
杖剑①对尊②酒，
耻为游子颜③。
蝮蛇④一螫⑤手，

注 释

①杖剑：同"仗剑"，持剑。
②尊：酒器。
③游子颜：游子往往因去国怀乡而心情欠佳，面带愁容。
④蝮蛇：一种奇毒的蛇。

壮士即解腕⑥。

所志⑦在功名⑧，

离别何足叹。

⑤螫（shì）：毒虫刺人。
⑥解腕：斩断手腕。
⑦志：立志、志向。
⑧功名：泛指功业和名声。

作者名片

陆龟蒙（？—881），唐代农学家、文学家，字鲁望，别号天随子、江湖散人、甫里先生，江苏吴江人。曾任湖州、苏州刺史幕僚，后隐居松江甫里，编著有《甫里先生文集》等。他的小品文主要收在《笠泽丛书》中，现实针对性强，议论也颇精切，如《野庙碑》《记稻鼠》等。陆龟蒙与皮日休交友，世称"皮陆"，诗以写景咏物为多。

译文

大丈夫何尝没有滔滔眼泪，只是不愿在离别时涕泗横流。

面对离酒慷慨高歌挥舞长剑，耻如一般游子模样满脸离愁。

一旦被蝮蛇螫伤手腕之后，手臂当断就断，壮士绝不踌躇。

既然决心闯荡天下建功立业，离别便是常态，又何须叹息怨尤。

赏析

这首诗，叙离别而全无依依不舍的离愁别怨，写得慷慨激昂，议论滔滔，形象丰满，别具一格。

"丈夫非无泪，不洒离别间"，下笔挺拔刚健，调子高昂，一扫送别诗的老套，生动地勾勒出主人公性格的坚强刚毅，真有一种"直疑高山坠石，不知其来，令人惊绝"（沈德潜《说诗晬语》卷上）的气势，给人以难忘的印象。

"杖剑对尊酒，耻为游子颜"，彩笔浓墨描画出大丈夫的壮伟形象。威武潇洒、胸怀开阔、风度不凡、气宇轩昂，仿佛是壮士奔赴战场前的杖剑壮别，充满着豪情。

　　颈联运用成语，描述大丈夫的人生观。"蝮蛇螫手，壮士解腕"，本意是说，毒蛇咬手后，为了不让蛇毒攻心而致死，壮士不惜把自己的手腕斩断，以去患除毒，保全生命。作者在这里形象地体现出壮士为了事业的胜利和理想的实现而不畏艰险、不怕牺牲的大无畏精神。颈联如此拓开，有力地烘托出尾联揭示的中心思想。"所志在功名，离别何足叹。"尾联两句，总束前文，点明壮士怀抱强烈的建功立业的志向，为达此目的，甚至不惜"解腕"。那么，眼前的离别在他的心目中自然不算一回事了，根本不值得叹息。

　　此诗以议论为主，由于诗中的议论充满感情色彩，"带情韵以行"，所以写得生动、鲜明、激昂、雄奇，给人以壮美的感受。

蜂

【唐】罗隐

不论①平地与山尖②，

无限风光尽③被占④。

采得百花⑤成蜜⑥后，

为谁辛苦为谁甜⑦。

注　释

①不论：不管，无论。

②山尖：山峰。

③尽：都。

④占：占其所有。

⑤百花：指各种花，数量多。

⑥蜜：蜂蜜。

⑦甜：醇香的蜂蜜。

作者名片

　　罗隐（833—910），字昭谏，杭州新城（今浙江杭州市富阳区新登镇）人，唐代文学家。大中十三年（859）底至京师，应进士试，历七年不第。后来又断断续续考了几年，总共考了十多次，自称"十二三年就试期"，最终还是铩羽而归，史称"十上不第"。著有《谗书》及《太平两同书》等，思想属于道家，其书力图提炼出一套供天下人使用的"太平匡济术"，是乱世中黄老思想复兴发展的产物。

译 文

无论是在平地，还是在那高山，哪里鲜花迎风盛开，哪里就有蜜蜂奔忙。

蜜蜂啊，你采尽百花酿成了花蜜，到底为谁付出辛苦，又想让谁品尝香甜。

赏 析

罗隐的咏物诗"切于物"而"不粘于物"，往往别出心裁，独具寓意，讽刺深峻犀利又耐人寻味。清沈祥龙《论词随笔》云："咏物之作，在借物以寓性情，凡身世之感，君国之忧，隐然蕴于其内，斯寄托遥深，非沾沾焉咏一物矣。"罗隐正是在对物象深入细致的观察基础之上，对所咏之物融进他强烈的家国之忧与身世之慨，刺时讽世使得其能在晚唐诗坛脱颖而出。《蜂》通过吟咏蜜蜂采花酿蜜供人享用这一自然现象，表现了他对社会和历史问题的思考。

前两句写蜜蜂的生存状态，在山花烂漫间不停穿梭、劳作，广阔的领地给了它们相当大的施展本领的空间。"不论""无限"，蜜蜂在辛勤劳动中"占尽风光"，简单写来看似平平无奇、纯行直白，几乎是欣赏、夸赞的口吻，实则是匠心独运、先扬后抑，为下文的议论做出了铺垫。

后两句紧承"蜜蜂"这一意象，把它象征的"劳动者"意象加以引申、扩大，发出"采得百花成蜜后，为谁辛苦为谁甜"的一声叹息。同时也提出一个耐人寻味的问题：已采的百花酿成蜜，辛辛苦苦的劳作终于有了可喜的成果，话锋一转，这般辛劳到底又是为了谁呢？在当时黑暗腐朽的社会里，为的正是那些不劳而获、占据高位、手握重权的剥削者，此中的讽意不言而明。诗人以反诘的语气控诉了那些沉迷利禄之人，感喟良久之余不禁又对广大的劳苦人民产生了矜惜怜悯之情，从另一个侧面对这种劳者不获、获者不劳的不平现实加以嘲讽和鞭笞，在为劳动人民鸣冤叫屈的同时，也是对自己久沉下僚、大志难伸的境遇予以反省，表达对唐末朋党倾轧、宦官专权、战乱频仍、民不聊生的社会现象更深的痛恨之情。

这首咏蜂诗运用象征的手法、设问的形式反映了劳动者不能享受其劳动成果的社会现象，与张碧《农夫》中的"运锄耕劚侵星起""到头禾黍属他人"以及梅尧臣《陶者》中"陶尽门前土，屋上无片瓦"可作同一理解，都是叹苦辛人生之历练，社会世道之多艰，于人于己都是一番深省之言。

罗隐此篇歌咏"蜂"之作，在艺术表达形式上独具特色。以"蜜蜂"为张本，所咏之物形神兼备，更为难的是所咏之物兴寄明显、寄慨遥深，"不粘不脱，不即不离，乃为上乘"（《带经堂诗话》），追求"神似"的工艺正如严羽《沧浪诗话·诗辨》云："诗之极至有一，曰入神。至矣，尽矣。蔑以加矣。"体物工妙，词近旨远，夹叙夹议的手法配合默契，语言叙述中不尚辞藻，平淡而具思致，清雅辅以言深。

越中览古

【唐】李白

越王勾践破吴①归，

义士还乡尽锦衣②。

宫女如花满春殿③，

只今惟有鹧鸪④飞。

注 释

①勾践破吴：公元前494年，越王勾践为吴王夫差所败，此后他卧薪尝胆20年，于公元前473年灭吴。

②锦衣：华丽的衣服。后来演化成"衣锦还乡"一语。

③春殿：宫殿。

④鹧鸪：鸟名。叫声凄厉。头如鹌鹑，形似母鸡。

译 文

越王勾践把吴国灭了之后，战士们都衣锦还乡。

如花的宫女站满了宫殿，可惜如今却只有几只鹧鸪在王城故址上飞了。

赏析

　　这是一首怀古之作。此诗首句点明题意，说明所怀古迹的具体内容；二、三两句分写战士还家、越王勾践还宫的情况；结句突然一转，说过去曾经存在过的一切如今所剩下的只是几只鹧鸪在飞。全诗通过昔时的繁盛和眼前的凄凉的对比，表现人事变化和盛衰无常的主题。

　　"越王勾践破吴归"句点明题意，说明所怀古迹的具体内容。在吴越兴亡史中，以越王"十年生聚"卧薪尝胆的事件最为著名。诗中却没有去追述这个为人热衷的题材，而是换了一个角度，以"归"统领全诗，来写灭吴后班师回朝的越王及其将士。

　　接下一句是对回师那个欢悦气氛的描绘。诗中只抓住一点，写了战士的锦衣还故乡，可留给人们想象的却是一个浩大的，热闹非凡的场面：旌旗如林，锣鼓喧天，勾践置酒文台之上，大宴群臣，满脸得意而又显赫的光辉。举城到处可见受了赏赐，脱去铠甲，穿着锦衣的战士，二十年的耻辱，一朝终于洗净，胜利的欢欣与胜利的沉醉同时流露出来。一个"尽"字，便暗示了越王以后的生活图景。果然，王宫里开始回荡起歌功颂德的乐曲伴以柔曼的舞姿，越王左右美女如云，缤纷络绎，享不尽的荣华富贵。

　　二、三两句是诗人在越国历史画卷中有意摄取的两个镜头，浓缩了越国称霸一方后的繁盛、威风，其中更有深味可嚼。昔日，吴败越后，越王采纳大夫文种的建议，把苎萝山女子西施献于吴王，于是迷恋声色的吴王沉溺其中，不能自拔，终日轻歌曼舞，纵情享乐，对世仇越国不再防范，使得越军趁势攻入，最后亡国自尽。

　　吴国灭亡的道理越王哪里不知，可他如今走的又是一条什么样的路呢？当年忍辱负重，卧薪尝胆，食不加肉，衣不纹饰，励精图治的英雄本色，随着良辰美景，江山在握都丢得干干净净了。那么这样的繁盛又会存在多久呢？至于越国的命运，诗人不去写了，一切道理已尽在不言之中，而是急转一笔，写了眼前的景色：几只鹧鸪在荒草蔓生的故都废墟上，旁若无人地飞来飞去，好不寂寞凄凉。这一句写人事的变化，盛衰的无常，以慨叹出之。过去的统治者莫不希望他们的富贵荣华是子孙万世之业，而诗篇却如实地指出了这种希望的破灭，这就是它的积极意义。

诗篇将昔时的繁盛和今日的凄凉，通过具体的景物，作了鲜明的对比，使读者感受特别深切。一般，直接描写某种环境，是比较难于突出的，而通过对比，则获致的效果往往能够大大地加强。所以，通过热闹的场面来描写凄凉，就更觉凄凉之可叹。如此诗前面所写过去的繁华与后面所写现在的冷落，对照极为强烈，前面写得愈着力，后面转得也就愈有力。

为了充分地表达主题思想，诗人对这篇诗的艺术结构也做出了不同于一般七绝的安排。一般的七绝，转折点都安排在第三句里，而它的前三句却一气直下，直到第四句才突然转到反面，就显得格外有力量，有神采。这种写法，不是笔力雄健的诗人，是难以挥洒自如的。

赠刘景文①

【宋】苏轼

荷尽已无擎雨盖②，
菊残犹有傲霜③枝。
一年好景君须记，
正是④橙黄橘绿时。

注 释

①刘景文：刘季孙，字景文，时任两浙兵马都监，驻杭州。
②荷尽：荷花枯萎，残败凋谢。擎：举，向上托。雨盖：旧称雨伞，诗中比喻荷叶舒展的样子。
③傲霜：不怕霜动寒冷，坚强不屈。
④正是：一作"最是"。

作者名片

苏轼（1037—1101），字子瞻，和仲，号"东坡居士"，世称"苏东坡”，眉州人。北宋诗人、词人、文学家，是豪放派词人的主要代表之一，“唐宋八大家”之一。在政治上属于旧党，但也有改革弊政的要求。其文汪洋恣肆，明白畅达，其诗题材广泛，内容丰富，现存诗3900余首。代表作品有《水调歌头·中秋》《赤壁赋》《江城子·乙卯正月二十日夜记梦》《记承天寺夜游》等。

译文

荷花凋谢连那擎雨的荷叶也枯萎了，只有那开败了菊花的花枝还傲寒斗霜。

一年中最好的景致你一定要记住，最美的景是在秋末初冬橙黄橘绿的时节啊。

赏析

这首诗是诗人写赠给好友刘景文的。诗的前两句写景，抓住“荷尽”“菊残”描绘出秋末冬初的萧瑟景象。“已无”与“犹有”形成强烈对比，突出菊花傲霜斗寒的形象。后两句议景，揭示赠诗的目的。说明冬景虽然萧瑟冷落，但也有硕果累累、成熟丰收的一面，而这一点恰恰是其他季节无法相比的。诗人这样写，是用来比喻人到壮年，虽已青春流逝，但也是人生成熟、大有作为的黄金阶段，勉励朋友珍惜这大好时光，乐观向上、努力不懈，切不要意志消沉、妄自菲薄。

苏轼的《赠刘景文》，是在元祐五年（1090）苏轼在杭州任知州时作的。《苕溪渔隐丛话》说此诗咏初冬景致，“曲尽其妙”。诗虽为赠刘景文而作，所咏却是深秋景物，了无一字涉及刘氏本人的道德文章。这似乎不是题中应有之义，但实际上，作者的高明之处正在于将对刘氏品格和节操的称颂，不着痕迹地糅合在对初冬景物的描写中。因为在作者看来，一年中最美好的风光，莫过于橙黄橘绿的初冬景色。而橘树和松柏一样，是最足以代表人的高尚品格和坚贞的节操。

东栏^①梨花

【宋】苏轼

梨花淡白柳深青^②，

柳絮^③飞时花满城。

惆怅东栏一株雪^④，

人生看得几清明^⑤。

注 释

①东栏：指诗人当时庭院门口的
　栏杆。
②柳深青：意味着春意浓。
③柳絮：柳树的种子。有白色绒毛，
　随风飞散如飘絮，因以为称。
④惆怅：因失意而伤感、懊恼。
　雪：这里喻指梨花。
⑤清明：清澈明朗。

译 文

　　如雪般的梨花淡淡的白，柳条透露出浓郁的春色，飘飘洒洒的柳絮夹带着如雪的梨花，布满了全城。

　　我心绪惆怅，恰如东栏那一株白如雪的梨花，居俗世而自清，将这纷杂的世俗人生，看得多么透彻与清明。

赏 析

　　《东栏梨花》为北宋诗人苏轼所做七言绝句。这首诗抒发了诗人感叹春光易逝，人生短促之愁情；也抒发了诗人淡看人生，从失意中得到解脱的思想感情，让人们感受到了"人生苦短"，引人深思。

　　首句以淡白状梨花，以深青状柳叶，以柳青衬梨白，可谓是一青二白。梨花的淡白，柳的深青，这一对比，景色立刻就鲜活了，再加上第二句的动态描写：满城飞舞的柳絮，真是"春风不解禁杨花，蒙蒙乱扑行人面"。同时柳絮写出梨花盛开的季节，春意之浓、春愁之深，更加烘托出来。

前两句以一青二白，突出了梨花的特点。它不妖艳，也不轻狂的神态，又在第三句"一株雪"里再次赋予梨花以神韵，并把咏梨花与自咏结合了起来。其实，这"一株雪"正是诗人自己的化身。因为苏轼一生正道直行，清廉洁白，坦荡如砥。在咏梨花时，苏轼用了"柳絮飞时花满城"来加以衬托，梨花既不像"癫狂柳絮随风去"，也不像"轻薄桃花逐水流"，其品格是何其高尚的。诗人还用了"人生看得几清明"来加以侧面烘托梨花之"清明"。"一株雪"和"几清明"是对偶的写法，一不是指有一株梨树，而是指一株梨树一个作者自己，后两句意境如下：作者惆怅地站在东栏旁，梨树上满是白色的梨花，同时柳絮在飘，落在作者身上，作者也变成了"一株雪"，写的是凄清惆怅的意境，最后一句，人生看得几清明，人生能有几次清明，这是补足前句"惆怅"的内容，更增添悲凉的气氛。苏轼的诗，一向以豪放著称，像这样悲凉很是少见。

诗人完成这首诗已年届不惑，翻来覆去也才只看过了40个清明，心中无法揣测还有几度梨花可看。清明年年如期而至，梨花岁岁伴着漫天飘扬的柳絮，而人生则只有一个盛年，诚如作者在另一首诗中所叹："梦里青春可得追？"这正是这首梨花诗深藏着的绵绵不尽的情思，它寄托了作者的人生感悟，是他清明人生细腻而真实的写照。

念奴娇·赤壁怀古

【宋】苏轼

大江东去，浪淘尽，千古风流人物。故垒①西边，人道是，三国周郎②赤壁。乱石穿空，惊涛拍岸，卷起千堆雪③。江山如画，一时多少豪杰。

遥想公瑾当年，小乔初嫁了，雄姿英发④。羽扇纶巾⑤，谈笑间，樯橹⑥灰飞烟灭。故国⑦神游，多情应笑我，早生华发⑧。人生如梦，一樽还酹⑨江月。

注 释

①故垒：黄州古老的城堡，推测可能是古战场的陈迹。
②周郎：周瑜（175—210）字公瑾，庐江舒县（今安徽庐江西）人。
③雪：比喻浪花。
④英发：英俊勃发。
⑤纶巾：古代配有青丝带的头巾。
⑥樯橹：这里代指曹操的水军战船。樯：挂帆的桅杆。橹：一种摇船的桨。
⑦故国：这里指旧地，当年的赤壁战场。指古战场。
⑧华发：花白的头发。
⑨樽：同"尊"，酒杯。酹：（古人祭奠）以酒浇在地上祭奠。

译 文

长江朝东流去，千百年来，所有才华横溢的英雄豪杰，都被长江滚滚的波浪冲洗掉了。那旧营垒的西边，人们说，那是三国时周郎大破曹兵的赤壁。陡峭不平的石壁插入天空，惊人的巨浪拍打着江岸，卷起千堆雪似的层层浪花。祖国的江山啊，那一时期该有多少英雄豪杰！

遥想当年周公瑾，小乔刚刚嫁了过来，周公瑾姿态雄峻。手里拿着羽毛扇，头上戴着青丝帛的头巾，谈笑之间，曹操的无数战船在浓烟烈火中烧成灰烬。神游于故国（三国）战场，应该笑我太多愁善感了，以致过早地生出白发。人的一生就像做了一场大梦，还是把一杯酒献给江上的明月，和我同饮共醉吧！

赏析

此词怀古抒情，写自己消磨壮心殆尽，转而以旷达之心关注历史和人生。上阕以描写赤壁矶风起浪涌的自然风景为主，意境开阔博大，感慨隐约深沉。起笔凌云健举，包举有力。将浩荡江流与千古人事并收笔下。

千古风流人物既被大浪淘尽，则一己之微岂不可悲？然而苏轼却另有心得：既然千古风流人物也难免如此，那么一己之荣辱穷达何足悲叹！人类既如此殊途而同归，则汲汲于一时功名，不免过于迂腐了。接下两句切入怀古主题，专说三国赤壁之事。"人道是"三字下得极有分寸。赤壁之战的故地，争议很大。一说在今湖北蒲圻县境内，已改为赤壁市。但今湖北省内有四处地名同称赤壁者，另三处在黄冈、武昌、汉阳附近。苏轼所游是黄冈赤壁，他似乎也不敢肯定，所以用"人道是"三字引出以下议论。

"乱石"以下五句是写江水腾涌的壮观景象。其中"穿""拍""卷"等动词用得形象生动。"江山如画"是写景的总括之句。"一时多少豪杰"则又由景物过渡到人事。

苏轼重点要写的是"三国周郎"，故下阕便全从周郎引发。头五句写赤壁战争。与周瑜的谈笑论战相似，作者描写这么一场轰轰烈烈的战争也是举重若轻，闲笔纷出。从起句的"千古风流人物"到"一时多少豪杰"再到"遥想公瑾当年"，视线不断收束，最后聚焦定格在周瑜身上。然而写周瑜却不写其大智大勇，只写其儒雅风流的气度。

不留意的人容易把"羽扇纶巾"看作是诸葛亮的代称，因为诸葛亮的装束素以羽扇纶巾著名。但在三国之时，这是儒将通常的装束。宋人也多以"羽扇"代指周瑜，如戴复古《赤壁》诗云："千载周公瑾，如其在目前。英风挥羽扇，烈火破楼船。"

苏轼在这里极言周瑜之儒雅淡定，但感情是复杂的。"故国"两句便由周郎转到自己。周瑜破曹之时年方三十四岁，而苏轼写作此词时年已四十七岁。孔子曾说："四十五十而无闻焉，斯亦不足畏也已。"苏轼从周瑜的年轻有为，联想到自己坎坷不遇，故有"多情应笑我"之句，语似轻淡，意却沉郁。但苏轼毕竟是苏轼，他不是一介悲悲戚戚的寒儒，而是参破世间宠辱的智者。所以他在察觉到自己的悲哀后，不是像南唐李煜那样的沉溺苦海，自伤心志，而是把周瑜和自己都放在整个江山历史之中进行观照。在苏轼看来，当年潇洒从容、声名盖世的周瑜现今又如何呢？不是也被大浪淘尽了吗。这样一比，苏轼便从悲哀中超脱了。

《念奴娇》词分上下两阕。上阕咏赤壁，下阕怀周瑜，并怀古伤己，以自身感慨作结。作者吊古伤怀，想古代豪杰，借古传颂之英雄业绩，思自己历遭之挫折。不能建功立业，壮志难酬，词作抒发了他内心忧愤的情怀。

上阕咏赤壁，着重写景，为描写人物作烘托。前三句不仅写出了大江的气势，而且把千古英雄人物都概括进来，表达了对英雄的向往之情。假借"人道是"以引出所咏的人物。"乱""穿""惊""拍""卷"等词语的运用，精妙独到地勾画了古战场的险要形势，写出了它的雄奇壮丽景象，从而为下片所追怀的赤壁大战中的英雄人物渲染了环境气氛。

下阕着重写人，借对周瑜的仰慕，抒发自己功业无成的感慨。写"小乔"在于烘托周瑜才华横溢、意气风发，突出人物的风姿，中间描写周瑜的战功意在反衬自己的年老无为。"多情"后几句虽表达了伤感之情，但这种感情其实正是词人不甘沉沦，积极进取，奋发向上的表现，仍不失英雄豪迈本色。

定风波①·莫听穿林打叶声

【宋】苏轼

三月七日，沙湖②道中遇雨。雨具先去，同行皆狼狈，余独不觉。已而③遂晴，故作此。

莫听穿林打叶声④，何妨吟啸且徐行。竹杖芒鞋⑤轻胜马，谁怕？一蓑⑥烟雨任平生。

料峭春风吹酒醒，微冷。山头斜照⑦却相迎。回首向来萧瑟⑧处，归去，也无风雨也无晴。

注 释

①定风波：词牌名。
②沙湖：在今湖北黄冈东南三十里。苏轼被贬黄州后，准备在沙湖买田终老。
③已而：不久，过一会儿。
④穿林打叶声：指大雨点透过树林打在树叶上的声音。
⑤芒鞋：草鞋。
⑥一蓑（suō）：蓑衣，用棕制成的雨披。
⑦斜照：偏西的阳光。
⑧萧瑟：风吹雨落的声音。

译 文

三月七日，在沙湖道上赶上了下雨，拿着雨具的仆人先前离开了，同行的人都觉得很狼狈，只有我不这么觉得。过了一会儿天晴了，就作了这首词。

不用注意那穿林打叶的雨声，何妨放开喉咙吟唱从容而行。挂竹杖、穿芒鞋，走得比骑马还轻便，任由这突如其来的一阵雨吹打吧，不怕！

春风微凉吹醒我的酒意，微微有些冷，山头初晴的斜阳却应时相迎。回头望一眼走过来的风雨萧瑟的地方，我信步归去，不管它是风雨还是放晴。

赏 析

此词为醉归遇雨抒怀之作。词人借雨中潇洒徐行之举动，表现了虽处逆境屡遭挫折而不畏惧不颓丧的倔强性格和旷达胸怀。全词即景生情，语言诙谐。

首句"莫听穿林打叶声"，一方面渲染出雨骤风狂，另一方面又以"莫听"二字点明外物不足萦怀之意。"何妨吟啸且徐行"，是前一句的延伸。在雨中照常舒徐行步，呼应小序"同行皆狼狈，余独不觉"，又引出下文"谁怕"即不怕来。徐行而又吟啸，"何妨"二字透出一点俏皮，更增加挑战色彩。首两句是全篇枢纽，以下词情都是由此生发。

"竹杖芒鞋轻胜马"，写词人竹杖芒鞋，顶风冲雨，从容前行，以"轻胜马"的自我感受，传达出一种搏击风雨、笑傲人生的轻松、喜悦和豪迈之情。"一蓑烟雨任平生"，此句更进一步，由眼前风雨推及整个人生，有力地强化了作者面对人生的风风雨雨而我行我素、不畏坎坷的超然情怀。

以上数句，表现出旷达超逸的胸襟，充满清旷豪放之气，寄寓着独到的人生感悟，读来使人耳目为之一新，心胸为之舒阔。

过片到"山头斜照却相迎"三句，是写雨过天晴的景象。这几句既与上片所写风雨对应，又为下文所发人生感慨作铺垫。

结拍"回首向来萧瑟处，归去，也无风雨也无晴。"这饱含人生哲理意味的点睛之笔，道出了词人在大自然微妙的一瞬所获得的顿悟和启示：自然界的雨晴既属寻常、毫无差别，社会人生中的政治风云、荣辱得失又何足挂齿？句中"萧瑟"二字，意谓风雨之声，与上片"穿林打叶声"相应和。"风雨"二字，一语双关，既指野外途中所遇风雨，又暗指几乎置他于死地的政治"风雨"和人生险途。

梅 花

【宋】王安石

墙角数枝梅，

凌寒①独自开。

遥②知③不是雪，

为④有暗香⑤来。

作者名片

　　王安石（1021—1086），字介甫，号半山，封荆国公。世人又称王荆公。北宋临川盐阜岭人（今江西省抚州市临川区邓家巷），中国古代杰出的政治家、思想家、文学家、改革家，唐宋八大家之一。欧阳修称赞王安石："翰林风月三千首，吏部文章二百年。老去自怜心尚在，后来谁与子争先。"传世文集有《王临川集》《临川集拾遗》《临川先生文集》等。

译 文

　　那墙角的几枝梅花，冒着严寒独自盛开。

　　为什么远望就知道洁白的梅花不是雪呢？因为梅花隐隐传来阵阵的香气。

赏 析

　　梅，古之"四君子"之一。"四君子"是古代文人从物与环境的结合中提炼出的具有特别的精神象征的意象。

古人借用这些意象往往有这样一种模式：竹，多以画骨，而境界全在其中，些许文字，以竹之斑驳融文之参差，所谓景中写意。松，以画，画姿则联想尽在松姿中；以诗写神，则松姿尽在想象中；以画以诗，展姿现神，皆谓借物言志。兰，以植，植之盆庭院，飞香于书斋，兰香清，书香雅，谓之淡泊，谓之文雅。而梅，亦如松，可诗可画，不同的是松以画传神，梅以诗传神。另外，梅似乎具备了其他三"君子"的特征：如竹般清瘦，如松般多姿，亦如兰而有芳香。因而，"四君子"中就梅在诗中表达的意境尤为丰富。王安石的《梅花》以寥寥几句诗句略出了几枝梅，恰把这几个特征都写出来了。在意象中，松往往唱独角戏，环境只是作为一种陪衬，主要还是看松姿，而梅不同，梅往往要与环境结合，当然在墨画中环境可以是空白，然而这就是一种环境，只不过比较朦胧。

《梅花》中以"墙角"两字点出环境，极其鲜明，极具意境。墙角显得特别冷清，看似空间狭小，其实作者以墙角为中心，展开了无限的空间，正是空阔处在角落外，见角落便想到空阔。"数枝"与"墙角"搭配极为自然，显出了梅的清瘦，又自然而然地想到这"数枝梅"的姿态。"凌寒"两字更是渲染了一种特别的气氛，寒风没模糊掉想象中的视线，反而把想象中的模糊赶跑了，带来了冬天的潭水般的清澈。所以，不管它是曲梅还是直梅，读者总会觉得脑海中有一幅有数枝定型的梅的清晰的画。"独自开"三字就如一剑劈出分水岭般巧妙地将梅的小天地与外界隔开了，梅的卓然独"横"（梅枝不"立"），梅的清纯雅洁的形象便飘然而至。"遥知不是雪"，雪花与梅花——自然界的一对"黄金搭档"，两者相映生辉，相似相融，似乎是一体的。而作者明确"看出""不是"，并且是"遥知"。为什么？"为有暗香来"。"暗香"无色，却为画面上了一片朦胧的色彩。清晰与朦胧交错，就像雪中闪烁着一个空洞，造成忽隐忽现的动感。也像飘来一缕轻烟，波浪式地前进，横拦在梅枝前。作者用零星的笔墨层层展开意境，几笔实写提起无限虚景，梅之精神也被表达得淋漓尽致，此作者之神往，亦令读者神往。

春　宵①

【宋】苏轼

春宵一刻②值千金，
花有清香月有阴③。
歌管④楼台声细细，
秋千院落夜沉沉。

注　释

①春宵：春夜。
②一刻：刻，计时单位，古代用漏
　壶计时，一昼夜共分为一百刻。
　一刻，比喻时间短暂。
③花有清香：意思是花朵散发出清
　香。月有阴：指月光在花下投射
　出朦胧的阴影。
④歌管：歌声和管乐声。

译　文

　　春天的夜晚，即便是极短的时间也十分珍贵。花儿散发着丝丝
缕缕的清香，月光在花下投射出朦胧的阴影。

　　楼台深处，富贵人家还在轻歌曼舞，那轻轻的歌声和管乐声还
不时地弥散于醉人的夜色中。夜已经很深了，挂着秋千的庭院已是
一片寂静。

赏　析

　　苏东坡的诗词，以风格豪放、气势雄浑、激情奔放、想象丰富、
意境清新而著称于宋代诗坛。在这首诗中，他以清新的笔致描写了春
夜里迷人的景色，写花香，写月色，写高楼里传出的幽幽细吟的歌乐
声，也写富贵人家为了不让美好的时光白白过去，都在尽情地寻欢作
乐，充分体现了他的卓越才华。

　　"春宵一刻值千金，花有清香月有阴。"这两句写的是春夜美
景、光阴的珍贵。春天的夜晚，是那样宝贵，因为花儿散放着醉人的
清香，月亮也有朦胧的阴影之美。这两句诗构成因果关系，前句为

果，后句为因。这里不仅写出了夜景的清丽幽美，景色宜人，更是在告诉人们光阴的宝贵。

"歌管楼台声细细，秋千院落夜沉沉。"这两句写的是官宦贵族阶层的人们在抓紧一切时间戏耍、玩乐、享受的情景。诗人描绘那些流连光景，在春夜轻吹低唱的人们正沉醉在良宵美景之中。对于他们来说，这样的良夜春景，更显得珍贵。这样的描写也反映了官宦贵族人家纸醉金迷的奢侈生活，不无讽刺意味。

这首诗写得明白如画却又立意深沉。在冷静自然的描写中，含蓄委婉地透露出作者对醉生梦死、贪图享乐、不惜光阴的人的深深谴责。诗句华美而含蓄，耐人寻味。特别是"春宵一刻值千金"，成了千古传诵的名句，人们常常用来形容良辰美景的短暂和宝贵。

题画竹

【清】戴熙

雨后龙孙①长，
风前凤尾②摇③。
心虚根柢固④，
指日定干霄⑤。

注 释

①龙孙：指竹子。
②凤尾：竹叶。
③摇：摇曳。
④柢固（dǐ gù）：比喻扎实学问的根底。
⑤干霄：冲上云霄。

作者名片

戴熙（1801—1860）清代官员、画家。钱塘（今浙江杭州）人，字醇士（一作莼溪），号榆庵、松屏，别号鹿牀居士（一作樀牀）、井东居士。道光十一年（1831）进士，十二年（1832）翰林，官至兵部侍郎，后引疾归，曾在崇文书院任主讲。咸丰十年（1860）太平天国克杭州时死于兵乱，谥号文节。工诗书，善绘事。"四王"以后的山水画大家，被誉为"'四王'后劲"，与清代画家汤贻汾齐名。

译文

竹子趁雨后破土而出，竹叶在风中摇曳。

只要具有虚心好学的品格与扎实学问的根底，必将有所作为，定会成就一番事业。

赏析

全诗准确抓住了竹子和人的相似之处，以竹喻人，让人读后能清楚地意识到：只要具有虚心好学的品格与扎实学问的根底，必将有所作为，定会成就一番事业。这样写立意更深远，表情达意更含蓄，表现力和感染力很强。

杂诗·其一

【晋】陶渊明

人生无根蒂①，

飘如陌②上尘。

分散③逐风转，

此已非常身④。

落地⑤为兄弟，

何必⑥骨肉亲！

得欢当作乐，

斗酒聚比邻⑦。

盛年不重来⑧，

注释

①蒂（dì）：瓜、果、花与枝茎相连处都叫蒂。

②陌：东西的路，这里泛指路。

③分散：分别，离开。

④此：指此身。非常身：不是经久不变的身，即不再是盛年壮年之身。

⑤落地：刚生下来。

⑥何必：未必。用反问的语气表示。

⑦斗：酒器。比邻：近邻。

⑧盛年：壮年。重来（chóng lái）：再来，回来。

⑨一日难再晨：一天不会有第二个

一日难再晨⑨。

及时⑩当勉励，

岁月不待⑪人。

早晨。谓青春年华过去了就不会再来。

⑩及时：趁盛年之时。

⑪待：等，等待。

作者名片

陶渊明（约365—427），字元亮（又一说名潜，字渊明），号五柳先生，私谥"靖节"，东晋末期南朝宋初期诗人、文学家、辞赋家、散文家。东晋浔阳柴桑（今江西九江）人。曾做过几年小官，后因厌烦官场辞官回家，从此隐居，田园生活是陶渊明诗的主要题材，相关作品有《饮酒》《归园田居》《桃花源记》《五柳先生传》《归去来兮辞》等。

译文

人生在世没有根蒂，漂泊如路上的尘土。

生命随风飘转，此身历尽了艰难，已经不是原来的样子了。

世人都应当视同兄弟，何必亲生的同胞弟兄才能相亲呢？

遇到高兴的事就应当作乐，有酒就要邀请近邻共饮。

青春一旦过去便不可能重来，一天之中永远看不到第二次日出。

应当趁年富力强之时勉励自己，光阴流逝，并不等待人。

赏析

陶渊明《杂诗》共有十二首，此为第一首。本诗作于晋安帝义熙十年（414），时陶渊明五十岁，距其辞官归田已有八年。

坎坷的经历造就了陶渊明对待世俗和人生与众不同的态度，因此，这首诗起笔就以人生命运之不可把握发出慨叹："人生无根蒂，飘如陌上尘。分散逐风转，此已非常身。"读来使人感到伤感，令人心痛。然而，诗人陶渊明又不同于那些寻常之人，屈服于世事，而是执着地在生活中追求温暖的朋友之爱，崇尚快乐，劝解人们"落地为兄弟，何必骨肉亲！得欢当作乐，斗酒聚比邻"。尤其令后人感叹不已的是其在作品结束之时，以经久不衰之名句"盛年不重来，一日难再晨。及时当勉励，岁月不待人。"警醒世人：时不我待，人当少时及时勉励自己，读来着实使人为之感奋。

全诗如朋友促膝长谈，朴实无华，丰富的人生哲理却深深地蕴含其中，催人奋发，令人省思。

入 京

【明】于谦

绢帕蘑菇与线香①，

本资民用反为殃②。

清风③两袖朝天去，

免得闾阎④话短长。

注释

①绢帕、蘑菇、线香：这些都是当时比较稀缺的土特产品，通常是官员送给权贵们的贡品。

②殃：灾难的苗头，祸害。

③清风：清凉的风。比喻高洁的品格。

④闾阎（lǘ yán）：老百姓。闾：古时候二十五户为一闾。

作者名片

于谦（1398—1457），明代大臣。字廷益，钱塘（今浙江杭州）人。永乐十九年（1421）进士，初任御史，历官兵部尚书。正统十四年（1449），明英宗为瓦剌俘去，于谦拥立明景帝，击退瓦剌的侵扰，捍卫了北京，功炳史册。后徐有贞、石亨等迎明英宗复位，将他杀害。明孝宗追谥肃愍，明神宗改谥忠肃。其诗多以忧国爱民和表达坚贞节操的内容为主，有《于忠肃公集》。

译 文

绢帕、蘑菇、线香等土特产，本来应该是老百姓自己享用的，却被官员们统统搜刮走了，反而给人民带来了灾难。

我两手空空进京去见皇上，免得被百姓闲话短长。

赏 析

这首诗嘲讽了进贡的歪风，通过对比手法强烈表现出于谦为官清廉、不愿同流合污的铮铮铁骨。后世经常用"两袖清风"来比喻为官廉洁。全诗尽显于谦诗的语言质朴、自然的特征。

柳氏二外甥①求笔迹二首

【宋】苏轼

一

退笔成山②未足珍，
读书万卷③始通神。
君家自有元和脚④，
莫厌家鸡⑤更问人。

二

一纸行书两绝诗，
遂良须鬓已如丝。
何当火急传家法，
欲见诚悬笔谏时。

注 释

①柳氏二外甥：长名柳闳，次名柳辟。苏轼妹婿柳仲远之子，书法家柳瑾之孙。

②退笔成山：用南朝书法家智永退笔成冢的故事。

③读书万卷：杜甫《奉赠韦左丞丈二十二韵》："读书破万卷，下笔如有神。"

④元和脚：脚，指笔形中的捺，俗称捺脚，代指书法。"元和脚"者，柳公权书法自成一家，流行于元和间。

⑤家鸡：喻指家传之学、家传之艺。

译 文

一

练书法的人，要多多读书，书读通了，字才有神韵；一味地写字，即使练得用坏的笔堆成山，也未必能写出好东西。

每个人的书法都有自己的风格，不要认为自己的东西就一定不好而去盲目地学别人。

二

一张纸上写了两首诗句子，送给已是须鬓白如丝的老者。

怎么能被当作是传家的书法呢，想要再现再写就是了。

赏 析

在这首诗里，作者以亲切的笔调、生动的形象向二甥说明了博学的意义和途径，揭示了学习的一般规律，具有哲理意味。

起首两句，"退笔成山未足珍，读书万卷始通神。"着重说明勤学博学的重要意义。"退笔成山"用陈、隋间书法家智永事。智永为王羲之七世孙，山阴永欣寺僧，继承祖法，精勤书艺。"读书万卷始通神"化用杜甫《奉赠韦左丞丈二十二韵》中"读书破万卷，下笔如有神"的诗意。勉励后生晚辈博览群书、刻苦学习。意即只有多读诗书、广泛积累知识，才能使自己下笔为文游刃有余、如有神助。这里的"始"字是一个表示条件关系的虚词，它在"读书万卷"与"通神"之间起连接作用，使二者成了条件关系：即只有"读书万卷"，才能使自己"通神"。一个"始"字表现了作者对学习与创造、积累与发展关系的辩证理解，这对我们确实是不无启发的。

第三、四两句侧重说明学习的方法和途径。在明白了广泛学习的重要性后，如何去求学求知呢？"君家自有元和脚，莫厌家鸡更问人。"以亲切的笔触向二甥回答了这一问题。"元和脚"用柳家事。

一是指柳公权。柳公权在唐代元和年间，书有名。"元和脚"即指柳公权的书法艺术对元和时代的审美规范作用，这里借指高超的书法艺术。二是转指柳瑾。柳瑾名子玉，擅长草书，作者曾作《观子玉草圣》，中有"柳侯运笔如电闪"之句。因二甥皆为子玉之孙，故又以"元和脚"借指柳瑾的草书艺术。"家鸡"这里喻指家传之学、家传之艺，语出《南史·王僧虔传》，中云："庾征西翼书，少时与右军齐名。右军后进，庾犹不分，在荆州与都下人书云：'小儿辈贱家鸡，皆学逸少书。'"这两句的意思合起来是说，你们家自有宝贵的艺术传统，所以你们既不要厌弃家学渊源，同时又更要注意向别人讨教。第二句中的"读书万卷"本来就有博采众长之意，而在"其二"中作者更向二甥提出了"何当火急传家法"的正面劝告。"莫厌家鸡更问人"是苏轼对后辈的谆谆教导，也是这位伟大的艺术家自身实践经验的结晶。苏轼文学、艺术方面的杰出成就决定于多种社会历史因素，同时也是与他的广泛学习息息相关的。他少时即师从其父苏洵，受到良好的教育。同时又广泛涉猎百家。即以其书法艺术为例，他擅长行书、楷书，取法李邕、徐浩、颜真卿、杨凝式等诸家，并在博采众长的基础上推陈出新，自成一家。注重家学，更善于"问人"——问今人、问古人。这是苏轼以其切身的体验对二甥发出的诚恳亲切的劝勉，这对今天的我们来说仍然是具有巨大的启发意义的。

　　这两首赠言诗深刻地说明了广泛学习的意义和途径，议论色彩浓厚，但是它却不给人以枯燥乏味之感。主要是因为它在艺术传达上使抽象的哲理得到了形象化的展现。

咏　风

【唐】王勃

肃肃凉风①生，
加我林壑②清。

注释

①肃肃：形容快速。风：一作"景"。
②加：给予。林壑：树林和山沟，指有树林的山谷。

115

驱烟寻涧户③，

卷雾出山楹④。

去来固无迹⑤，

动息⑥如有情。

日落山水静，

为君起松声⑦。

③ 驱：驱散，赶走。寻：一作"入"。涧户：山沟里的人家。

④ 卷：卷走，吹散。雾：一作"露"。楹：堂屋前的柱子。山楹：指山间的房屋。

⑤ 固：本来。迹：行动留下的痕迹。一作"际"。

⑥ 动息：活动与休息。

⑦ 松声：松树被风吹动发出像波涛一样的声音。

作者名片

王勃（650—676），字子安。绛州龙门（今山西河津）人。王勃与杨炯、卢照邻、骆宾王齐名，世称"初唐四杰"，其中王勃是"初唐四杰"之首。唐高宗上元三年（676）八月，自交趾探望父亲返回时，不幸渡海溺水，惊悸而死。王勃在诗歌体裁上擅长五律和五绝，代表作品有《送杜少府之任蜀州》等；主要文学成就是骈文，无论是数量还是质量，堪称一时之最，代表作品有《滕王阁序》等。

译文

炎热未消的初秋，一阵清凉的风肃肃吹来，山谷林间顿时变得清爽凉快。

它吹散了山中的烟云，卷走了山间的雾霭，显现出了山上涧旁的人家房屋。

凉风来来去去本来没有踪迹，可它的吹起和停息却好像很有感情，合人心意。

当红日西下，大地山川一片寂静的时候，它又自松林间吹起，响起一片松涛声。

赏析

"肃肃凉风"，首句平直轻快，习习凉风飘然乍起。"加我林壑清"，是紧承上句，概写风不管深沟还是浅壑，不分高低贵贱，北风都遍施恩惠。"我"字的运用，加强了主观情感，表现了诗人胸襟的开阔。"驱烟寻涧户，卷雾出山楹。"描写风为平民百姓送爽的具体情态。风，驱散了烟云，卷走了雾霭，穿行于涧户山舍将清爽带给人们。第五、六两句是赞扬风的品格。"去来固无迹"，指它行踪不定，似乎施惠于人们没有所图，不求回报。"动息如有情"，借用《抱朴子·畅玄篇》"动息知止，无往不足"之意，形容风慷慨惠施，不遗余力，来去仿佛一个有情有义之人。这两句诗，夹叙夹议，巧妙地承前启后，自然地引出结联："日落山水静，为君起松声。"白天，风为劳作的人们送来清凉，宁静的傍晚，又为歇息的人们吹奏起悦耳的松涛声。欣赏松涛的大多是士子或隐者，当然也包括了诗人自己。这里与"加我林壑清"中的"我"一样加深了主观意趣。

诗人以风喻人，托物言志，着意赞美风的高尚品格和勤奋精神。风不舍昼夜，努力做到对人有益。以风况人，有为之士正当如此。诗人少有才华，而壮志难酬，他曾在著名的《滕王阁序》中充满激情地写道："无路请缨，等终军之弱冠；有怀投笔，慕宗悫之长风。"在这篇中则是借风咏怀，寄托他的"青云之志"。

此诗的着眼点在"有情"二字。上面从"有情"写其加林壑以清爽，下面复由"有情"赞其"为君起松声"。通过这种拟人化的艺术手法，把风的形象刻画得栩栩如生。首句写风的生起，以"肃肃"状风势之速。风势之缓急，本来是并无目的的，但次句用了一个"加"字，就使之化为有意的行动，仿佛风疾驰而来，正是为了使林壑清爽，有意急人所需似的。下面写风的活动，也是抓住"驱烟""卷雾""起松声"等风中的动态景象进行拟人化的描写。风吹烟雾，风卷松涛，本来都是自然现象写成了有意识的活动。她神通广大，犹如精灵般地出入山涧，驱烟卷雾，送来清爽，并吹动万山松涛，为人奏起美妙的乐章。在诗人笔下，风的形象被刻画得惟妙惟肖了。

此诗所咏之风，不是习见的柔弱的香风，也并非宋玉《风赋》中的取悦于大王的雄风，肆虐于庶人的雌风。这首《咏风》小诗里，寄寓着诗人的平等的政治理想和生活情趣。

石灰吟①

【明】于谦

千锤万凿②出深山，

烈火焚烧若等闲③。

粉骨碎身浑不怕，

要留清白在人间④。

注 释

①石灰吟：赞颂石灰。吟：吟颂。指古代诗歌体裁的一种名称（古代诗歌的一种形式）。

②千、万：虚词，形容很多。锤：锤打。凿：开凿。

③若等闲：好像很平常的事情。

④清白：指石灰洁白的本色，又比喻高尚的节操。人间：人世间。

译 文

（石灰石）只有经过千万次锤打才能从深山里开采出来，它把熊熊烈火的焚烧当作很平常的一件事。

即使粉身碎骨也毫不惧怕，甘愿把一身清白留在人世间。

赏 析

这是一首托物言志的七言绝句，借吟咏石灰，来表达诗人高洁的人生理想。诗的前两句，借石灰的特征描写人的品质，烧石灰的石头要从深山中开采，经过烈火的历练才能成为石灰。

志士仁人也一样，无论面临怎样严峻的考验，都应从容不迫、视若等闲。三、四句，描写石灰历经锤炼，却没有一丝畏惧，将一生的清白长留人间，也表明了诗人想要实现理想，为国家做一番事业，就必须具有自我牺牲精神的决心。后两句诗更是于谦日后的人生写照。

明英宗时，敌人入侵，英宗被俘。国难当头之际，于谦提议立景帝，并亲自率兵击退敌寇，使人民免受战乱之苦。但英宗复辟后却以"谋逆罪"将其杀害，这位民族英雄就此从浩瀚的历史长河中陨落，只留一身清白在人间。

遣 兴

【清】袁枚

爱好由来①落笔难，

一诗千改心始②安。

阿婆还是初笄③女，

头未梳成④不许看。

注 释

①爱好（hào）：意指追求艺术价值高的诗作。由来：自始以来。

②始：才。

③阿婆：人物简称。一般尊称老年妇女。初笄：古代女子十五岁，始加笄。

④头未梳成：比喻诗还没有改定。

译 文

由于爱美求好，下笔总是很困难，一首诗总是要反复修改才会心安。

好比年迈的阿婆还如刚刚及笄的女孩，头发未梳好就不许人看。

赏 析

袁枚主张：凡优秀之作，往往是作者千锤百炼，去瑕留璧、一诗千改的劳动成果。

诗的大概意思是"由于自己十分爱好诗歌，所以总是想写出质量高的作品来，越是这样严格要求自己，越是感到下笔很难。"作诗从来都不是一件容易的事情，往往一首诗的初稿出来后，还要反复推敲，字斟句酌地修改几百上千遍，就像阿婆还是年轻时那样十分爱美一样，未梳好头是不许别人看的。

　　纵观历代有大成就的诗人，他们从来都是严肃认真地对待自己的作品的。唐代的卢延让有"吟安一个字，捻断数茎须"的说法；苦吟诗人贾岛有"推敲"的美谈；诗圣杜甫有"为人性僻耽佳句，语不惊人死不休"对自己的严格要求；宋代王安石也有"春风又绿江南岸"反复修改的趣闻。正因为他们对待自己的作品是这样的一丝不苟、精益求精，才有了那些流传千古的奇文佳句。

咏　桂①

【唐】李白

世人种桃李，
皆在金张②门。
攀折③争捷径，
及此春风暄④。
一朝天霜下，
荣耀难久存。
安知南山桂⑤，
绿叶垂芳根。
清阴亦可托，
何惜树君园。

注　释

①桂：桂花，别名木犀、岩桂、十里香。桂花因其叶脉形如"圭"字而得名，据宋代诗人范成大的《桂海虞衡志》记载："凡木叶心皆一纵理，独桂有两道如圭形，故字从圭。"桂花之名由此而来。

②金张：西汉时金日磾（dī）、张安世二人的并称，二者子孙相继，七世荣显。后用为显宦世家的代称。

③攀折：找门路。

④及此：好趁。春风暄：春风得意。

⑤南山：指粤桂一带。桂：指肉桂树，一种常绿乔木。树皮即桂皮或称肉桂，有香味，可供药用，又作调料。

译文

选拔官员，都是官僚子弟优先。

都想找门路找捷径，好趁春风得意。

像桃李花那样的，很难长久保持艳色荣华。

他们不知道南山上的桂花树，常年绿叶垂阴。

在桂花的树荫下乘凉，凉爽又芳香，你何不把桂花种植在你的庭院？

赏析

这是一首咏桂诗，同时也是一首干谒诗。"干谒"即为谋求禄位而请见当权的人。唐朝时，干谒的风气盛行，士人们在考试前多结交名公贵人，向他们提供诗文以自荐。李白青年时受到当时干谒风气的影响，一直到晚年的安史之乱至流放夜郎期间，以至于终其一生都在忙于干谒。这首诗的背景不可得知，字里行间流露出作者对趋势媚俗之人的蔑视，表达了坚持高洁品格的信念，以及渴望得到知遇赏识的迫切愿望。

诗的前几句描写的是社会上的不良风气，流露出作者对此不屑一顾的态度。"安知南山桂，绿叶垂芳根。"两句歌咏的是南山桂，以南山之桂与上文"金张门"之桃李形成鲜明的对比。南山中的桂树，"绿叶垂芳根"，意味着诗人有满腹才华却不被人赏识。南山之桂，常年绿叶垂阴，不仅给人带来清凉，还为人间播撒芬芳。"清阴亦可托，何惜树君园。"两句点明干谒之旨，以桂树植入"君园"之请求，委婉地表达了自己渴望得到"君"之赏识的愿望。

也有人认为，这是一首托物言志诗，诗用了对比的手法，写出了桃李和桂花截然不同的精神面貌和结局，借以映射显赫一时的朝中权贵一旦失宠，荣耀就难以保存，而像山野桂树一样的李白本人，却能悠然自得于田园，其格调高下也由此可见。

葡 萄

【唐】韩愈

新茎未遍半犹枯①，
高架支离②倒复扶。
若欲满盘堆马乳③，
莫辞添竹引龙须④。

注 释

①半犹枯：指老枝于新芽刚出时的状态。

②支离：松散歪斜，指葡萄枝条杂乱的攀络状。

③马乳：葡萄中的一个优良品种。

④引：牵引，引导。龙须：比喻葡萄卷曲的藤蔓。葡萄茎上会长出须状丝。

作者名片

韩愈（768—824），字退之，河南河阳（今河南省孟州市）人，自称"祖籍昌黎郡"，世称"韩昌黎""昌黎先生"。唐代中期大臣，文学家、思想家、政治家，秘书郎韩仲卿之子。元和十二年（817），出任宰相裴度行军司马，从平"淮西之乱"。直言谏迎佛骨，贬为潮州刺史。宦海沉浮，累迁吏部侍郎，人称"韩吏部"。长庆四年（824），韩愈病逝，年五十七，追赠礼部尚书，谥号为"文"，故称"韩文公"。元丰元年（1078），追封昌黎郡伯，并从祀孔庙。韩愈作为唐代古文运动的倡导者，名列"唐宋八大家"之首，有"文章巨公"和"百代文宗"之名。与柳宗元并称"韩柳"，与柳宗元、欧阳修和苏轼并称"千古文章四大家"。倡导"文道合一""气盛言宜""务去陈言""文从字顺"等写作理论，对后人具有指导意义。著有《韩昌黎集》等。

译 文

葡萄新抽的芽尚未长全，一半还如枯木，高高葡萄架子松散歪斜，倒了又被扶起。

如果要想秋天餐盘中堆满美味的马乳葡萄，就不要推辞，应该增加竹竿扎牢架子牵引龙须。

赏析

这首诗通过描绘葡萄生长之态，表达自己仕途困顿、渴望有人援引的心情。

前两句"新茎未遍半犹枯，高架支离倒复扶。"写旅舍中的葡萄树经过人们的照顾后正待逢时生长之状。春夏之交，葡萄树上新的枝叶开始生长，但仍未完全复苏，尚有一半的茎条是干枯的。有人为其搭起了高高的架子，又将垂下的枝条扶上去。"支离"，指葡萄枝条杂乱的攀络状。

后两句"若欲满盘堆马乳，莫辞添竹引龙须"，诗人希望种葡萄之人能对这株葡萄多加培育、让它结出丰硕的果实。"添竹"，指在架子上多加竹条，扩大修缮，将葡萄的枝蔓引好。"龙须"，比喻葡萄卷曲的藤蔓。

此诗咏物与言志融为一体。托物言志。表面写葡萄，实际是表达自己谪后的希冀。

鹦 鹉

【唐】罗隐

莫恨雕笼翠羽残[1]，
江南地暖陇西[2]寒。
劝君不用分明语[3]，
语得分明出转[4]难。

注释

[1] 雕笼：雕花的鸟笼。翠羽残：笼中鹦鹉被剪去了翅膀。

[2] 陇西：陇山（六盘山南段别称）以西。

[3] 君：指笼中鹦鹉。分明语：学人说话说得很清楚。

[4] 出转：指从笼子里出来获得自由。

译文

不要怨恨被关在华丽的笼子里，也不要痛恨翠绿的毛被剪得残缺不全，江南气候温暖，而你的老家陇西十分寒冷。

劝你不要把话说得过于清楚，话说得太清楚，人就对你愈加喜爱，要想飞出鸟笼就更难了。

赏析

三国时候的名士祢衡有一篇《鹦鹉赋》，是托物言志之作。祢衡为人恃才傲物，先后得罪过曹操与刘表，到处不被容纳，最后又被遣送到江夏太守黄祖处，在一次宴会上即席赋篇，假借鹦鹉以抒述自己托身事人的遭遇和忧谗畏讥的心理。罗隐的这首诗，命意亦相类似。

"莫恨雕笼翠羽残，江南地暖陇西寒。"诗人在江南见到的这头鹦鹉，已被人剪了翅膀，关进雕花的笼子里，所以用上面两句话来安慰它：且莫感叹自己被拘囚的命运，这个地方毕竟比你的老家要暖和多了。话虽这么说，"莫恨"其实是有"恨"，所以细心人不难听出其弦外之音：尽管现在不愁温饱，而不能奋翅高飞，终不免叫人感到遗憾。罗隐生当唐末纷乱时世，虽然怀有匡时救世的抱负，但屡试不第，流浪大半辈子，无所遇合，到五十五岁那年投奔割据江浙一带的钱镠，才算有了安身之地。他这时的处境，跟这头笼中鹦鹉颇有某些相似。这两句诗分明写他那种自嘲而又自解的矛盾心理。

"劝君不用分明语，语得分明出转难。"鹦鹉的特点是善于学人言语，后面两句诗就抓住这点加以生发。诗人以告诫的口吻对鹦鹉说：你还是不要说话过于清楚吧，这样的话你想出去就更难了！这里含蓄的意思是：语言不慎，足以招祸；为求免祸，必须慎言。当然，鹦鹉本身是无所谓出语招祸的，显然又是作者的自我比况。据传罗隐在江东很受钱镠礼遇。但祢衡当年也曾受过恩宠，而最终仍因忤触黄祖被杀。何况罗隐在长期生活实践中养成的愤世嫉俗的思想和好为讥刺的习气，一时也难以改变，在这种情况下，诗人对钱谬产生某种疑惧心理，完全是可理解的。

这首咏物诗，不同于一般的比兴托物，而是借用向鹦鹉说话的形式来吐露自己的心曲，劝鹦鹉实是劝自己，劝自己实是抒泄自己内心的悲慨，淡淡说来，却意味深长。

咏山泉

【唐】储光羲

山中有流水，

借问①不知名。

映地为天色②，

飞空③作雨声。

转来④深涧⑤满，

分出小池平。

恬澹⑥无人见，

年年长自清⑦。

注　释

①借问：犹询问。古诗中常见的假设性问语。

②映地为天色：意思是大地在阳光照射下，现出的影子颜色和天空一样。映：照。

③飞空：飞入空中。

④转来：打转，绕着圈子转。

⑤深涧：两山中间很深的水。

⑥恬澹：同"恬淡"。清静淡泊。

⑦年年长自清：意思是年年流淌的泉水永远清澈、透明。

作者名片

储光羲（约706—763），兖州（今属山东）人。开元十四年（726）登进士第，授汜水尉后为安宜县尉。天宝十年（751）转下邽尉，后升任太祝，官至监察御史。安禄山陷长安时，受伪职。安史之乱后，被贬谪，死于岭南。为盛唐著名田园山水诗人之一。其诗多为五古，擅长以质朴淡雅的笔调，描写恬静淳朴的农村生活和田园风光。

译 文

山中有一股泉水，向别人询问这股泉水叫什么名字，却没有人知道。天空倒映在泉水面上，整个地面的颜色和天空的颜色是一样的，泉水从高高的山崖上飞流直下如雨声作响。

这股泉水自高山流出，涨满了一条条山涧和小溪，分出的支流也注满了一个个小池塘。这股泉水的清静和淡泊没有人看见，但不论怎样，这股泉水年复一年地依旧是那么清澈。

赏 析

这是一首山水诗。作为一首较为工整的五律，此诗的内容组合与行文结构颇具特色。首联叙事点题，紧扣"泉"字，起得平和自然。静寂的深山里，一股清泉徐徐流动，给这僻远之所平添一活气；面对此番景象，诗人真想问山泉有无一个让人记得住的名字，可是无从知晓。其既惊喜又遗憾的心情充溢于字里行间。颔联承接上文，从正面立意，描绘山泉的出俗形象。诗人从广阔的立体空间着笔，生动地摹绘出山泉的澄澈与灵动：它流淌在平地之时，恰似一面新亮的镜子将蔚蓝的天宇尽映水底；它飞泻于山下之际，又如潇潇春雨般泼洒半空，煞是壮观。此联取景清晰，摹象精致，对仗谨严，通过大胆的想象，细腻的刻画，把飘逸的山泉的形象描绘得生动可感。颈联从反面角度立意，转写山泉遭遇冷落的境况：尽管山泉清净而鲜活，可是当它流入深涧，水满溢出，分引到小池的时候，山泉原先的那种清澄和那种灵气，被这窒息的环境遮盖了，仿佛有谁不愿意看到山泉的"映地""飞空"。这些描写，意在为后文蓄势。尾联关合全诗，由叙而议，点明诗旨：山泉的"恬淡"无人关注，可它仍然年复一年，自洁自清，保持着一尘不染的秉性。

《咏山泉》作为一首别致的山水诗，其独特的艺术技巧可与王维的《山居秋暝》相媲美：全诗形象生动，画面清新鲜丽，诗人既泼墨渲染，又精雕细刻，把清冷丰溢的山间清泉逼真地展示于读者面前。《咏山泉》又是一首有所寄托的咏物诗——作品采用拟人手法，寓情于景，写山泉的"不知名"，说山泉的"无人问"；写山泉的"恬淡"，说山泉的"长自清"。这一切，都在暗示人们：山泉即诗人自己，山泉的特点即诗人要追求的个性，其崇尚恬淡自然、飘逸出俗的高洁境界十分可观，耐人回味。

云

【唐】来鹄

千形万象竟还空①，
映水藏山片复重②。
无限旱苗枯欲尽③，
悠悠④闲处作奇峰。

注释

①千形万象：指云的形态变化无穷。竟还空：终究一场空，不见雨下来。竟：终于。还：返回。
②片复重：时而一片片、一朵朵，时而重重叠叠。重：云朵重叠。
③无限：无数。旱苗：遭旱的禾苗。尽：死尽。
④悠悠：悠然自得的样子。

作者名片

来鹄（？—883），豫章（在今江西省南昌附近）人。咸通（860—873）年间举进士而不第。曾自称"乡校小臣"，隐居山泽。其诗多描写旅居愁苦的生活，也有表现民间疾苦的人民性很强的作品。《全唐诗》收录其诗一卷。

译文

旱云形象千姿百态竟仍不见雨，片片重叠藏进深山映入水中。
无数旱苗枯干欲死急盼甘雨，空中云朵悠然自在化作奇峰。

赏析

夏云形状奇特，变幻无常。"夏云多奇峰"，是历来传诵的名句。但这首诗的作者似乎对悠闲作态的夏云颇为憎厌，这是因为作者的心境本来就并不悠闲，用意又另有所属的缘故。

首句撇开夏云的各种具体形象，用"千形万象"四字一笔带过，紧接着下了"竟还空"这几个感情分量很重的词语。原来，诗人是怀着久旱盼甘霖的焦急心情注视着风云变幻。对他说来，夏云的千姿百态并没有实际意义，当然也就想不到要加以描写。对事物关心的角度不同，描写的方式也自然有别。这一句对夏云的描写尽管抽象，却完全符合诗人此时的感情。它写出一个过程：云不断幻化出各种形象，诗人也不断重复着盼望、失望，最后，云彩随风飘散，化为乌有，诗人的希望也终于完全落空。"竟还空"三字，既含有事与愿违的深深失望，也含有感到被作弄之后的一腔怨愤。

次句写"竟还空"后出现的情形。云彩虽变幻以至消失，但切盼甘霖者仍在寻觅它的踪影。它仿佛故意与人们捉迷藏：到处寻觅不见，蓦然低头，却发现它的倒影映入水中；猛然抬头，则又见它原来就隐藏在山后。又好像故意在你面前玩戏法：忽而轻云片片，忽而重重叠叠。这就进一步写出了云的容与悠闲之状，怡然自得之情，写出了它的故作姿态。而经历过失望、体验过被作弄的滋味的诗人，面对弄姿自媚的云，究竟怀着一种什么样的感情，也就可想而知了。

"无限旱苗枯欲尽，悠悠闲处作奇峰。"第三句是全诗的背景，按自然顺序，似应放在首句。诗人把它安排在这里，一方面是使这首篇幅很狭的小诗也有悬念，有波澜；另一方面（也是更重要的）是让它在感情发展的关节点上出现，以便与第四句形成鲜明尖锐的对照，取得更加强烈的艺术效果。第三句明显地蕴含着满腔的焦虑、怨愤，提得很高，出语很重。第四句放下去时却很轻，表面上几乎不带感情。一边是大片旱苗行将枯死，亟盼甘霖，一边却是高高在上，悠闲容与，化作奇峰在自我欣赏。正是在跌宕有致的对比描写中，诗人给云的形象添上了画龙点睛的一笔，把憎厌夏云的感情推向了高潮。

一首有所托寓的咏物诗，总是能以它的生动形象启发人们去联想、去思索。这首诗，看来并不单纯是抒写久旱盼雨、憎厌旱云的感情。诗中"云"的形象，既具有自然界中夏云的特点，又概括了社会生活中某一类人的特征。那千变万化，似乎给人们以洒降甘霖希望的云，其实根本就无心解救干枯的旱苗。当人们焦急地盼它降雨时，它却"悠悠闲处作奇峰"呢。不言而喻，这正是旧时代那些看来可以"解民倒悬"，实际上"不问苍生"的权势者的尊容。它的概括性是很高的，直到今天，我们还会感到诗里所描绘的人格化了的云是似曾相识的。

杨柳枝词

【唐】白居易

一树春风千万枝①，
嫩于金色软于丝②。
永丰③西角荒园里，
尽日无人属阿谁④。

注 释

① 一树春风：一棵棵一排排柳树被春风轻轻地吹拂。千万枝：一作"万万枝"。
② "嫩于"句：柳色嫩黄，其色嫩黄，其色似金，柳枝条条柔软如丝。
③ 永丰：永丰坊，唐代东都洛阳坊名。
④ 阿（ā）谁：疑问代词，犹言谁，何人。

译 文

春风吹拂柳枝随风起舞，绽出一片嫩黄的芽比丝柔软。
永丰坊西角的荒园里，整日都没有人，这柳枝属于谁？

赏 析

这是一首写景寓意诗，前两句写景，极写柳树的美态，诗人所抓的着眼点是柳条，写出了动态、形态和色泽显出它的材质之美。后两句写的是诗人对柳树遭遇及自己的评价，因为柳树所生之地不得其位，而不能得到人的欣赏，寓意怀才不遇而鸣不平，含蓄地抨击了当时的人才选拔机制和相关政府官员。

此诗前两句写柳的风姿可爱，后两句抒发感慨，是一首咏物言志的七绝。

诗中写的是春日的垂柳。最能表现垂柳特色的，是它的枝条，此诗亦即于此着笔。首句写枝条之盛，舞姿之美。"春风千万枝"，是说春风吹拂、千丝万缕的柳枝，随风起舞。一树而千万枝，可见柳之繁茂。次句极写柳枝之秀色夺目，柔嫩多姿。春风和煦，柳枝绽出细叶嫩芽，望去一片嫩黄；细长的柳枝，随风飘荡，比丝缕还要柔软。"金色""丝"，比譬形象，写尽早春新柳又嫩又软之娇态。此句上承春风，写的仍是风中情景，风中之柳，才更能显出枝条之软。句中叠用两个"于"字，接连比况，更加突出了"软"和"嫩"，而且使节奏轻快流动，与诗中欣喜赞美之情非常协调。这两句把垂柳之生机横溢，秀色照人，轻盈袅娜，写得极生动。《唐宋诗醇》称此诗"风致翩翩"，确是中肯之论。

这样美好的一株垂柳，照理应当受到人们的赞赏，为人珍爱；但诗人笔锋一转，写的却是它荒凉冷落的处境。

诗于第三句才交代垂柳生长之地，有意给人以突兀之感，在诗意转折处加重特写，强调垂柳之不得其地。"西角"为背阳阴寒之地，"荒园"为无人所到之处，生长在这样的场所，垂柳再好，又有谁来一顾呢？只好终日寂寞了。反过来说，那些不如此柳的，因为生得其地，却备受称赞，为人爱惜。诗人对垂柳表达了深深的惋惜。这里的孤寂落寞，同前两句所写的动人风姿，正好形成鲜明的对比；而对比越是鲜明，越是突出了感叹的强烈。

这首咏物诗，抒发了对永丰柳的痛惜之情，实际上就是对当时政治腐败、人才埋没的感慨。白居易生活的时期，由于朋党斗争激烈，不少有才能的人都受到排挤。诗人自己，也为避朋党倾轧，自请外放，长期远离京城。此诗所写，亦当含有诗人自己的身世感慨在内。

蝉

【唐】虞世南

垂绥饮清露①,
流响②出疏桐。
居高声自远,
非是藉③秋风。

注 释

①垂绥(ruí):古人结在颔下的帽缨下垂部分,蝉的头部伸出的触须,形状与其有些相似。清露:纯净的露水。古人以为蝉是喝露水生活的,其实是刺吸植物的汁液。

②流响:指连续不断的蝉鸣声。

③藉(jiè):凭借。

作者名片

虞世南(558—638),字伯施,越州余姚(今浙江省慈溪市观海卫镇鸣鹤场)人。南北朝至隋唐时期书法家、文学家、诗人、政治家,凌烟阁二十四功臣之一。虞世南善书法,与欧阳询、褚遂良、薛稷合称"初唐四大家"。日本学界称欧阳询、褚遂良、虞世南为"初唐三大家"。其所编的《北堂书钞》被誉为唐代四大类书之一,是中国现存最早的类书之一。原有诗文集三十卷,但已散失不全。

译 文

蝉垂下像帽缨一样的触角吸吮着清澈甘甜的露水,声音从挺拔疏朗的梧桐树枝间传出。

蝉声远传是因为蝉居在高树上,而不是依靠秋风。

赏 析

这是一首咏物诗,咏物中尤多寄托,具有浓郁的象征性。句句写的是蝉的形体、习性和声音，而句句又暗示着诗人高洁清远的品行志趣，物我互释，咏物的深层意义是咏人。诗的关键是把握住了蝉的某些别有意味的具体特征，从中找到了艺术上的契合点。

首句"垂緌饮清露"，"緌"是古人结在颔下的帽带下垂部分，蝉的头部有伸出的触须，形状好像下垂的冠缨，故说"垂緌"。古人认为蝉生性高洁，栖高饮露，故说"饮清露"。这一句表面上是写蝉的形状与食性，实际上处处含比兴象征。"垂緌"暗示显宦身份（古代常以"冠缨"指代贵宦）。这显贵的身份地位在一般人心目中，是和"清"有矛盾甚至不相容的，但在作者笔下，却把它们统一在"垂緌饮清露"的形象中了。这"贵"与"清"的统一，正是为三四两句的"清"无须藉"贵"作反铺垫，笔意颇为巧妙。

次句"流响出疏桐"写蝉声之远传。梧桐是高树，着一"疏"字，更见其枝干的高挺清拔，且与末句"秋风"相应。"流响"状蝉声的长鸣不已，悦耳动听，着一"出"字，把蝉声传送的意态形象化了，仿佛使人感受到蝉声的响度与力度。这一句虽只写声，但读者从中却可想见人格化了的蝉那种清华隽朗的高标逸韵。有了这一句对蝉声远传的生动描写，三、四两句的发挥才字字有根。

"居高声自远，非是藉秋风"，这是全篇比兴寄托的点睛之笔。它是在上两句的基础上引发出来的诗的议论。蝉声远传，一般人往往以为是借助于秋风的传送，诗人却别有会心，强调这是由于"居高"而自能致远。这种独特的感受蕴含一个真理：立身品格高洁的人，并不需要某种外在的凭借（例如权势地位、有力者的帮助），自能声名远播，正像曹丕在《典论·论文》中所说的那样，"不假良史之辞，不托飞驰之势，而声名自传于后。"这里所突出强调的是人格的美，人格的力量。两句中的"自"字、"非"字，一正一反，相互呼应，表达出对人的内在品格的热情赞美和高度自信，表现出一种雍容不迫的风度气韵。

实际上，咏蝉这首诗包含着诗人虞世南的夫子自道。他作为唐贞观年间画像悬挂在凌烟阁的二十四勋臣之一，名声在于博学多能，高洁耿介，与唐太宗谈论历代帝王为政得失，能够直言善谏，为贞观之治做出独特贡献。为此，唐太宗称他有"五绝"（德行、忠直、博学、文辞、书翰），并赞叹："群臣皆如虞世南，天下何忧不理！"从他不是以鲲鹏鹰虎，而是以一只不甚起眼的蝉来自况，也可见其老成谨慎，以及有自知之明。

湘岸移木芙蓉①植龙兴精舍

【唐】柳宗元

有美不自蔽②，
安能守孤③根。
盈盈湘西④岸，
秋至风露繁⑤。
丽影⑥别寒水，
秾芳委前轩⑦。
芰荷⑧谅难杂，
反此生高原⑨。

注 释

①木芙蓉：又称木莲，生于陆地。
②美：指木芙蓉。自蔽：遮蔽，掩蔽。这里指自行掩蔽。
③孤：单独，孤立。
④盈盈：姿态美好的样子。湘西：潇水西岸。
⑤繁：复杂，繁多。
⑥丽影：美丽的影像。
⑦委：放置，指栽培。轩：有窗的长廊或小室。
⑧芰荷：荷花。
⑨高原：高地。

译 文

姿容艳美，既不自藏；岂容独处，无人欣赏。
亭亭玉立，潇水西畔；秋季来临，风紧霜繁。
艳丽倩影，告别寒江；移植廊前，散发芳香。
它与荷花，混杂实难；与之不同，故生高岸。

赏析

《湘岸移木芙蓉植龙兴精舍》一诗，写作时间与植桂诗大致相同，心态也相似，只是写法上略有不同，如果说植桂诗更多地表现了自己的孤悲之感的话，此诗则以自爱、自慰之情为主。

诗人创作此诗，心态上有两个特征。一是孤寂无依，世无知音之感。当时诗人刚贬谪永州，政治地位一落千丈。作为被贬官员，行动很不自由，处境与囚徒相差无几。所以他常自称为"罪臣""楚囚"。心理常惶恐不已，彻夜难眠。再加上昔日志同道合的朋友都远贬荒凉遥远之地，贬官的身份也不便与他人接触。因而，伴随他的只是孤独、寂寞和无奈。另外一种心态特征是：怀才不遇又矢志不移。柳宗元的才能是全面的，为多数人所了解的，柳宗元主要是散文家和诗人。但被贬之前，柳宗元的理想绝不是做文人，而且有点不屑于做文人。在《答吴武陵论〈非国语〉书》中说道："意欲施之事实，以辅时及物为道。"信中他向自己好友表白了昔日的理想。他的《冉溪》诗中"少时陈力希公侯，许国不复为身谋"的句子，更是直接说明了他的理想是辅助时政、建政立业，为此而不怕牺牲。事实上，他也确有非凡的政治才能，三十四岁成为朝廷要臣足以说明了这点。永贞革新的失败，他失去了政治上有所作为的机会，但他并没有放弃，这一性格很类似流放中的屈原。在贬永时期，他关注着时局的变化，民生的疾苦，常与朋友以书信的形式讨论历史、政治和为官之道，希望被朝廷起用，再度施展政治才能。为了理想，他提携后进，培养人才，积蓄力量，正如《冉溪》诗中写道："却学寿张樊敬侯，种漆西园待成器。"这些大概是柳宗元在不自由状态下最大的所为吧。了解了柳宗元这样的心态，就很容易把握此诗的深层次的含义。

这首诗在艺术上的特点，就是采用拟人化手法，把自己的心态物化成木芙蓉，木芙蓉自然成了他感情的载体、心灵的镜子和与读者沟通的渠道。诗中的木芙蓉具有鲜明的诗人的色彩：她孤寂、独自长在湘水西岸，任秋风疾吹，繁霜严打，无人爱怜顾惜；她完美，"盈盈"，是婀娜多姿的体形，"丽影"是艳丽动人的身姿，"浓香"是沁人的芳香，可谓集众美于一身；她自信，"有美不自蔽，安能守孤根"，这种自信来自于"有美"。这种美与其说是木芙蓉的姿态、丽影和浓芳，不如说是诗人的才华、理想。因此，即使在孤独、冷落，被人诋毁、抛弃的处境里，他也没有沮丧、消沉和自暴自弃。他坚信自己总会有被人赏识的时候；他很有原则，处于世上，就只能像木芙蓉一样，扎根高高的陆地，绝不与浮于水上的摇摆不定的芰荷同处。诗人对木芙蓉作了淋漓尽致的描绘，倾注了强烈的感情。这样做的用意很明显，高文先生道明了诗人的用意："此诗写木芙蓉美丽而孤独，深受风霜欺凌，诗人同情它的遭遇而移栽于住所轩前。乃以木芙蓉自比，怜花亦即自怜。"诗人爱花、护花，实为自爱自慰。这也正是中国古代文人抚平内心创伤，驱走孤独幽愁的常见方式。

咏 竹

【唐】白居易

不用裁①为鸣凤管②，
不须截③作钓鱼竿。
千花百草凋零④后，
留向纷纷雪里看。

译 文

不用将竹子砍下来制作成乐器，也不用将竹子截断作为钓鱼竿。

等到了冬天，各种花花草草全都凋零了，再在纷纷大雪中慢慢欣赏竹子的美丽。

赏析

　　白居易爱竹、咏竹、种竹、玩竹、赏竹、食竹，在他的诗歌中出现"竹"字不少于三百处。在《白居易集》中以咏竹为题的就有十六首，这些诗作成为白居易咏物诗的重要组成部分，有着不可忽视的价值意蕴。本文通过对白居易咏竹诗的探索，揭示出诗人高尚的'道德情操和独特的情趣追求及处世态度，进而探索其独特的心灵世界、艺术追求、社会风貌。中国传统文人常常把"竹"作为儒家文人人格的化身，通过比德思维方式赋予了竹近乎完美的人格特质，在对竹的描写中融入了诗人的价值观和美学追求。这样"竹"的某些自然特征成了人们用以比况自身的媒介。最早赋予竹以人的品格的《礼记·礼器》说："其在人也，如竹箭之有筠也，如松柏之有心也。二者居天下之大端矣，故贯四时而不改柯易叶。"《诗·卫风·淇奥》中的"绿竹猗猗，有匪君子""绿竹青青，有匪君子"赋予君子的品行。南朝谢庄的《竹赞》"贞而不介，弱而不亏"也赋予竹虚怀亮节、坚贞不移的品德。在白居易的诗中也处处突出竹的品格，写出了其荦荦不俗的独特情怀。

春　庄

【唐】王勃

山中兰①叶径②，
城外李桃园③。
岂知④人事静，
不觉鸟声喧⑤。

注释

①兰：兰花。

②径：山中小路。

③李桃园：一作桃李园。

④岂知：哪里知道。

⑤喧：喧闹。

译 文

幽静的山林中有一条路边长满兰叶的小路，城外有着种桃李的园子。

只是没有人间的清静，没有听到鸟儿的啼叫之声。

赏 析

这是一首写景诗，"山中兰叶径，城外李桃园"，此句平白如话，却又平白如画。一幅极简单、寥寥数笔勾勒出线条轮廓的写意画，好一幅春意盎然的景象，形象地点缀了他的诗意。通过对兰花和桃李的赞美，我们能明显地感受到一种既随意又安详的色彩，以此来抒发了自己对春天的热爱之情。"岂知人事静"一句，隐隐地表达了作者不喜繁闹的城市，想要将一切俗事抛开，不去理会，静静享受这山间林里的美，即使有鸟鸣声，也不觉得吵闹，只当作是大自然独有的声音。这是心境的记号，更是一种人生态度的象征。

咏 雨

【唐】李世民

罩云飘远岫①，
喷雨②泛长河。
低飞昏岭腹③，
斜足洒岩阿④。
泫丛珠缔叶⑤，

注 释

①罩：为"覆盖、笼罩"，"罩云"的意思就是笼罩在天空中的乌云。远岫：指远处的峰峦。
②喷雨：倾盆大雨。
③岭腹：即半山腰。
④岩阿：指山的曲折处。
⑤泫：本义是"水珠下滴"，"泫丛"的意思是"一串串下滴的水珠"。缔叶：（雨滴）结在树叶上。

起溜⑥镜图波。

濛柳添丝密，

含吹⑦织空罗。

⑥起溜：指河水泛起了一阵阵
　涟漪。
⑦含吹：本意是风吹。含吹是唐代
　才有的词，见于唐代的诗文中。

作者名片

　　李世民（599—649），唐朝第二位皇帝，在位23年，年号贞观。名字取意"济世安民"，陇西成纪人（今甘肃天水市秦安县）。唐太宗李世民不仅是著名的政治家、军事家，还是一位书法家和诗人。唐太宗开创了著名的贞观之治，被各族人民尊称为天可汗，为后来唐朝全盛时期的开元盛世奠定了重要基础，为后世明君之典范。庙号太宗，谥号文武大圣大广孝皇帝，葬于昭陵。

译文

　　远处的山峦笼罩着一片乌云，大雨倾盆而下，河水上涨。

　　乌云低飞使半山腰一片昏暗，风吹雨斜洒满了山的曲折处。

　　一串串雨滴如珍珠般滴下，又如珍珠般结在树叶上；大雨在如镜的湖面上泛起了一阵阵涟漪。

　　柳丝在雨气中一片迷蒙（或说迷蒙的雨气使柳丝密密麻麻的分不出个来了），连绵的大雨如帘，风吹雨丝在空中织起了一片片罗幕。

赏析

　　唐太宗李世民功垂千秋光耀史册，万里江山在他的垂手而治下，呈现出前所未有的繁荣昌盛，至李隆基开元年间，大唐国力进入巅峰阶段，史称"开元盛世"，世界形成了"三年一上计，万国趋河洛"

的朝贡局面，至今有的国家还称我们是"唐人"。

李世民开笔就是风云涌动，他个人的政治和军事生涯也像这大雨之前的云团一般雄浑壮阔，"玄武门之变"他力挽狂澜结束了暗无天日的宫斗，年轻时带兵打仗，所向披靡战功卓著，这些都被他震笔一挥化诗一句"罩云飘远岫。""喷雨泛长河。"天地之动没有比大雨滂沱更为震撼的了，一个"喷"字淋漓尽致地写出了雨狂雨骤，以至于漫无边际，处处是泛泛的大河。

"低飞昏岭腹。"写云的另一种状态，团团乌云如黑带一般缠附于山腰，远远望去云山一体。开诗第一句写乌云之广，此句唐太宗又反笔写云之密，借此抒发了大好河山得来不易的感慨。"斜足洒岩阿。"此句继续刻画雨的细态，雨量之大致使平时不起眼的小山岩下也是汪洋一片，大雨不停歇地冲刷着岩体，给人一种饱受打击的感觉，这不禁让我想起了艾青之诗《礁石》。

"泫丛珠缔叶，起溜镜图波。"这两句写得极为温情，大雨由"狂"变为"缓"，太宗也转笔写雨中眼前的近物，经雨水洗刷过的千草万叶片片晶晶绿，有的雨滴不愿滑落便于绿叶结为一体，欲滴又缔，美不胜收。李世民视线移开绿叶即见水面，此时泛泛的小雨使得水面荡起一圈圈涟漪，圈圈互融此消彼长，令人百看不忍移视。

"蒙柳添丝密，含吹织空罗。"最后李世民刻画的这两页画面有近有远、有实有虚。柔柳千丝拂垂，雨中更显娇媚更显稠密，褐色的老柳树棵棵尽在蒙蒙的雨中摇首弄姿。大雨过后的风是和蔼温情的，轻风细雨拂动密密的柳枝像风雨之手在空中织起的层层罗幕，这两页画面是雨后最美的风景。"织罗幕"在诗的结尾李世民借物咏怀，江山如此多娇，他有力绘宏图的伟愿。

李世民此诗句句一幅画，或云或雨，或云中物或雨中物，八幅画组成一幅雨洗江山图。

咏梧桐

【清】郑燮

高梧①百尺夜苍苍②，

乱扫秋星落晓霜。

如何不向西州③植④，

倒挂⑤绿毛幺凤皇⑥。

注 释

①高梧：高大的梧桐树。

②苍苍：深青色。

③西州，指扬州。

④植：栽种。

⑤倒挂：上下颠倒地挂着。

⑥幺凤皇：又名桐花凤，凤凰的
一种。

译 文

高大的梧桐树在暮色下能够扫动天上的寒星，拂落晓霜。
为何不种在扬州，从而引来凤凰栖息？

赏 析

　　这是一首借物喻人的诗。诗中以"扫落秋星"的梧桐所生非地，
无凤凰来栖比喻有才之士所生非时，无所成就，比喻形象贴切。从诗
中可以明显看出诗人对于自己或友人不平遭遇的愤慨。其中前两句还
使用了夸张手法，鲜明表现出梧桐的高大雄伟，令人浮想联翩。

咏牡丹①

【宋】王溥

枣花至小能成实，

注 释

①牡丹：多年生落叶小灌木，花大色
艳、雍容华贵、富丽端庄、芳香浓
郁，而且品种繁多，素有"国色天

桑叶②虽柔解吐丝。

堪笑牡丹如斗大③，

不成一事又空枝。

②桑叶：桑科植物桑的干燥叶，又名
家桑、荆桑、桑葚树、黄桑等。

③斗大：大如斗。对小的物体，形
容其大。

作者名片

王溥（922—982），字齐物，宋初并州祁人。历任后周太祖、周世宗、周恭帝、宋太祖——两代四朝帝宰相，又为著名之史学大家，编撰《世宗实录》《唐会要》《五代会要》——三部史籍共170卷。

译文

枣花虽然很小，但能结果实。桑叶虽然柔软，却能养蚕吐丝。

可笑牡丹花形大如斗，却什么也不能做，花谢后只剩空空枝条。

赏析

这首《咏牡丹》是宋代大臣王溥的作品。这首诗一反人们对牡丹一向喜爱赞美的心态。诗人先拿枣桑来示例：枣花虽小，秋后有枣儿甜脆可口；桑叶很柔弱，能养蚕结丝，美艳的绫罗由桑叶生成。而牡丹是没有实用价值的虚妄的外在美。

题目用"咏"，先顺从大众的普遍心理定式，先诱导读者，诗人可没说牡丹的坏话，是要歌咏它。读者乍一看，心理必然想着，歌咏牡丹者多矣，王溥难以说出什么新的东西。这样想着，就好奇地往下读，结果却读出了对牡丹的说三道四。虽然有些生气，但细品，诗人的审美情思落在了两个点上——外表美和实用美。诗人担心人们不服气，先拿枣桑来示例：枣花虽小，秋后有枣儿甜脆可口；桑叶很柔弱，他能养蚕结丝，美艳的绫罗由桑叶生成。还有，她的美艳，她的光彩，耀人眼目，让人心旷神怡，诗人是知道的，但他有意无视这些，因为，这些都是没有实用价值的虚妄的外在美，仅此一点，牡丹不值一提。值得一提的是，她一旦开完美艳的花，就花去枝空，空空如也，没有什么好赞美的。诗人用诗表达了自己的观点，至于读者读不读，读懂读不懂，认同不认同就不是诗人的事了。

江 汉①

【唐】杜甫

江汉思归客，

乾坤一腐儒②。

片云天共远，

永夜月同孤③。

落日④心犹壮，

秋风病欲苏⑤。

古来存老马⑥，

不必取长途。

注 释

①江汉：该在湖北江陵公安一带所写，因这里处在长江和汉水之间，所以诗称"江汉"。

②腐儒：本指迂腐而不知变通的读书人，这里是诗人的自称，含有自嘲之意。

③"片云、永夜"两句：倒装句，应是"共片云在远天，与孤月同长夜"。

④落日：比喻自己已是垂暮之年。

⑤病欲苏：病都要好了。苏：康复。

⑥存：留养。老马：诗人自比。

译 文

　　我漂泊在江汉一带，思念故土却不能归，在茫茫天地之间，我只是一个迂腐的老儒。

　　看着远浮天边的片云和孤悬暗夜的明月，我仿佛与云共远、与月同孤。

我虽已年老体衰，时日无多，但一展抱负的雄心壮志依然存在；面对飒飒秋风，我觉得病情渐有好转。

自古以来养老马是因为其智可用，而不是为了取其体力，因此，我虽年老多病，但还是能有所作为的。

赏析

大历三年（768）正月，杜甫自夔州出峡，流寓湖北江陵、公安等地。这时他已五十六岁，北归无望，生计日蹙。此诗以首句头两字"江汉"为题，正是漂泊流徙的标志。尽管如此，诗人孤忠仍存，壮心犹在，此诗就集中地表现了一种到老不衰、顽强不息的精神，十分感人。

"江汉"句，表现出诗人客滞江汉的窘境。"思归客"三字饱含无限的辛酸，因为诗人思归而不能归，成为天涯沦落人。"乾坤"代指天地。"乾坤"句包含"自鄙而兼自负"这样两层意思，妙在"一腐儒"上冠以"乾坤"二字。"身在草野，心忧社稷，乾坤之内，此腐儒能有几人？"（《杜诗说》）黄生对这句诗的理解，是深得诗人用心的。

"片云"两句紧扣首句，对仗十分工整。通过眼前自然景物的描写，诗人把他"思归"之情表现得很深沉。他由远浮天边的片云，孤悬明月的永夜，联想到了自己客中情事，仿佛自己就与云、月共远同孤一样。这样就把自己的感情和身外的景物融为一片。诗人表面上是在写片云孤月，实际是在写自己：虽然远在天外，他的一片忠心却像孤月一样的皎洁。昔人认为这两句"情景相融，不能区别"，是很能说明它的特点的。

"落日"两句直承次句，生动形象地表现出诗人积极用世的精神。《周易》云："君子以自强不息。"这恰好说明：次句的腐儒，并非纯是诗人对自己的鄙薄。上联明明写了永夜、孤月，本联的落日，就绝不是写实景，而是用作比喻。黄生指出："落日乃借喻暮齿"，是咏怀而非写景。否则一首律诗中，既见孤月，又见落日，是自相矛盾的。他的话很有道理。落日相当于"日薄西山"的意思。"落日"句的本意，就是"暮年心犹壮"。它和曹操"烈士暮年，壮心不已"（《步出夏门行·龟虽寿》）的诗意，是一致的。就律诗格式说，此联用的是借对法。"落日"与"秋风"相对，但"落日"实际上是比喻"暮年"。"秋风"句是写实。"苏"有康复意。诗人漂流江汉，而对飒飒秋风，不仅没有悲秋之感，反而觉得"病欲苏"。这与李白"我觉秋兴逸，谁云秋兴悲"的思想境界，颇为相似，表现出诗人身处逆境而壮心不已的精神状态。胡应麟《诗薮·内篇》卷四赞扬此诗的二、三联"含阔大于沉深"，是十分精当的。

这两联诗的意境，苏轼曾深得其妙，他贬谪岭外、晚年归来时，曾有诗云："浮云世事改，孤月此心明"（《次韵江晦叔二首》），表明他不因政治上遭到打击迫害，而改变自己匡国利民的态度。"孤月此心明"实际上就是从杜诗"永夜月同孤"和"落日心犹壮"两句化用而成的。

"古来"两句，再一次表现了诗人老当益壮的情怀。"老马"用了《韩非子·说林上》"老马识途"的故事：齐桓公伐孤竹返，迷惑失道。他接受管仲"老马之智可用"的建议，放老马而随之，果然"得道"。"老马"是诗人自比，"长途"代指驱驰之力。诗人指出，古人存养老马，不是取它的力，而是用他的智。我虽是一个"腐儒"，但心犹壮，病欲苏，同老马一样，并不是没有一点用处的。诗人在这里显然含有怨愤之意：莫非我真是一个毫无可取的腐儒，连一匹老马都不如么？这是诗人言外之意，是从诗句中自然流露出来的。

此诗用凝练的笔触，抒发了诗人怀才见弃的不平之气和报国思用的慷慨情思。诗的中间四句，情景相融，妙合无限，有着强烈的艺术感染力，历来为人所称道。

观 书

【明】于谦

书卷多情似故人①，

晨昏②忧乐每相亲。

眼前直下三千字，

胸次全无一点尘③。

活水源流随处满，

东风花柳逐④时新。

金鞍玉勒⑤寻芳客，

未信我庐⑥别有春。

注 释

①故人：老朋友。此用拟人手法，将书卷比拟作"故人"。

②晨昏：即早晚，一天到晚。

③胸次：胸中，心里。尘：杂念。这句说作者专心读书，胸无杂念。

④逐：挨着次序。

⑤金鞍：饰金的马鞍。玉勒：饰玉的马笼头。此泛指马鞍、笼头的贵美。

⑥庐：本指乡村一户人家所占的房地，引申为村房或小屋的通称。这里指书房。

译 文

我对书籍的感情就像是多年的朋友，无论清晨还是傍晚，忧愁还是快乐总有它的陪伴。

眼前浏览过无数的文字后，胸中再无半点尘世间世俗的杂念。

新鲜的想法源源不断地涌来用之不竭，像东风里花柳不断变换、形色簇新。

漫跨着金鞍，权贵们犹叹芳踪难寻，谅他们也不信这书斋里别有春景。

赏析

　　该诗盛赞书之好处，极写读书之趣，作者于谦，是明代民族英雄、诗人。他生性刚直、博学多闻。他的勤学苦练与高风亮节一样名传后世。这首诗写诗人自我亲身体会，抒发喜爱读书之情，意趣高雅，风格率直，说理形象，颇有感染力。

　　诗的首联用拟人手法，将书卷比作多情的老朋友，每日从早到晚和自己形影相随、愁苦与共，形象地表明诗人读书不倦、乐在其中。颔联用夸张、比喻手法写诗人读书的情态。一眼扫过三千字，非确数，而是极言读书之多之快，更表现诗人读书如饥似渴的心情。胸无一点尘，是比喻他胸无杂念。这两句诗使诗人专心致志，读书入迷的情态跃然纸上，也道出了一种读书方法。颈联用典故和自然景象作比，说明勤读书的好处，表现诗人持之以恒的精神。活水句，化用朱熹《观书有感》"问渠那得清如许，谓有源头活水来"句，是说坚持经常读书，就像池塘不断有活水注入，不断得到新的营养，永远清澈。"东风"句是说勤奋攻读，不断增长新知，就像东风催开百花，染绿柳枝一样，依次而来，其乐趣令人心旷神怡。尾联以贵公子反衬，显示读书人书房四季如春的胜景。读书可以明理，可以赏景，可以观史，可以鉴人，真可谓是思接千载，视通万里，这美好之情之境，岂是玩物丧志的游手好闲者可以领略的！

南安军①

【宋】文天祥

梅花南北路②，
风雨湿征衣。
出岭同谁出？

注释

①南安军：地名。战斗失败，诗人成了俘虏，被押解北上，在经过家乡江西南安军时，曾绝食。

②梅花南北路：大庾岭上多植梅花，故名梅岭，南为广东南雄市，北为江西大余县。

归乡如此归③！

山河千古在，

城郭④一时非。

饿死真吾志，

梦中行采薇⑤。

③此归：一作不归。

④城郭：指城墙。城是内城的围墙，郭是外城的围墙。现泛指城市。

⑤采薇：商末孤竹君之子伯夷、叔齐，当周武王伐纣时，二人扣马而谏，商亡，逃入首阳山，誓不食周粟，采薇而食，饿死。

作者名片

文天祥（1236—1283），字履善，又字宋瑞，自号文山，浮休道人。吉州庐陵（今江西吉安县）人，南宋末大臣，文学家，民族英雄。宝祐四年（1256）进士，官到右丞相兼枢密使。被派往元军的军营中谈判，被扣留。后脱险经高邮稽庄到泰县塘湾，由南通南归，坚持抗元。祥兴元年（1278）兵败被张弘范俘虏，在狱中坚持斗争三年多，后在柴市从容就义。著有《过零丁洋》《文山诗集》《指南录》《指南后录》《正气歌》等作品。

译文

由南往北走过大庾岭口，一路风雨打湿衣裳。

想到去南岭时有哪些同伴，回到家乡却身为俘囚。

祖国的河山千年万世永存，城郭只是暂时落入敌手。

绝食而死是我真正的意愿，梦中也学夷齐，吃野菜充饥等死。

赏析

这首诗前两联叙述了行程中的地点和景色，以及作者的感慨，抒写了这次行程中的悲苦心情。颈联以祖国山河万世永存与城郭一时沦陷进行对比,突出诗人对恢复大宋江山的信念和对元人的蔑视。尾联表明自己的态度:决心饿死殉国,完成"首丘"之义的心愿。

"梅花南北路,风雨湿征衣。"略点行程中的地点和景色。作者至南安军,正跨越了大庾岭(梅岭)的南北两路。此处写梅花不是实景,而是因梅岭而说到梅花,借以和"风雨"对照,初步显示了行程中心情的沉重。梅岭的梅花在风雨中摇曳,濡湿了押着兵败后就擒、往大都受审的文天祥的兵丁的征衣,此时,一阵冰袭上了他的心头。

"出岭同谁出?归乡如不归!"两句,上句是说行程的孤单,而用问话的语气写出,显得分外沉痛。下句是说这次的北行,本来可以回到故乡庐陵,但身系拘囚,不能自由,虽经故乡而犹如不归。这两句抒写了这次行程中的悲苦心情,而两"出"字和两"归"字的重复对照,更使得声情激荡起来。

"山河千古在,城郭一时非。"文天祥站在岭上,遥望南安军的西华山,以及章江,慨叹青山与江河是永远存在的,而城郭则由出岭时的宋军城郭,变成元军所占领的城郭了,所悬之旗也将随之易帜了。这一句暗用杜甫的"国破山河在"和丁令威的"去家千年今始归,城郭犹是人民非"。

"饿死真吾志,梦中行采薇。"诗人文天祥宁愿绝食饿死在家乡,也不与元兵合作。诗人常常梦见自己像伯夷、叔齐一样在首阳山采野菜为生。这句诗用了伯夷、叔齐故事,商朝亡国后,宗室伯夷、叔齐二人,不食周粟,逃进首阳山,采野菜充饥,终于饿死在山上。从广东开始,文天祥就开始绝食,准备饿死在家乡,绝食八日依然没事,就继续进食。就在文天祥写《南安军》的同一年十月初一晚上,文天祥被押送到元大都,作了三年两个月零九天的囚徒后壮烈牺牲。

这首诗化用杜甫诗句,抒写自己的胸怀,表现出强烈的爱国感情,显示出民族正气。这首诗逐层递进,声情激荡,不假雕饰,而自见功力。作者对杜甫的诗用力甚深,其风格亦颇相近,即于质朴之中见深厚之性情,可以说是用血和泪写成的作品。

读山海经·其十

【晋】陶渊明

精卫衔微木^①，

将以填沧海。

刑天^②舞干戚，

猛志^③固常在。

同物^④既无虑，

化去^⑤不复悔。

徒设在昔心^⑥，

良辰讵^⑦可待。

注释

① 精卫：古代神话中鸟名。衔：用嘴含。微木：细木。

② 刑天：神话人物。

③ 猛志：勇猛的斗志。

④ 同物：精卫既然淹死而化为鸟，就和其他的相同，即使再死也不过从鸟化为另一种物，所以没有什么忧虑。

⑤ 化去：刑天已被杀死，化为异物，但他对以往和天帝争神之事并不悔恨。

⑥ 徒：徒然、白白地。在昔心：过去的壮志雄心。

⑦ 良辰：实现壮志的好日子。讵：表示反问，岂。

译文

精卫含着微小的木块，要用它填平沧海。

刑天挥舞着盾斧，刚毅的斗志始终存在。

同样是生灵不存余哀，化成了异物并无悔改。

如果没有这样的意志品格，美好的时光又怎么会到来呢？

赏析

这首诗热情歌颂了衔木石填海的精卫和敢与天帝争神的刑天，赞扬它们宁死不屈、抗争不息的精神，惋惜它们空有过去的壮志雄心，却等不到实现理想的良辰。全诗体现了对反抗精神和勇敢坚韧品格的赞颂，并借此抒发了自己壮志未酬的感慨。

精卫微禽，而有填海之志。一"微"一"衔"，就将小小精卫鸟儿的坚韧不拔的抗争精神刻画出来。精卫体形既小，每日所口衔之木条之益发微小，当可想见。以此更为微小之木条，终日不断地口衔远渡，竟想去填平茫茫大海，其难度恐怕连移山的愚公都无法望其项背了。另外刑天断首，犹反抗不止，都表现出不为命运屈服的斗争精神。诗人抒写至此，感情也同笔下的不屈神物一样昂扬激备，达到顶峰。

马诗二十三首·其五

【唐】李贺

大漠①沙如雪，

燕山月似钩②。

何当金络脑③，

快走踏清秋④。

注　释

①大漠：广大的沙漠。

②燕山：山名，在现河北省的北部。钩：弯刀，是古代的一种兵器，形似月牙。

③金络脑：用黄金装饰的马笼头，说明马具的华贵。

④踏：走，跑。这里指奔驰之意。清秋：清明爽朗的秋天。

作者名片

李贺（790—816），字长吉。河南府福昌县昌谷乡（今河南省宜阳县）人，祖籍陇西郡。唐朝中期浪漫主义诗人，与诗仙李白、李商隐称为"唐代三李"，后世称李昌谷。出身唐朝宗室大郑王（李亮）房，门荫入仕，授奉礼郎。仕途不顺，热心于诗歌创作。诗作想象极为丰富，引用神话传说，托古寓今，后人誉为"诗鬼"。著有《昌谷集》。

译文

平沙覆盖着大漠，犹如无边的积雪，月亮高悬在燕山上，恰似一把弯钩。

什么时候我能给它带上金络头，飞快奔驰着，踏遍这清爽秋日时的原野！

赏析

《马诗二十三首》通过咏马、赞马或慨叹马的命运，来表现志士的奇才异质、远大抱负及不遇于时的感慨与愤懑，其表现方法属比体。而此诗在比兴手法运用上却别有意味。

一、二句展现出一片富于特色的边疆战场景色，如同运用赋的手法：连绵的燕山山岭上，一弯明月当空；平沙万里，在月光下像是铺上一层白皑皑的霜雪。这幅战场景色，一般人也许只觉悲凉肃杀，但对于志在报国之士却有异乎寻常的吸引力。"燕山月似钩"与"晓月当帘挂玉弓"（《南园·寻章摘句老雕虫》）匠心正同，"钩"与"玉弓"均属武器，从明晃晃的月牙联想到武器的形象，也就含有思考战斗之意。联系背景，即可知此诗意是颇有现实感慨的。思战之意也有针对性。平沙如雪的疆场寒气凛凛，但它是英雄用武之地。所以这两句写景，实际上是开启后两句的抒情，又具有兴起的意义。

三、四句，诗人借马以抒情："什么时候才能披上威武的鞍具，在秋高气爽的疆场上驰骋，建树功勋呢？"《马诗·龙脊贴连钱》里说："龙背铁连钱，银蹄白踏烟。无人织锦襜，谁为铸金鞭？"其中"无人织锦襜"两句的慨叹与"何当金络脑"表达的是同一个意思，就是企盼把良马当作良马对待，以效大用。"金络脑""锦襜""金鞭"统属贵重鞍具，都是象征马受重用。这是作者渴望建功立业而又不被赏识所发出的嘶鸣。

这首诗与《南园·男儿何不带吴钩》都是写同一种投笔从戎、削平藩镇、为国建功的热切愿望。但《南园十三首》是直抒胸臆，此诗则属寓言体或比体。直抒胸臆，较为痛快淋漓；而用比体，则显得委婉含蓄，耐人寻味。而诗的一、二句中，以雪比喻沙，以钩比喻月，也是比；从一个富有特征性的景色写起以引出抒情，又是兴。短短二十字中，比中见兴，兴中有比，大大丰富了诗的表现力。从句法上看，后两句一气呵成，以"何当"领起作设问，强烈传出无限企盼之意，而且富有唱叹的意味；而"踏清秋"三字，声调铿锵，词语搭配新奇，"清秋"的时候草黄马肥，正好驰驱，冠以"快走"二字，形象暗示出骏马轻捷矫健的风姿，恰是"所向无空阔，真堪托死生。骁腾有如此，万里可横行"（杜甫《房兵曹胡马》）。所以字句的锻炼，也是此诗艺术表现上的成功因素。

大风歌

【汉】刘邦

大风起兮①云飞扬。
威加海内②兮归故乡。
安得猛士兮守四方③！

注 释

①兮：语气词，相当于现代汉语中的语气助词"啊"。
②威：威望，权威。加：施加。海内：四海之内，即"天下"。
③安得：怎样得到。守：守护，保卫。四方：指代国家。

作者名片

刘邦（前256—前195），即汉高祖，沛县（今属江苏）人，字季，汉朝开国皇帝，汉民族和汉文化的开拓者之一、中国历史上的政治家、战略家和指挥家。对汉族的发展、华夏文明的延续，以及中国的统一和强大有突出贡献。代表作品有《大风歌》《鸿鹄歌》。

译文

大风劲吹啊浮云飞扬，我统一了天下啊衣锦还乡，怎样才能得

到勇士啊为国家镇守四方！

赏析

《大风歌》一诗抒发了作者远大的政治抱负，也表达了他对国事忧虑的复杂心情。

此诗句中皆带有"兮"。刘邦故乡沛县原本虽为宋国土地，但曾被魏国和楚国占有百年，刘邦又来自魏国，文笔自然不免沾染了大量魏风和些许楚风。楚辞由于其代表人物屈原的悲惨，而成为抒发愤懑的文体，且因楚地民风彪悍，楚辞便多了彪强和华丽婉转。魏风的特点是雄大而又婉转，变化曲折却又易于流转，魏风的诗辞风格更显得大气磅礴。刘邦选取这种文体，恰到好处地表现了他对家国兴亡的担忧，又不失王者风范。

此诗全篇只有区区三句，却包含了双重的思想感情，且出现别具一格的转折。其诗用大风、飞云开篇，令人拍案叫绝。作者并没有直接描写他与他的麾下在恢宏的战场上是如何歼剿重创叛乱的敌军，而是非常高明巧妙地运用大风和飞扬狂卷的乌云来暗喻这场惊心动魄的战争画面。"威加海内兮归故乡"，只一个"威"字就是那样生动贴切地阐明了各诸侯臣服于大汉天子刘邦的脚下，一个"威"字也直抒了刘邦的威风凛凛、所向披靡，天下无人能与之匹敌的那种冲天豪迈气概。但诗篇的着重点乃是后一句"安得猛士兮守四方"，这最后一句比照上一句，都是直抒胸臆，写他的心情与思想，但这最后一句，刘邦没有继续沉浸在胜利后的巨大喜悦与光环之中，而且是笔锋一转，写出内心又将面临的另一种巨大的压力。这一句既是希冀，又是疑问。它显露了刘邦的无奈不禁叩问天下，有谁能为他守住这片江山之感慨，昔日的功臣一个个谋反，独留他这个老朽在此老泪纵横。

鸿鹄①歌

【汉】刘邦

鸿鹄高飞，

一举②千里。

羽翮已就③，

横绝四海。

横绝四海，

当可奈何？

虽有矰④缴⑤，

尚安⑥所施？

注释

①鸿鹄（hú）：即鹄，俗称天鹅。因其善高飞，常比喻志向远大的人。

②举：振翅高飞。

③翮（hé）：本意是羽毛中间的空心硬管。诗中指羽毛。就：成，丰满。

④矰（zēng）：系有丝绳、弋射飞鸟的短箭。矰：古代用来射鸟的拴着丝绳的短箭，因拴着丝绳而能收回再次利用。

⑤缴（zhuó）：是一种系在箭上的细小的丝绳，射鸟用。

⑥安：怎么。

译文

天鹅飞向天空，一下能飞数千里高。

羽翼已经丰满了，可以四海翱翔。

可以四海翱翔后，你能将它怎么样？

即使拥有利箭，又能把它怎么样？

赏析

"鸿鹄高飞，一举千里。"用天鹅比喻太子刘盈。确立刘盈为太子，是刘邦刚称帝时的事。刘邦后来发现，刘盈过于"仁弱"，担心他难以继承皇位。他很喜欢赵王刘如意，觉得刘如意很像他。但是，刘盈是"嫡出"，吕雉所生。刘如意是"庶出"，妃子戚夫人所生。

废嫡立庶，是件大事；况且，吕雉又是他的原配，曾经患难与共。他一时委决不下，多次征求亲近大臣的意见。但是，大臣中多数是刘邦的故交，和吕雉也有情面；而戚夫人，除了皇帝的恩宠以外，绝没有吕雉那样的"群众基础"。所以，包括留侯张良在内的一班老臣，都劝刘邦不要免去刘盈的太子地位。刘邦看到大臣们拥戴刘盈，认为他像鸿鹄，甚至"一举千里"，那是受了蒙骗。

"羽翼已就，横绝四海。"说的还是刘盈，刘邦仍被假象蒙蔽着。吕雉知道刘邦的心思，暗暗心焦，她更知道"母以子贵"的道理：谁的儿子做皇帝，生母就是皇太后，无上尊贵。于是她不遗余力地进行了频繁的幕后活动，求助于大臣，甚至不惜屈尊下跪，求张良帮助。最后，她就按张良的主意，让刘盈去巴结当时的四大名士"商山四皓"。这四位是顶尖的世外高人，人称"四皓"，即四颗明星。张良就让四个老头儿当太子的老师。"四皓"曾拒绝过刘邦的邀请，不肯出山做官，如今却同刘盈同车四游，使刘邦误以为刘盈有才能，孚众望。

"横绝四海，又可奈何？虽有矰缴，尚安所施？"刘邦面对戚夫人的哭泣，表达出自己爱莫能助、无可奈何的心情。刘邦病重以后，自知大限不远，曾又一次和大臣们提到接班人问题。大臣们除了陈说利害以外，都对刘盈极口称赞，使刘邦最终打消了改立太子的念头。当他把这一情况告知戚夫人时，戚夫人十分悲伤，泣不成声。刘邦宽慰她说："为我楚舞，吾为若楚歌。"《鸿鹄歌》，就是这样一首忧心忡忡、情意绵绵的歌。

在这首诗中，刘邦用鸿鹄来比喻已经羽翼丰满、无法置换的太子刘盈，并能说出一旦鸿鹄高飞便能"一举千里""横绝四海"，这与《庄子·逍遥游》中所描写的神鸟大鹏的形象是极相类似的。《史记·陈涉世家》曰："陈涉少时，尝与人佣耕，辍耕之垄上，怅恨久之，曰：'苟富贵，无相忘'。庸者笑而应曰：'若为庸耕，何富贵也？'陈涉太息曰：'嗟乎，燕雀安知鸿鹄之志哉！'"在这里，燕雀不知鸿鹄的志向与庄子笔下的学鸠嘲笑大鹏的高飞是如出一辙的。对此，唐司马贞索引曰："（战国时）尸子云'鸿鹄之鷇，羽翼未合，而有四海之心'是也。"索引按曰："鸿鹄是一鸟，若凤皇然，非谓鸿雁与黄鹄也。"《鸿鹄歌》情真意切，巧用比喻，仍是楚辞遗风，联系史实去读，不乏感人的艺术力量。

鹧鸪天·西都作

【宋】朱敦儒

我是清都山水郎①，天教分付与疏狂。曾批给雨支风券②，累上留云借月章③。

诗万首，酒千觞④，几曾着眼看侯王。玉楼金阙⑤慵归去，且插梅花醉洛阳。

注 释

①清都山水郎：在天上掌管山水的官员。清都：指与红尘相对的仙境。
②疏狂：狂放，不受礼法约束。支风券：支配风雨的手令。
③章：写给帝王的奏章。
④觞（shāng）：酒器。
⑤玉楼金阙（què）：指汴京的宫殿。

作者名片

朱敦儒（1081—1159），字希真，洛阳人。历兵部郎中、临安府通判、秘书郎、都官员外郎、两浙东路提点刑狱，致仕，居嘉禾。绍兴二十九年（1159）卒。有词三卷，名《樵歌》。朱敦儒最大的贡献是在文学创作上，他的词作语言流畅、清新自然。朱敦儒获得"词

俊"之名，儒客大家，与"诗俊"陈与义等并称为"洛中八俊"（楼钥《跋朱岩壑鹤赋及送闾丘使君诗》）朱敦儒著有《岩壑老人诗文》，已佚；今有词集《樵歌》，也称《太平樵歌》，《宋史》卷四四五有传。今录诗九首。

译文

我是天宫里掌管山水的郎官，天帝赋予我狂放不羁的性格。曾多次批过支配风雨的手令，也多次上奏留住彩云，借走月亮。

我自由自在，吟万首不为过，喝酒千杯不会醉，王侯将相，哪儿能放在我的眼里？就算是在华丽的天宫里做官，我也懒得去，只想插枝梅花，醉倒在花都洛阳城中。

赏析

上片的首句以"山水郎"自居，写自己热爱山水乃出于天性。直抒自己的生活理想，他不喜尘世、流连山水。接下来"天教分付与疏狂"则声称自己懒散的生活方式和狂放的性格特征亦属天赋，因而无法改变。这两句充分表现出了词人的性格特征，坦荡直爽、豪气四溢。"曾批给雨"两句以天意抒怀抱，透露出作者远避俗世，怡然自得的心理。这两句充满了浪漫的精神，富于神奇的幻想，不仅对首句进行了绝妙而风趣的解释，而且透露了他对大自然的由衷热爱和对世俗发自内心的鄙弃。

下片表现作者赛神仙的淡泊胸怀。"诗万首，酒千觞。几曾着眼看侯王。"写作者诗思的丰富，酒量的很大，隐逸生活的全部内容都表现为对诗与酒的钟情。面对"侯王"几曾看过，凸显词人对功名富贵的鄙夷，面对王侯的傲骨铮铮。"玉楼金阙慵归去，且插梅花醉洛阳"这两句表现出作者不愿意返回京城官场，只想纵诗饮酒，与山水为伴，隐逸归老。玉楼金阙，本是人人羡慕向往的荣华富贵，但词人用一"慵"字，十分准确地表现了自己鄙薄名利的态度，相反对于"插梅花醉洛阳"的生活却十分欣赏留恋，体现名士的清高、名士的风流，"梅花"是高洁的象征，这里意在言词人的品性高洁。将高洁与疏狂的品性有机地统一起来，表现出不愿与污浊的社会同流合污的狂放。

全词清隽婉丽、自然流畅、前后呼应、章法谨严，充分体现了作者蔑视权贵、傲视王侯、潇洒狂放的性格特征。

赋新月

【唐】缪氏子

初月如弓未上弦，

分明挂在碧霄边。

时人莫道蛾眉小，

三五团圆照满天。

注 释

①未上弦：阴历每月初八左右，月亮西半明，东半暗，恰似半圆的弓弦。

②蛾眉：原形容美人的眉毛，细长而弯曲，这里指新月，月亮弯如蛾眉。

③三五团圆：指阴历十五晚上最圆的月亮。

作者名片

缪氏子，意思是一个姓缪的孩子，唐朝开元（713—741）时人。据说，他从小聪慧能文，7岁就以神童召试，作了一首《赋新月》，从小就有大志，很得唐玄宗的赞赏。生平不详。表达了经世济民的气概。所著作《新月》《赋新月》收编入《全唐诗》。

译文

新月如弯弓还没有到半个圆，却分明在天边斜挂着。

人们不要小看它只像弯弯的眉毛，等到十五夜，它会团圆完满，光照天下。

赏析

这首诗借景抒情、托物言志，表达了作者人小志大，准备成就一番经世济民大事业的豪迈气概。这首诗的小作者借咏新月来表达自己的远大志向。

诗的另外一种意思是说，别看我这个时候年纪小，长大了可要做光照天下的大事业。

和淮上遇便风

【宋】苏舜钦

浩荡清淮天共流①，
长风②万里送归舟。
应愁晚泊喧卑地③，
吹入沧溟④始自由。

注释

①浩荡清淮：清澈的淮水波涛浩荡。天共流：看天与水交接的远处，水天一色，似乎在一起流。
②长风：远风。
③喧卑地：喧嚣低湿之地。卑地：低湿之地。卑：低。
④沧溟：指水弥漫貌，常用以指大海。

译文

清澈的淮水浩浩荡荡，好像与天河汇合同流，远风打从万里吹来，吹送着我小小的归舟。

黄昏时假如泊舟在喧闹低湿的地方，将令我忧愁。愿长风把我的行舟吹进辽阔的大海，在那儿我才能领受真正的自由。

赏析

这是一首唱和之作。原诗题意不过是在淮河上航行遇到了顺风，和作好在能另辟新境、立意高远。

首二句意境阔大、感情奔放。"浩荡"写水势盛大，"清淮"写水色澄碧，"天共流"写水天相接，因天色清明，故水天一色，舟中人视之，如水天共流。在这个雄浑的背景上，一叶扁舟正乘长风破万里浪，驰向远方的故乡。诗人按照唱和诗的习惯，非常巧妙地以"浩荡清淮"和"风送归舟"点了题，同时抒发了顺风乘舟的快感和豪放轩昂的胸怀。

后两句描写浪漫的想象。诗人发愁，因为晚上船不得不停泊在狭窄而吵闹的小港口。结尾笔锋一转，顿生豪情。但愿乘长风万里，破白浪滔滔，驰入无边无际的茫茫大海，只有在这浩渺辽阔的天地中，诗人才能获得真正的自由自在。全诗现实的描绘和浪漫的想象紧密结合，相辅相成，感情层层推进，一泻千里，表层流露的是乘风破浪之快意，而深层表达的则是诗人豪迈壮阔的情怀。迹其生平，诗人数次上书朝廷，于朝政无所回避，疾愤群小，屡为佞人所冤陷，其"愤懑之气，不能自平"，故有"吹入沧溟始自由"之想，意即冲破一切人为羁绊，求得个性充分自由的发展。诗人就是这样借江流天地、长风万里、沧溟浩渺来抒写自己豪迈不羁，壮志凌云的自由之情。综上所析，宦海浮沉，人生苦短，诗人不管是贬官降职，流放他乡，还是为人构陷，壮志未酬，不管是路遇不平，前途凶险，还是思有郁结，心灵不展，他们都能够在观照自然，神游天地的审美愉悦中解除痛苦，超越自我。是天地山川赋予他们包容万象的博大胸怀，是江河湖海赋予他们生生不息的生命活力，是自然造化赋予他们自由奔放的生命激情。

二、四句明显具有寄托和象征意义。苏舜钦政治上倾向于范仲淹为首的改革派，多次上书言政，反遭保守派诬陷，而时发其愤懑于歌诗。这首诗在痛快淋漓地描述顺风乘舟情景的同时，一吐胸中的不平之气，表达了对保守派群小的蔑视和对高远理想的追求，显露出诗人高洁的人格和兀傲不群的个性。

塞下曲四首·其一

【唐】常建

玉帛朝回望帝乡^①，
乌孙^②归去不称王。
天涯静处无征战，
兵气销为日月光^③。

注 释

①玉帛：古代朝聘、会盟时互赠的礼物，是和平友好的象征。朝回：朝见皇帝后返回本土。望帝乡：述其依恋不舍之情。

②乌孙：汉代西域国名，在今新疆伊犁河流域。

③兵气销为日月光：战争的烟尘消散了，到处充满日月的清辉。

作者名片

常建（708—765），籍贯邢州（根据墓碑记载），后游历长安（现在陕西西安），字号不详。开元十五年（727）与王昌龄同榜进士，长仕宦不得意，来往山水名胜，长期过着漫游生活。后移家隐居鄂渚。天宝中，曾任盱眙尉。常建的现存文学作品不多，其中的《题破山寺后禅院》一诗较为著名。

译 文

乌孙来汉朝朝聘后，取消王号，对汉称臣。

边远地方停息了战争，战争的烟尘消散了，到处充满日月的清辉。

赏 析

边塞诗大都以词情慷慨、景物恢奇、充满报国的忠贞或低回的乡思为特点。常建的这首《塞下曲》却独辟蹊径，弹出了不同寻常的异响。

　　这首诗既未炫耀武力，也不嗟叹时运，而是立足于民族和睦的高度，讴歌了化干戈为玉帛的和平友好的主题。中央朝廷与西域诸族的关系，历史上阴晴不定，时有弛张。作者却拈出了美好的一页加以热情的赞颂，让明媚的春风吹散弥漫一时的滚滚狼烟，赋予边塞诗一种全新的意境。

　　诗的头两句，是对西汉朝廷与乌孙民族友好交往的生动概括。"玉帛"，指朝觐时携带的礼品。《左传·哀公七年》有"禹合诸侯于涂山，执玉帛者万国"之谓。执玉帛上朝，是一种宾服和归顺的表示。"望"字用得笔重情深，乌孙使臣朝罢西归，而频频回望帝京长安，眷恋不忍离去，说明恩重义浃，相结很深。"不称王"点明乌孙归顺，边境安定。乌孙是活动在伊犁河谷一带的游牧民族，为西域诸国中的大邦。据《汉书》记载，武帝以来朝廷待乌孙甚厚，双方聘问不绝。武帝为了抚定西域，遏制匈奴，曾两次以宗女下嫁，订立和亲之盟。太初间（前104—前101），武帝立楚王刘戊的孙女刘解忧为公主，下嫁乌孙，生了四男二女，儿孙们相继立为国君，长女也嫁为龟兹王后。从此，乌孙与汉朝长期保持着和平友好的关系，成为千古佳话。常建首先以诗笔来讴歌这段历史，虽只寥寥数语，却能以少总多，用笔之妙，识见之精，实属难能可贵。

　　一、二句平述史实，为全诗铺垫。三、四句顺势腾骞，波涌云飞，形成高潮。"天涯"上承"归去"，乌孙朝罢西归，马足车轮，邈焉万里，这辽阔无垠的空间，便隐隐从此二字中见出。"静"字下得尤为有力。玉门关外的茫茫大漠，曾经是积骸成阵的兵争要冲，如今却享有和平宁静的生活。这是把今日的和平与昔时的战乱作明暗交织的两面关锁的写法，于无字处皆有深意，是诗中之眼。诗的结句雄健入神，情绪尤为昂扬。诗人用彩笔绘出一幅辉煌画卷：战争的阴霾消散净尽，日月的光华照彻寰宇。这种理想境界，体现了各族人民热爱和平、反对战争的崇高理想，是高响入云的和平与统一的颂歌。

　　"兵气"，犹言战象，用语字新意炼。不但扣定"销"字，直贯句末，且与"静处"挽合，将上文缴足。环环相扣，愈唱愈高，真有拿云的气概。沈德潜诩为"句亦吐光"，可谓当之无愧。

常建的诗作，大多成于开元、天宝年间。他在这首诗里如此称颂和亲政策与弭兵理想，当是有感于唐玄宗晚年开边黩武的乱政而发的，可说是一剂针砭时弊的对症之方！

雨霖铃·孜孜矻矻

【宋】王安石

孜孜矻矻①。向无明里、强作窠窟②。浮名浮利何济③，堪留恋处，轮回仓猝④。幸有明空妙觉，可弹指超出⑤。缘底事、抛了全潮，认一浮沤作瀛渤⑥。本源自性⑦天真佛。只些些、妄想⑧中埋没。贪他眼花阳艳，谁信道、本来无物。一旦茫然，终被阎罗老子相屈。便纵有、千种机筹，怎免伊唐突。

注　释

①孜孜：勤勉；不懈怠。矻矻：勤劳不懈貌。
②明：目标，意志所趋。强作：勉力而做。窠窟：动物栖身之所。喻指事业。
③济：对困苦的人加以帮助。
④仓猝：匆忙急迫。
⑤超出：超越别人。
⑥底事：何事。潮：像潮水那样汹涌起伏的。浮沤：水面上的泡沫。因其易生易灭，常比喻变化无常的世事和短暂的生命。瀛渤：渤海。
⑦本源：根本。指事物的最重要方面。自性：佛教语。指诸法各自具有的不变不灭之性。

⑧些些：少许，一点儿。妄想：佛教语。谓妄為分别而取种种之相。

译文

　　勤勤恳恳不眠休，向来胸无大志，只是勉强做着这事业。功名利禄皆是过眼云烟，对于身处困顿的人来说没有任何帮助，哪里有值得留恋的地方，只觉时光飞逝。幸有那明理静心的佛学，让我能在精神上超越他人。

　　经历过怎样的事情，才能像现在这样再无如潮水般汹涌起伏的情绪，人的一生就像那渤海上的泡沫般短暂消散。世事变迁、沧海桑田，但事物的根本是不变的。只是那少许的心中梦想已幻灭。羡慕他人眼中荣华富贵，谁又相信这世间本来无物呢？一旦心中茫然无归处，易受功名利禄所引诱。所以纵使有千种计谋在心头，也难抵突如其来的变故。

赏析

　　王安石认为尘世间这些追求，转眼成空，一定程度上宣扬了佛教思想。宦海沉浮，历尽人间苍苍，作者大有看透尘世之感，只得在佛教中找寻精神的寄托。词中有自嘲、无奈之意，有旷达、有欣喜之情，诠释着作者对百味人生的无限感慨。

紫藤①树

【唐】李白

紫藤挂云木②，

注释

①紫藤：又叫"牛藤"，豆科大型落叶藤本植物。枝粗叶茂，伸展数十丈之高。

花蔓宜阳春③。

密叶隐歌鸟④，

香风⑤留美人。

②云木：高耸入云的大树。
③宜：适合。阳春：温暖的春天。
④歌鸟：啼叫的鸟。
⑤香风：比喻风带着香气。

译文

紫藤缠挂在大树上，花蔓在春天里多么美丽。

小鸟在密叶里欢唱，美人留恋它的香气。

赏析

这是一首吟咏滕州景物的诗。咏物诗重在借物抒情，这首诗主要是通过吟咏紫藤树抒发作者对祖国大好河山的热爱，诗中有画，画中有诗，不雕不典，意境清新。此诗生动地刻画出了紫藤优美的姿态和迷人的风采。暮春时节，正是紫藤吐艳之时，但见一串串硕大的花穗垂挂枝头，紫中带蓝，灿若云霞。而灰褐色的枝蔓如龙蛇般蜿蜒。

"紫藤挂云木"，开门见山，指出紫藤攀附云木而生。可见，诗人以高大的乔木搭配柔韧的紫藤，给予读者全新的阅读感受，感受"紫藤挂云木"的牢固、稳妥之感。既点染出紫藤树的高大形象，也借用"云"字修饰树，使树高度形象化。"挂"十分形象地表明紫藤从空而垂的神态。

"花蔓宜阳春"，意为在这样温暖的春天里，紫藤树的花蔓切合时宜，点缀出烂漫的春景。"等闲识得春风面，万紫千红总是春"，阳春里的花蔓是美艳动人的，而阳春里的紫藤叶也绚丽奇美，故云"宜阳春""密叶隐歌鸟"。此句运用白描手法说明紫藤花蔓适合在春天的气候开放生长，笔触由树到花蔓，使紫藤树的形象更清晰。

"密叶隐歌鸟"，描绘出一幅听见鸟儿动听的鸣啭、却见不到鸟儿身影的景致，明写叶况和密叶深处的啼鸟，以赞美紫藤树叶的稠密。实则写诗人的感觉，突出紫藤树林的幽静，妙趣横生。

"香风留美人"，为全诗最精彩之笔。在前三句介绍了"树、花、叶"的基础上，笔锋一转写风，突出大自然的静美。诗句中描绘出一幅紫藤花的芳香以无形的美和魅力吸引美人驻足的景致，实则以风写自己的感受，用风香赞古滕州大自然之美及紫藤花之香。诗人运用超脱的想象力，以"留美人"作诠释，使风香具体化。"留"，生动地展现了美人迷恋花香并沉醉于其中的情景。

全诗朴质自然，不雕不典，诗人综合运用了白描、倒装、想象、对偶等手法，集紫藤、花蔓、密叶、香风、美人等事物于二十字之中，天然去雕饰，意境新奇，形象地突出了紫藤树之美，歌颂了祖国自然风光，且都予以生动的描绘，足见诗人高度的概括力和艺术表现力。

金缕曲·慰西溟①

【清】纳兰性德

何事添凄咽？但由他、天公簸弄，莫教磨涅。失意每多如意少，终古几人称屈。须知道、福因才折。独卧藜床②看北斗③，背高城、玉笛④吹成血。听谯鼓⑤，二更彻。

丈夫未肯因人热，且乘闲、五湖料理，扁舟一叶。泪似秋霖挥不尽，洒向野田黄蝶。须不羡、承明班列⑥，马迹车尘忙未了，任西风吹冷长安月。又萧寺，花如雪。

注 释

①金缕曲：词牌名。西溟（míng）：姜宸英，字西溟，又字湛园，浙江慈溪人。
②藜床：用莱草茎编织的床。
③北斗：指北斗七星，古代诗文中常以北斗喻指朝廷，故此处亦寓含不忘朝廷之

意。

④玉笛：笛之美称。

⑤谯（qiáo）鼓：指谯楼上之鼓声。

⑥班列：位次，即朝班之位次。

作者名片

　　纳兰性德（1655—1685），满洲人，字容若，号楞伽山人，清代最著名词人之一。其诗词"纳兰词"在清代以至整个中国词坛上都享有很高的声誉，在中国文学史上也占有光彩夺目的一席。他生活于满汉融合时期，其贵族家庭兴衰具有关联于王朝国事的典型性。虽侍从帝王，却向往经历平淡。特殊的生活环境背景，加之个人的超逸才华，使其诗词创作呈现出独特的个性和鲜明的艺术风格。

译文

　　什么事让你哽咽哭泣呢？纵然命运不济使你试而不第那又如何，不要自己折磨自己。人世间的事自古以来都是失意多于如意，更何况才气太高也。会使自己的福气受损，你独坐在高城上，仰望北斗七星，吹笛自乐，听更鼓报夜。

　　大丈夫不要因为仕途不顺而急躁，不如索性学习范蠡泛游五湖，消闲隐居，怡然自得。纵然有像秋雨一般流不尽的眼泪，也应该洒向知己者。不要羡慕那些位列朝堂的人，京城里永远是这般熙熙攘攘的景象，人们忙着争名逐利，不如就让秋风把这京城的月亮吹凉，你且以达观处之吧。你所住的寺院中鲜花盛开，正如雪花般散落。

赏析

　　上片直奔主题，劝慰好友不要哭泣，既然命途多舛，在科场上屡试不第，就任凭天意弄人吧，不要被这些琐事消磨了意志。接着，他又说古往今来，凡是有旷世之才的人多失意潦倒，是被过高的才华折损了福分。不如独自闲卧在莱草编成的床上高眠，抬头仰望天上的北斗七星，远离繁华热闹的都市，吹玉笛抒发自己心中的悲愁，劝慰对方莫赞叹"兰摧玉折"，以为才杰受屈。

下片紧承上文，词人继续安慰姜宸英，说大丈夫不要因为仕途不顺就焦躁急切，不要热衷于求取功名。谓大丈夫终不肯趁他人热灶烧火煮饭，不会依赖别人。今番求官不成，暂且也像范蠡一样，泛舟五湖，不也挺逍遥自在的吗？劝慰的话题，由身内的才性，转向身外的虚名。谓泪水就像秋日淫雨一样，挥之不尽，但这伤情之泪，必须洒向野田黄蝶，洒向真正的知己者。千万不要羡慕承明殿旁那长长的朝班的行列。马迹车尘，从来就忙个不停，万户捣衣，任凭西风吹冷长安的一片月色。这时候，清净的萧寺，更加是繁花如雪。劝慰对方"须不羡，承明班列"。不要羡慕在朝居官。说得很恳切，很直白，可能因对方功名心至死不变的缘故。末句即以景结情。"又萧寺，花如雪"，这是个静谧、深沉、幽丽而又带几分凄凉的艺术境界，同时又寓托着词人的生命追求。他以此慰勉两溟，同时也以此自慰。

全词充满纳兰性德独抒性灵的劝慰之语，让人为之感动。

沁园春①·问杜鹃

【宋】陈人杰

为问杜鹃，抵死催归，汝胡②不归。似辽东白鹤，尚寻华表，海中玄鸟，犹记乌衣③。吴蜀非遥，羽毛④自好，合趁东风飞向西。何为者，却身羁荒树，血洒芳枝⑤。

兴亡常事休悲。算人世荣华都⑥几时。看锦江好在，卧龙已矣，玉山无恙⑦，跃马何之。不解自宽，徒然相劝，我辈行藏⑧君岂知。闽山路，待封侯事了⑨，归去非迟。

注 释

①沁园春：词牌名。

②为问：问。为：词头，无实义。抵死：急急，竭力。汝：你。胡：为何。

③尚：尚且。寻：寻觅。玄鸟：即燕子。燕子能在海上飞，故亦称海燕。犹记：还记得。乌衣：乌衣巷。

④羽毛：指羽翼。

⑤何为者：为什么。荒树：荒野的树木。芳枝：指杜鹃花。

⑥都：总计。

⑦锦江：岷江流经今四川成都附近的那一段。好在：依旧，如故。玉山：即玉垒山，在今四川成都下辖都江堰市。无恙：无病，无灾。

⑧不解：不晓得。宽：宽慰。行藏：如为统治者所用，就出来做官；如为统治者舍弃，就回去隐居。

⑨封侯：古代立有大功的人士可以封侯爵。了：了结，完成。

作 者 名 片

陈人杰（1218—1243），又名经国，字刚父，号龟峰，福建长乐人。少时为了应考，曾寓居临安（今浙江杭州市）。二十岁时又曾在建康（今江苏南京市）应举不第。以才气自负，以幕客身份漫游两淮、荆湘等地，嘉熙四年（1240）回临安，卒于淳祐三年（1243）。有《龟峰词》一卷，共三十一首。

译 文

杜鹃，你为何拼命催人归去，而你却不回蜀国呢？当年丁令威在灵虚山学道，化成仙鹤，飞返家乡，止息在城门前的华表上，漂泊在海上的燕子，都惦念自己的故乡。从吴国到楚国的道路并不遥远，况且你有完好的羽翼，尽可以乘东风西飞故里，为什么你却身栖荒凉的林中，在树枝上啼血？

人间兴亡是常事，不必悲伤。人生的荣华富贵能享受几时？你看锦江依然流淌，而卧龙诸葛亮早已不在；玉山依然耸立，跃马称帝的公孙述却不知到哪儿去了。你不用劝解我，这是徒劳的，我辈志向你岂能理解？待封侯之事结束后，再踏上回乡之路也不迟。

赏析

这是一篇借质问杜鹃而表明心志的词作。杜鹃，又名子规"催归"。传说中是战国时蜀王杜宇所化，杜宇被迫禅位鳖灵，死后魂魄化为此鸟，每到暮春便悲鸣不已，直到啼血而止。因而，杜鹃便被赋予了一种幽怨的色彩，那些背井离乡，羁寄四海的文人学子，一听到杜鹃的哀婉鸣咽，便顿生思归恋乡之情。然而此时词人陈人杰正涉世未深，朝气蓬勃，积极求仕，满腹志向正得伸展，因而杜鹃冲他叫嚷催归，显然不合时宜，难怪词人对杜鹃要大加斥问了。

题目"问杜鹃"，这"问"是"责问""质问"。词以"当头炮"开局：杜鹃，你苦苦催促人归，自己为何不回四川？"以子之矛攻子之盾"，然而词中的杜鹃并未认输，却说：只算是我自说，奈何以"不归"罪我？我鸟类哪里有"归"与"不归"之说耶？殊不知词人聪敏，早已料到鸟儿会这样，不待鸟儿罩嘴，已自先发制人：像那去家千年的白鹤，尚且知道重返辽东寻访城门之华表；远徙万里的海燕，犹能记得金陵乌衣巷中的旧居——同属卵生羽化的禽鸟，鹤、燕不言"归"而"归"，你杜鹃言"归"而不归，差也不差？在旁观者看来，这一脚踏上去，杜鹃再无法翻身了。但词人搏兔用全力，仍然穷追不舍：君之所以"不归"，是为"路漫漫其修远"乎？——不是。自江南至四川，里途并不算遥远。那么，是否因为"身无彩凤双飞翼"呢？——不。你的翅膀完好无缺。也许，"八月秋高风怒号"，阻遏了你的飞行？——不是。现在正是春暮，东风劲吹，正好顺势向西翱翔。于是乎从主体行为能力和客观行动条件等不同角度一一审视并否决了鸟儿可以用来敷衍塞责的种种托词，这就逼出了对于杜鹃的又一次质问："何为者？却身羁荒树，血洒芳枝？"乍看起来，它似乎是对篇首"汝胡不归"一问的同义反复，但仔细体味，却知并非如是。关键就在"血洒芳枝"四字。卒章显志，一篇命意才得以昭然揭出。

这首词，构思奇特，颇类似于辛弃疾的《沁园春·将止酒戒酒杯使勿近》，很可能是受了辛词的启发，生动传神但本篇又不完全同于辛词，而是词人的"独角戏"，从头到尾都是作者教训杜鹃之辞，完全剥夺了鸟儿的发言权，形式略嫌呆板，艺术造诣也不及稼轩。陈人杰此篇却诙谐其表而严肃其里，反映了"国家兴亡，匹夫有责"的重大主题，表现出词人积极进取的精神，是南宋后期词坛上一篇格调较高的佳作。

"旧时王谢堂前燕，飞入寻常百姓家"——这都是词中的陈词滥调了，但他人多取其慨叹人世沧桑的本义，词人却独采个中鹤、燕能归故里的角度，以与杜鹃之"不归"造成鲜明的对比，旧事新用，推陈出新，增加了无穷的妙趣。本篇不用"诸葛""公孙"，而化用杜诗，以"卧龙"对"跃马"，既工稳又精明生动，达到了沈氏所谓"使人姓名须委屈得不用出最好"的境界。

赠黄山胡公求白鹇①

【唐】李白

请以双白璧，

买君双白鹇。

白鹇白如锦②，

注　释

①胡公：名晖，黄山山民，家住碧山。白鹇：一种珍贵的禽鸟，形若山鸡，羽毛洁白。

②锦：一种古雅精致的花纹丝织物。比喻鲜明华丽的色彩。

白雪耻容颜。

照影玉潭③里，

刷毛琪树④间。

夜栖⑤寒月静，

朝步⑥落花闲。

我愿得此鸟，

玩之坐碧⑦山。

胡公能辍赠⑧，

笼寄野人⑨还。

③玉潭：潭水晶莹，澄碧如玉。
④琪树：树名。
⑤栖：指停留，休息。
⑥朝步：朝，早晨；步，漫步，散步。
⑦碧：青绿色。
⑧辍赠：相赠，敬赠。
⑨寄：交托。野人：山野之人。

译 文

我想用一双珍贵的白璧，买你的这对白鹇。

这白鹇毛白如锦，雪白的颜色令人自愧无容。

白鹇在玉潭里照影，在瑶草玉树间刷毛。

夜晚在寒月下静栖，早上在落花间闲步。

我很希望得到这对白鹇，在碧山绿水间赏玩它们。

胡公你如果能相赠，我就在这与白鹇为伴化为山野之人。

赏 析

诗人很喜欢禽鸟，在得到胡晖赠送白鹇后写下《赠黄山胡公求白鹇》。诗中极力赞美白鹇高洁纯美、超脱不凡，以寄托诗人的志趣。同时也写出了诗人与胡公以诗鸟互赠的真挚友情。还寄托了诗人不凡的生活志趣和独特的审美观点。

　　此诗首句至第四句"请以双白璧，买君双白鹇。白鹇白如锦，白雪耻容颜。"主要讲诗人对白鹇的"酷好"，并希望能得到它。同时不断地赞美着白鹇。如"双白璧"和"双白鹇"，都是特指"白鹇"。如"白璧""白锦"，这都是赞美白鹇的。由于诗人对白鹇的特别喜爱，所以，诗人就将浑身长着雪白羽毛的白鹇，比喻为"白璧"（即洁白无瑕的美玉）、"白锦"（即雪白的丝绸）。而雪白羽毛的白鹇，使白雪都觉得不如白鹇雪白、好看而感到羞于见人。"羞"字用得恰到好处，白雪是大自然中非常洁白的物质，诗人用"羞"字说明白雪都觉得自己感到羞于见人，以衬托白鹇的羽毛之雪白。更重要的是为下文的"愿得此鸟"起到了有力的铺垫作用，诗人对白鹇的喜爱之情也越来越浓。

　　第五句至第八句"照影玉潭里，刷毛琪树间。夜栖寒月静，朝步落花闲"。诗人描绘出一幅美丽的花鸟山水画，主要是描绘白鹇悠闲自在的生活状态。白鹇悠闲地将玉潭里透亮的清水当作镜子，站在琪树的树枝中，梳理着自己雪白的羽毛。晚上，白鹇在冷色的月光下幽静地安睡；白天就在落叶与花丛中散步。

　　第九句至第十二句"我愿得此鸟，玩之坐碧山。胡公能辍赠，笼寄野人还"。这里诗人又转回来述说自己特别喜爱白鹇的心情："如果胡晖能将白鹇赠送给我，而我得到了这双白鹇，我就住在碧山不走啦，当一个山野村夫，天天与白鹇做伴。""笼寄野人还"诗人愿为了与白鹇为伴化为山野之人，以此来表达诗人对白鹇的喜爱之情。

登盘山①绝顶

【明】戚继光

霜角②一声草木哀，
云头对起石门开③。

注　释

①盘山：小名，又名盘龙山，在蓟县西北。
②角：古时军中的一种乐器。
③石门开：两峰对峙，中间如开着

173

朔风边酒④不成醉,

落叶归鸦无数来。

但使雕戈⑤销杀气,

未妨白发老边才⑥。

勒名峰上吾谁与⑦,

故李将军舞剑台⑧。

的石门。

④边酒:边塞地区少数民族酿制
的酒。

⑤雕戈:铁戈,泛指兵器。

⑥老边才:终生守边的将士。

⑦吾谁与:谁是我取法的榜样。

⑧舞剑台:盘山上有李靖舞剑台。

作者名片

　　戚继光(1528—1588),字元敬,号南塘,晚号孟诸,卒谥武毅。山东登州人,祖籍安徽定远,生于山东济宁。明代抗倭名将、军事家、民族英雄。将门出身,熟谙兵法,精通诗文经史。除著有《止止堂集》诗文集外,还著有《纪效新书》和《练兵实纪》两部军事著作。初袭登州卫指挥佥事,后调江浙防倭。升任总兵,最终在东南沿海扫灭倭患。隆庆元年,奉命北调,以总理蓟门、永平、山海等处总兵官的名义负责蓟门防务,先升为右都督,后又加太子太保和少保。在万历年间受排挤,以病辞官归里。其擅书法,但书名为军事、政廉名所掩。

译文

　　北国秋末,霜天晓角,草木似乎都为之震惊悲哀。盘山顶上云头相对升起,石门也好像敞开了。

　　在北风中喝着边地的薄酒也没能喝醉,无数的寒鸦,在风扫落叶中纷纷飞来。

　　只要能用武力制止外敌入侵,消除战争的祸根,情愿终生到老戍守边疆。

对有功的名将应刻石勒铭，谁有这样的资格呢？只有像名将李广、李靖这样制止外敌入侵的英雄，才配享有这种荣誉。

赏析

诗篇前四句写山上景色。诗人登上盘山之巅，耳边传来军营之中的声声号角回荡在山间，漫山的草木为之肃然。望着那山头上的片片白云，隐约显现出对峙的山峰，犹如洞开的石门巍然屹立。飒飒北风徐徐吹来，送来边地醇美的酒香。这酒再香，也不会使诗人陶醉，而使诗人为之倾倒的是那片片的落叶，无数的归鸦，深秋的景色，壮丽的山河。

诗篇后四句抒情壮志。作为一个将领，要如何来保卫这大好的河山。诗人立下誓愿，只要紧握手中的武器，制止外敌的进扰，即使是白发苍苍守边到老，也就了却他赤胆忠心报效国家的意愿。前人在山上刻石留名的人不少，其中最值得作者称赞的是唐初名将李靖，他一生征战南北为国立功，后人为纪念他，在山上筑有舞剑台，他是作者效法的榜样。

全诗写景抒情，以景寓情，情景交融，自然得体。诗人用"霜角""朔风""落叶""归鸦"等词，描绘出深秋的景色，静中有动，声色俱存，衬托出边境晏然的一派和平景象。"但使雕戈销杀气，未妨白发老边才"是全诗的传神之笔，也是为后诗传诵的名句绝唱。当时诗人正值年富力强，施展抱负的时候，登高远望，心旷神怡，万物容于胸中，欣然命笔于纸上，故表现在诗篇中意境开阔，形象鲜明，格调高昂，气势磅礴。读来有如临其境、如见其人之感，使人奋发向上。诗人虽身为武将，但在这首诗里，反映了他在文学方面的诗艺造诣。

南陵①别儿童入京

【唐】李白

白酒②新熟山中归，

黄鸡啄黍秋正肥。

呼童烹鸡酌白酒，

儿女嬉笑③牵人衣。

高歌取醉欲自慰，

起舞落日争光辉④。

游说⑤万乘苦不早，

著鞭跨马涉远道。

会稽愚妇轻买臣⑥，

余亦辞家西入秦⑦。

仰天大笑出门去，

我辈岂是蓬蒿人⑧。

注 释

①南陵：一说在东鲁，曲阜市南有陵城村，人称南陵；一说在今安徽省南陵县。

②白酒：古代酒分清酒、白酒两种。

③嬉笑：欢笑；戏乐。

④起舞落日争光辉：指人逢喜事光彩焕发，与日光相辉映。

⑤游说（shuì）：战国时，有才之人以口辩舌战打动诸侯，获取官位，称为游说。

⑥会稽愚妇轻买臣：用朱买臣典故。买臣：即朱买臣，西汉会稽郡吴（今江苏省苏州市境内）人。

⑦西入秦：即从南陵动身西行到长安去。秦：指唐时首都长安，春秋战国时为秦地。

⑧蓬蒿人：草野之人，也就是没有当官的人。蓬、蒿：都是草本植物，这里借指草野民间。

译 文

白酒刚刚酿好时我从山中归来，啄着谷粒的黄鸡在秋天长得正肥。

呼唤童仆为我炖黄鸡斟上白酒，孩子们嬉笑着牵扯我的布衣。

一面高歌，一面痛饮，欲以酣醉表达快慰之情；醉而起舞，闪闪的剑光可与落日争辉。

苦于未在更早的时间游说万乘之君，只能快马加鞭奋起直追开始奔远道。

会稽愚妇看不起贫穷的朱买臣，如今我也辞家西去长安，只愿青云直上。

仰面朝天纵声大笑着走出门去，我怎么会是长期身处草野之人？

赏析

李白素有远大的抱负，他立志要"申管晏之谈，谋帝王之术，奋其智能，愿为辅弼，使寰区大定，海县清一。"但在很长时间里都没有得到实现的机会。后他得到唐玄宗召他入京的诏书，异常兴奋。满以为实现自己政治理想的时机到了，立刻回到南陵（今属安徽）家中，与儿女告别，并写下了这首激情洋溢的七言古诗。

"白酒新熟山中归，黄鸡啄黍秋正肥。"开头两句是说，白酒刚刚酿熟时我从山中归，黄鸡在啄着谷粒秋天长得正肥。

诗的一开始就描绘出一派丰收的景象。不仅点明了归家的时间是秋熟季节，而且白酒新熟，黄鸡啄黍，显示一种欢快的气氛，衬托出诗人兴高采烈的情绪，为下面的描写做了铺垫。

"呼童烹鸡酌白酒，儿女嬉笑牵人衣。"这两句是说，喊着童仆给我炖黄鸡斟上白酒，孩子们嬉笑吵闹牵扯我的衣服。

"高歌取醉欲自慰，起舞落日争光辉。"这两句是说，放情高歌求醉想以此自我安慰，醉而起舞与秋日夕阳争夺光辉。

诗人接着摄取了几个似乎是特写的"镜头"，进一步渲染欢愉之情。李白素爱饮酒，这时更是酒兴勃然，为了欢庆奉诏，一进家门就"呼童烹鸡酌白酒"，神情飞扬。显然，诗人的情绪也感染了家人，

"儿女嬉笑牵人衣"，此情此态真切动人。饮酒似乎还不足以表现兴奋之情，所以一边痛饮，一边高歌，表达快慰之情。酒酣兴浓，起身舞剑，剑光闪闪与落日争辉。这样通过儿女嬉笑，开怀痛饮，高歌起舞几个典型场景，把诗人喜悦的心情表现得活灵活现。在此基础上又进一步描写自己的内心世界。

"游说万乘苦不早，著鞭跨马涉远道。"这两句是说，游说万乘之君已苦于时间不早，快马加鞭奋起直追开始奔远道。这里诗人用了跌宕的表现手法，用"苦不早"反衬诗人欢乐的心情，同时在喜悦之时，又有"苦不早"之感，正是诗人曲折复杂的心情的真实反映。正因为恨不在更早的时候见到皇帝，表达自己的政治主张，所以跨马扬鞭巴不得一下跑完遥远的路程。

"会稽愚妇轻买臣，余亦辞家西入秦。"会稽愚妇看不起贫穷的朱买臣，如今我也辞家去长安而西入秦。诗人又很自然地联想到晚年得志的朱买臣。据《汉书·朱买臣传》记载：朱买臣，会稽人，早年家贫，以卖柴为生，常常担柴走路时还念书。他的妻子嫌他贫贱，离开了他。后来朱买臣得到汉武帝的赏识，做了会稽太守。诗中的"会稽愚妇"就是指朱买臣的妻子。李白把那些目光短浅轻视自己的世俗小人比作"会稽愚妇"，而自比朱买臣，以为像朱买臣一样，西去长安就可以青云直上了。真是得意之态溢于言表！

"仰天大笑出门去，我辈岂是蓬蒿人！"末两句是说，仰面朝天纵声大笑着走出门去，我怎么会是长期身处草野之人？诗情经过一层层的推演，至此感情的波澜涌向高潮。"仰天大笑"，多么得意的神态；"岂是蓬蒿人"，何等自负的心理，诗人踌躇满志的形象表现得淋漓尽致。

这首诗因为描写了李白生活中的一件大事，对了解李白的生活经历和思想感情具有特殊的意义。正因为诗人自负甚高，其后的失望也就越大。此诗在艺术表现上也有其特点，诗善于在叙事中抒情。诗人描写从归家到离家，有头有尾，全篇用的是直陈其事的赋体，又兼采比兴有正面描写，又有烘托。通过匠心独运一层层把感情推向顶点，最后喷发而出，全诗跌宕多姿，把感情表现得真挚而鲜明。

金错刀①行

【宋】陆游

黄金错刀白玉②装，

夜穿窗扉出光芒。

丈夫五十功未立，

提刀独立顾八荒③。

京华④结交尽奇士⑤，

意气⑥相期⑦共生死。

千年史册⑧耻无名，

一片丹心⑨报天子。

尔来⑩从军天汉滨⑪，

南山⑫晓雪玉嶙峋⑬。

呜呼！

楚虽三户⑭能亡秦，

岂有堂堂中国空无人！

注 释

①金错刀：用黄金装饰的刀。

②白玉：白色的玉。亦指白璧。

③八荒：指四面八方边远地区。

④京华：京城之美称。因京城是文物、人才汇集之地，故称。这里指南宋京城临安（今杭州市）。

⑤奇士：非常之士。德行或才智出众的人。

⑥意气：豪情气概。

⑦相期：期待，相约。这里指互相希望和勉励。

⑧史策：即史册、史书。

⑨丹心：赤诚的心。

⑩尔来：近来。

⑪天汉滨：汉水边。这里指汉中一带。

⑫南山：终南山，一名秦岭，在陕西省南部。

⑬嶙峋：山石参差重叠的样子。

⑭三户：指屈、景、昭三家。

译 文

用黄金、白玉装饰的宝刀，到了夜间它的光芒穿透窗户，直冲云霄。

大丈夫五十岁了还没有在沙场立功，手提战刀迎风独立傲视天下。

我在京城里结交的都是些豪杰义士，彼此意气相投，相约为国战斗，同生共死。

羞耻于不能在流传千年的史册上留名，但一颗丹心始终想消灭胡虏，报效天子。

近来，我来到汉水边从军，远处的终南山顶山石嶙峋、白雪耀眼。

啊，楚国即使只剩下三户人家，最后也一定能报仇灭秦。难道我堂堂中华大国，竟会没有一个能人，把金虏赶出边关？

赏析

这首诗在描绘具体形象时着墨不多，却起到了重要的点染作用。

"黄金错刀白玉装"一句，描绘宝刀外观之美。黄金装饰的刀身，白玉镶嵌的刀柄，金玉相映，华美无比。"夜穿窗扉出光芒"一句，描绘宝刀内质之佳。它在黑夜中光芒四射，竟可穿透窗户，确实不凡。这两句，从诗歌意脉上说，是托物起兴，通过对宝刀的描绘和赞美，自然引出下面的提刀人形象。而从内在意蕴上说，又对提刀人的身份和志趣起着一种映衬作用，实质暗示了宝刀无用武之地，英雄无报国之门。

"丈夫五十功未立，提刀独立顾八荒。"这里有三层意思："提刀独立"写提刀人的动作，显出其急欲上阵杀敌；"顾八荒"写提刀人的神态，既有英雄无用武之地的落寞惆怅，更顾盼自雄的豪迈气概；"丈夫五十功未立"则慷慨直陈，向天浩叹，更显出了提刀人的胸怀大志。

"尔来从军天汉滨，南山晓雪玉嶙峋。"写终南山顶山石嶙峋、白雪耀眼，虽只是略施点染，但雪光与刀光相辉映，却为爱国志士之"一片丹心"大大增色，最终还是突出了诗中抒情主人公的凛然不可屈服的形象。

"呜呼！楚虽三户能亡秦，岂有堂堂中国空无人！"诗人在诗的最后发出了"岂有堂堂中国空无人"的时代最强音。引用战国时"楚虽三戾，亡秦必楚"的楚车民谣作比，用反诘句表明：汉族人民定有英雄人物能赶走女真统治者收复中原。楚民谣虽仅八字，但深刻说明民心不会死、民力可回天这一道理。陆游虽生活于国力衰微偏安江左的南宋，但基于对民心、民力的正确认识，在述志时他坚信中国有人，定能完成北伐事业，其爱国精神感人至深。

这是一首七言歌行。歌行体诗往往转韵，此诗在用韵上是四句一转，与诗人情感表达的流泻起伏变化相适应，读起来抑扬顿挫。

陆游生活在民族危机深重的时代。南宋国势衰微，恢复大业屡屡受挫，抗金志士切齿扼腕。陆游年轻时就立下了报国志向，但无由请缨。他在年将五十时获得供职抗金前线的机会，亲自投身到火热的军旅生活中去，大大激发了心中蓄积已久的报国热忱。于是他借金错刀来述怀言志，抒发了誓死抗金、"中国"必胜的壮烈情怀。这种光鉴日月的爱国主义精神，是中华民族浩然正气的体现，永远具有鼓舞人心、催人奋起的巨大力量。

喜迁莺①·街鼓动

【唐】韦庄

街鼓动，禁城开，天上探人回②。凤衔③金榜出云来，平地一声雷。

莺已迁，龙已化④，一夜满城车马。家家楼上簇神仙，争看鹤冲天⑤。

①喜迁莺：词牌名，又名《鹤冲天》《万年枝》《春光好》等。

②禁城：宫城。人回：指应考举人看榜归来。

③凤衔：即凤凰衔书，谓传达皇帝诏令，公布本科新登进士名册。

④莺迁：古代常以嘤鸣出谷之鸟为黄莺，指登第，或为升擢、迁居的颂词。龙化：如龙兴起，发迹飞腾。

⑤神仙：这里指美女。唐代进士科放榜时，富贵人家即忙于从中择婿。鹤冲天：喻进士及第者从此一步登天。

作者名片

　　韦庄（约836—约910），字端己，长安杜陵（今中国陕西省西安市附近）人，晚唐诗人、词人、五代时前蜀宰相。文昌右相韦待价七世孙、苏州刺史韦应物四世孙。韦庄工诗，与温庭筠同为"花间派"代表作家，并称"温韦"。所著长诗《秦妇吟》反映战乱中妇女的不幸遭遇，在当时颇负盛名，与《孔雀东南飞》《木兰诗》并称"乐府三绝"。有《浣花集》十卷，后人又辑其词作为《浣花词》。《全唐诗》录其诗三百一十六首。

译 文

　　街头鼓声雷动，皇城缓缓而开，赴朝廷应试科举的士子回来了。凤鸟衔着金榜从云彩中出来，顿时金鼓之声大作，让人间平地响起了雷声。

　　莺已飞迁，龙已化成，一夜之间满城车响马喧。家家户户神仙般的美人、小姐都聚在楼阁上，争着那登科中榜、一飞冲天的状元郎。

赏析

这首词写应试科举放榜时的热闹场面和词人进士及第后的兴奋与得意之情，一派升平气象。

上片以浓墨重彩着力表现科举之日举子等待放榜的热闹场景，"天上探人回"写从朝廷应试而归。"凤衔金榜出云来"比喻天子授金榜，"平地一声雷"较为形象地刻画出男子得知放榜时自己已经金榜题名时内心极度的狂喜之情，突如其来的喜讯，让他多年的艰辛有所收获，恍惚之间产生飘飘欲仙的感觉。

下片描摹新科进士簪花游街拜府之时被众人争睹的场景，"莺已迁，龙已化，一夜满城车马"三句极写中举之人的欢快情景。"家家楼上簇神仙，争看鹤冲天"这里写家家户户的小姐们争着看中举的士子们，心怀爱慕之情。从而衬托了中举士子年轻才俊的得意之情。"鹤冲天"这里比喻登科中举的人。晋陶潜所著《搜神后记》卷一有云："丁令威，本辽东人，学道于灵虚山。后化鹤归辽，集城门华表柱。时有少年，举弓欲射之。鹤乃飞，徘徊空中而言曰：'有鸟有鸟丁令威，去家千年今始归。城郭如故人民非，何不学仙冢垒垒。'遂高上冲天。今辽东诸丁云其先世有升仙者，但不知名字耳。"结尾两句极尽张扬之势，主人公名成之后，获得极大的精神满足。而后来，《喜迁莺》这一词牌又称《鹤冲天》。

作品画面频转，热闹非凡，活灵活现地展示出一个神气十足、洋洋自得、踌躇满志的新科进士形象，以及纷繁喧嚣的现世风情。

冉 溪①

【唐】柳宗元

少时陈力希公侯②，

注释

①冉溪：又名染溪，在永州西南。
②陈力：贡献才力。希：期望。公侯：古代五等爵位中最高的两级。这里指创建公侯般的业绩。

许国不复为身谋③。

风波一跌逝万里④，

壮心瓦解空缧囚⑤。

缧囚终老无余事⑥，

愿卜湘西⑦冉溪地。

却学寿张樊敬侯⑧，

种漆南园待成器。

③许国：为国家献身，效力。许：应允。为身谋：为自己打算。

④逝万里：指被贬谪到遥远的永州。

⑤壮心：雄心壮志。缧（léi）囚：被拘禁的囚犯。

⑥余事：以外的事。余：以后，以外。

⑦卜：选择。湘西：潇水西边。

⑧寿张：地名，即今山东省阳谷县寿张镇。樊敬侯：指东汉人樊重，字君云，汉光武帝的内戚。

译文

从小就发奋图强希望建功立业，以身许国从未想过谋取个人幸福。

在政治风波中跌倒被贬万里之外，壮志瓦解成了未被捆绑的囚徒。

囚居到老也没有其他的事情可做，只愿在潇水冉溪边上选个居处。

学习那东汉的寿张侯樊重，在南园种上漆树待它成材后制作器物。

赏析

全诗前四句写被贬前的事情，柳宗元少年得志，21岁考取进士，26岁又中博学宏词科高第，授集贤殿正字，后又任蓝田县蔚，监察御史里行。在"永贞革新"中，他被提升为礼部员外郎，成为改革派中的重要骨干。王叔文集团执政的时间总共半年，真正大刀阔斧改革朝政也不过两、三个月，但却有力打击了弄权的宦官和跋扈的藩镇，革除弊政，打击贪暴，选用贤能，减免赋税，"百姓相聚欢呼大喜"。这在历史上是具有进步意义的。王叔文集团被称为"二王、刘、柳"，这足可见柳宗元在改革派中的地位与影响。他后来在信中自述"于众党人中，罪状最甚"（《寄许京兆孟容书》），也充分表明了他在推动当时的改革斗争中所起的积极作用。前两句写了年轻时的抱负，渴望贡献才力创建公侯般的业绩，决心报效国家不考虑个人的得失。三、四句是对参与"永贞革新"遭到挫折的概写，像一只搏击长空的苍鹰，突遭险遇，"炎风溽暑忽然至，羽翼脱落自摧藏"，变成了"笼鹰"，被贬到遥远的永州，壮心瓦解徒然落得个囚犯的身份。从"超取显美"的朝中命官到流落南荒的谪吏，打击是残酷的，身心都受到摧残。然而，即使万受摈弃，名列囚籍，也"不更乎其内"，"不变其操"，这就他的胸襟和节操。

后四句写今后的打算，"缧囚终老无馀事，愿卜湘西冉溪地。"囚徒到老没有别的事情可做，只希望在潇水冉溪边选择一块地安居。调子不高，先抑后扬。他喜爱这里的风光"尤绝"，"清莹透澈，锵鸣金石"，故改"冉溪"为"愚溪"，还在溪边构建"愚堂"，并写了一系列以愚溪为题材的诗文。"却学寿张樊敬侯，种漆南园待成器。"姑且学习寿张侯樊重的榜样，在南园种上漆树，待它长大成材后制做器具。柳宗元在这里引用樊敬侯这一历史典故，表明自己不甘心无所作为，决心像樊重那样，不怕打击嘲笑，经过长期努力，来实现自己的政治理想。"种漆南园"不过是一个比喻，不仅仅局限于种树，而包括培养人才，"复操为文"等。

空城雀

【唐】李白

嗷嗷空城雀①，

身计何戚促②。

本与鹪鹩③群，

不随凤凰④族。

提携四黄口⑤，

饮乳⑥未尝足。

食君糠秕⑦馀，

尝恐乌鸢逐⑧。

耻涉太行⑨险，

羞营⑩覆车粟。

天命⑪有定端，

守分绝所欲⑫。

②戚促：悲戚与局促。窘迫。

③本与：原本是与。鹪鹩：鸟名，似黄雀而小。

④凤凰：凤是雄，凰是雌，称为凤凰。是古代传说中的百鸟之王。

⑤黄口：雏鸟的黄嘴，借指雏鸟。此指幼儿，黄口小儿。

⑥饮乳：饮食哺乳。

⑦糠秕（bǐ）：从稻麦等谷粒上脱下的皮壳（糠）和空瘪的谷粒（秕子）。

⑧鸢：鹰类的猛禽。逐：追逐。

⑨耻涉：可耻于跋涉。太行：太行山。河北、山西的界山。

⑩羞营：害羞，羞涩，害怕经营。

⑪天命：上天的命令。比喻上天赋予的命运。

⑫分：名分，职分。绝所欲：断绝欲念，一丝都没有。

译文

空城楼上的麻雀，身计那么穷迫。

本与鹪鹩等小鸟为群，不随凤凰大族。

提携嗷嗷待哺四只黄口，饮乳未尝满足。

吃的是糠秕渣馀，还害怕乌鸢追逐。

耻于涉足太行山的险峻，更羞于抢食覆车之粟。

富贵自有天命，守分守己，清心寡欲。

赏析

《空城雀》，乐府《杂曲歌辞》旧题。前四联表现麻雀的悲苦生活，其中，"食君糠秕馀，尝恐乌鸢逐"一联显出曲折，把麻雀的困苦生活更充分地表现出来，很吸引读者。后两联表现麻雀的清高，有自我安慰之意。诗人是在托物言志，表明自己志向不得伸展，又不想屈节钻营，只能过着悲苦日子的愤懑与无奈之情。

赠秀才入军·其十四

【魏晋】嵇康

息徒兰圃^①，

秣马华山^②。

流磻平皋^③，

垂纶长川^④。

目送归鸿^⑤，

手挥五弦^⑥。

俯仰自得^⑦，

游心太玄^⑧。

嘉彼钓叟，

得鱼忘筌^⑨。

郢^⑩人逝矣，

谁与尽言？

注　释

①息徒：让跟从的人众休息。兰圃：长满香草的田野。

②秣马：喂马。华山：开满鲜花的山坡。华：同"花"。

③流磻（bō）：指射箭。磻：拴在箭后的石块，以防箭被禽兽带走。平皋：平旷的低地。

④垂纶：即垂钓。长川：指河流。

⑤归鸿：返归的鸿雁。

⑥五弦：五弦琴。

⑦俯仰：指一举一动，随意动作。自得：自得其乐。

⑧太玄：即道家所称的大道、自然。

⑨筌：一种竹器，专用于捕鱼。

⑩郢：古代地名，春秋楚国的都城。

作者名片

稀康（224—263），字叔夜，汉族，三国时期魏国谯郡铚县（今安徽省宿州市西）人。著名思想家、音乐家、文学家。正始末年与阮籍等竹林名士共倡玄学新风，主张"越名教而任自然""审贵贱而通物情"，为"竹林七贤"的精神领袖。曾娶曹操曾孙女，官曹魏中散大夫，世称稀中散。后因得罪钟会，为其构陷，而被司马昭处死。

译 文

率领步卒在那兰草野地休息，在那开满鲜花深山密林放马。
有的在平旷低地上随意游猎，有的在滚滚波涛长河上垂钓。
而我悠悠然目送那归返鸿雁，手里随心所欲弹着那五弦琴。
一举一动自由自在悠然自得，悟道会意精神自由顺应自然。
我特别称赞那一位老渔翁啊，得到了鱼便忘掉那捕鱼工具。
我感叹那技艺高超的郢人啊，死后无人达到技艺自由境界！

赏 析

这首诗是稀康送他哥哥稀喜从军的诗，但诗的内容与稀喜参军没有多大联系，诗中只是借描写稀喜率领军队在高山平原驰骋游乐的情景，抒写自己崇尚自然、服膺老庄的人生志趣和人生理想，是稀康创作思维渗透玄学后的突出特点。因此，这首诗在历代诗歌中享有盛名，是稀康的代表作。

诗的头四句是想象稀喜率领步卒在高山平原驰骋游乐的情景，寄托了稀康崇尚自然、顺应自然的世态人情。他洁身自好，超凡脱俗，不与当时的统治者合作，因此，在自然与音乐中陶冶性情，发泄愤懑。《晋书》本传说他"常修身养性服食之事，弹琴咏诗，自足于怀"。他在著名的《与山巨源绝交书》中也自叙自己的人生的志趣，

"今但愿守陋巷,教养子孙,时与亲旧叙阔,陈说平生,浊酒一杯,弹琴一曲,志愿毕矣。"这种鄙弃世俗、回归自然、高蹈隐逸的人生志趣,充溢在整首诗篇之中。因此山水自然与幽淡清雅的音乐就成了他人生志趣的寄托。因此诗歌一开始所写的在充溢芳香的兰草野地休息,在开满鲜花的深山密林中放马,在平原地带任意游猎,在滚滚波涛的长河上垂钓。这不是一个武夫的生活志趣,而是写嵇康作为高蹈隐逸之士回归自然的雅趣。诗中的"兰圃""华山""平皋",这些大自然的景象,也不是纯自然的客观物象,而是嵇康作为隐逸之士的人生志趣,而接下来的四句,则在悟玄体道的基础上,写出了稀康追求人身自由的理想。我们知道,庄子是中国最早提出个人自由的哲学家。他讲的自由主要是个人自由,但也涉及了人类自由和生物的自由。他在《逍遥游》中所主张的"逍遥"不仅具有"无拘无束,放浪形骸"的意思,而且具有"寻求解脱,获精神自由"的意思。怎样才能获得精神自由呢?庄子认为,要"逍遥于天地之间而心意自得",从而达到"天地与我并生,万物与我为一"(《齐物论》)的最高精神境界,把自己与自然、与道合成一体,这样就可以体验"天人合一"的最高乐趣。由此我们看到,它虽然是以超越现实、达到本体的"道"为归宿,但又是以人生的价值和理想的人格为目的。玄学在嵇康、阮籍那里有了新的意义。司马氏以"名教"欺世,对此抱着极端厌恶态度的阮籍、嵇康标举"自然"唱反调。他们放浪形骸,不守礼法,"非汤武而薄孔丘",正是精神痛苦绝望、不向世俗低头的表现。他们高唱"越名教而任自然",于是玄学由本体的探求转向对个体人生意义价值的思考,以及对人身自由理想的追求。

这首诗的"目送归鸿"是人与自然合二为一的写照。而"手挥五弦"则是艺术化理想人生的体现。这种人与自然合二为一的最高人生理想的追求,又是体玄悟道的结果,所以接着两句是"俯仰自得,游心太玄"。太玄即玄学中的宇宙本体,称为大道或自然。"游心",就是庄子所说的"逍遥",是一种心灵的游历,不仅具有"无拘无束,放浪形骸"的意义,而且具有"寻求解脱,获得精神自由"的意思。"俯仰自得",就是庄子说的"逍遥于天地之间而心意自得"。这两句是说:要体玄悟道,从而达到"天地与我并生,万物与我为一"的人生精神自由的最高境界,把自己和大道、自然合成一体,体验"天人合一"的最高境界的乐趣。嵇康这种对最高的人生价值和理想的追求,既是对庄学的继承,也是对庄学的发展,已经具有了魏晋时代"人的自觉"的个体感性自由和知识分子人格独立的时代特征,而且它也正是"魏晋风度"的主要内容。因此,这四句诗描绘出了人格独立、精神自由、纵横驰骋、自由无羁的最高的理想境界,历代被称为名句,千古传诵。

诗的最后四句引用《庄子》中的两个典故,慨叹人生的妙趣妙境,世无知音:"嘉彼钓叟,得鱼忘筌。"比喻只要得到最高的"道",就可忘掉语言和一切形迹。犹如钓者得到了鱼就可把捕鱼的工具(筌)给忘掉一样。《晋书·阮籍传》也说与嵇康齐名的名士阮籍"嗜酒能啸,善弹琴,当其得意,忽忘形骸",这种人生的妙趣妙境是很难为人知晓的,所以嵇康在下文感叹郢人逝矣,谁与尽言。《庄子·徐无鬼》篇中说:有一个匠人善于砍削,他的技艺达到了符合"道"的自由境界。当他和郢人配合时,能把那人鼻子上的微细白粉砍掉,而丝毫不伤其人。郢人逝后,匠人就无法施展那达到高度自由的技巧了。嵇康引用这个典故,用来说明自己追求的人生妙趣、妙境,在当时的社会里找不到知音,因而抱着一种深深的遗憾。全诗在清新飘逸中又透露出一种淡淡的哀怨。

这首诗把体玄悟道和抒情写景紧密糅杂在一起,清新飘逸而又意境超拔。嵇康诗的风格,刘勰在《文心雕龙》评为"嵇志清峻"。又说:"叔夜(嵇康)俊侠,故兴高而采烈。"突出嵇康诗风与其人格个性之间的密切关系。嵇康在其有名的《与山巨源绝交书》中,自称"刚肠疾恶,轻肆直言,遇事便发"。他的诗也清丽事典,自然天成。钟嵘《诗品》评其诗的风格为"峻切"也是同一种意思。人格当然不能等于风格,但诗的风格却是人格的艺术表现。

题醉中所作草书卷后

【宋】陆游

胸中磊落藏五兵①，
欲试无路空峥嵘②。
酒为旗鼓笔刀槊③，
势从天落银河④倾。
端溪石池⑤浓作墨，
烛光相射飞纵横。
须臾⑥收卷复把酒，
如见万里烟尘清⑦。
丈夫身在要有立⑧，
逆虏运尽行⑨当平。
何时夜出五原塞⑩，
不闻人语闻鞭声。

注 释

①磊落：众多错杂的样子。五兵：即古代戈、殳、戟、酋矛、夷矛等五种兵器，此处借指用兵韬略。

②峥嵘（zhēng róng）：山势高峻的样子，此处喻满怀豪情。

③槊（shuò）：长矛，古代兵器之一。

④银河：天河，晴朗夜空中云状光带，望去像河。

⑤端溪石池：指端砚，为名砚。

⑥须臾（xū yú）：片刻，一会儿。

⑦烟尘清：比喻战斗结束。

⑧丈夫：大丈夫，陆游自指。在：存。立：指立身处世，即立德、立言、立功。

⑨逆虏（lǔ）：指金侵略者。运：国运，气数。行：将。

⑩五原塞：在今内蒙古自治区五原县，汉时曾从此处出兵，北伐匈奴。

译 文

　　我的胸中藏有数不尽的用兵韬略，但却因找不到报国的门路而白白浪费了这些惊人的才华。

　　我只好在醉中草书，以酒作为旗鼓，以笔作为长矛来当作武器，笔势急骤，像是银河从天而泻一般。

在端砚中浓浓地研好了墨，烛光映射着我纵情挥笔泼墨。

转眼间，我收起书卷，重又把酒，如同看见了山河万里清平的气象。

大丈夫要敢作敢为，敌军的气数已经差不多消逝殆尽了。

什么时候能看到宋军像当年汉军一样出征北伐，不再只听到纸上谈兵的喧哗，而是马鞭奋扬的声音？

赏析

"胸中磊落藏五兵，欲试无路空峥嵘"，首句便体现了诗人怀才不遇、报国无门的无奈失落，令读者也忍不住为之抱不平。在失意落寞的彷徨中，诗人因为自己为国作战的愿望不能实现，只能通过书法艺术的形式抒怀解忧。

"酒为旗鼓笔刀槊，势从天落银河倾。"这是以书前喻战前，是蓄势，笔力千钧，给了人以势不可遏的感觉。酒是进军的旗鼓，笔是杀敌的刀槊，勇士以逼人的气吞万里的声势向敌人冲锋的情景在这里重现了。

"端溪石池浓作墨，烛光相射飞纵横。"这是以书中疾笔喻战中拼杀，展现了李白《草书歌行》中"左盘右蹙如惊电，状同楚汉相攻战"的诗句所描写的意境。勇士挥刀杀敌、纵横驰骋、所向披靡的情景在这里重现了。

"须臾收卷复把酒，如见万里烟尘清。"这是以书后的喜悦喻战后的欢快，展现了凯旋、设宴庆功的场面。须臾收卷之神速，举酒复饮之惬意，瞬间胜利之迅疾，狼烟尽扫之自豪。勇士横扫千军，敌人不堪一击，如鸟兽溃散的情景在这里重现了。

"丈夫身在要有立，逆虏运尽行当平。"在诗人的心目中，大丈夫就应该敢作敢为，杀敌报国，并认为敌人的气数也应当快尽了。诗人的愿望非常美好，尽管他用书法的形式遣怀抒忧，但依然没有忘情于现实。

"何时夜出五原塞，不闻人语闻鞭声。"最后两句呼应开头，直接表达了诗人渴望参加收复国土战斗的迫切心情。给人展示了一幅夜袭敌营的生动画面，而诗人纵马疾驰、英勇矫健的身影也跃然在目。

在这首诗中，诗人以贴切生动的比喻、奇特丰富的想象、新颖别致的构思，把澄清万里胡尘的战斗场面与纯熟精湛的草书艺术高度完美地结合起来了。吟诵之间，我们仿佛置身于紧张激烈的战场，始而紧张，继而痛快，最后沉浸在玉宇澄清万里埃的狂欢之中。

诗人所以能寄意草书，写得那样豪迈动人，是因为他有出奇制胜的满腹韬略、有为国建功立业的壮志、有恢复中原的坚定信念、有"夜出五原塞"北伐金人的迫切要求，一句话，是因为他有满腔爱国热血。因此，欣赏这首诗关于草书描写的时候，不得不联系前后的诗句，紧紧把握其爱国的主旋律。

留别王司马嵩

【唐】李白

鲁连卖谈笑①，
岂是顾千金。
陶朱②虽相越，
本有五湖心③。
余亦南阳子④，
时为梁甫吟⑤。

注释

①鲁连：即鲁仲连。卖谈笑：指他从容不迫，谈笑退秦兵。
②陶朱：即范蠡别称。
③五湖心：谓隐退江湖之志。
④南阳子：即指诸葛亮，他于南阳躬耕时，常吟诵梁甫吟。
⑤梁甫吟：根据人民文学出版社《乐府诗选》记载，梁甫吟为齐地土风，推断为诸葛亮所作。

苍山容偃蹇⑥，

白日惜颓侵⑦。

愿一佐明主，

功成还旧林。

西来何所为，

孤剑⑧托知音。

鸟爱碧山远，

鱼游沧⑨海深。

呼鹰过上蔡⑩，

卖畚向嵩岑⑪。

他日闲相访，

丘中有素琴⑫。

⑥容：容许。偃蹇（jiǎn）：形容偃息而卧，不问世事的样子。可惜光阴消逝。

⑦颓侵：这里指太阳下山。

⑧孤剑：李白自喻。

⑨沧：沧一作"江"。

⑩上蔡：地名。古蔡国所在地。今河南省驻马店市上蔡县。

⑪卖畚（běn）：卖畚箕，指东晋十六国时的王猛，年少以卖簸箕为生，怀有大志。嵩岑：即嵩山。

⑫素琴：指没有弦和徽的琴。这句话化用了左思《招隐》："岩穴无结构，丘中有鸣琴。"

译文

鲁仲连依靠谈笑出人头地，难道是为了钱帛财富？

尽管范蠡在越国出仕入相，但他原本只想退隐江湖。

我也只想效仿南阳诸葛亮，所以时常吟诵《梁甫吟》。

虽然苍山容许了我不问世事，但落下的太阳又使我感伤流逝的光阴。

只求能够辅佐一位贤明的君主，待到功成名就便退隐原来的山林。

到西边去是为了做什么？孤身一人的我去求助知心好友。

飞鸟热爱渺远的青山，鱼儿在深邃的沧海游荡。

呼唤雄鹰经过上蔡，卖掉畚箕行往嵩山。

待到他日得闲来访，隐居的山林中必已备下素琴一张。

赏 析

此诗用典、化典颇多，开篇三联便接连用典，但在用典的同时也叙述了古人的精神品质，并将其延伸到自己身上，可谓一妙手。

"苍山容偃蹇，白日惜颓侵。"一联有对景致的描写，但又不全然是景物，更透露着诗人的感情。下一联直白地表达了诗人自己想要建功立业的想法，但与"愿一佐明主，功成还旧林"一联同看起来便少了功利多了报国的衷心。

"西来"句至"卖畚"句三联在表明了诗人此行的目的与胸中所怀的大志向的同时，又再一次提及景物将作者实际上想要归隐的感情含蓄地穿插其间。

诗人在最后一联展望未来，又一次表达了自己归隐的愿望。"清水出芙蓉，天然去雕饰"，后人爱用李白的话评价李白的诗，是很有见识的。

这首诗非常形象地表现了李白的性格：一方面对自己充满自信，孤高自傲；一方面在政治前途出现波折后，又流露出伤感之情。

在这首诗里，他演绎庄子的乐生哲学，表示对富贵的藐视。而在自然中，实则深含怀才不遇之情。全诗语言流畅，具有很强的感染力，李白"借题发挥"抒发自己的愤激情绪。

诚然，李白即兴赋诗，出口成章，显得毫不费力。他感情奔放，直抒胸臆，天真自然，全无矫饰，而自有一种不期然而然之妙。正所谓绚烂之极，归于平淡，这种功夫是极不易学到的。这首《留别王司马嵩》就体现了李白这种自然高妙的诗风。

述 怀①

【唐】魏徵

中原初逐鹿②，

投笔事戎轩③。

纵横计不就④，

慷慨志⑤犹存。

杖策谒⑥天子，

驱马出关⑦门。

请缨系南越，

凭轼下东藩⑧。

郁纡陟高岫⑨，

出没⑩望平原。

古木鸣寒鸟，

空山啼夜猿。

既伤千里目⑪，

还惊九逝魂⑫。

岂不惮⑬艰险？

深怀国士恩。

注 释

①述怀：陈述自己怀抱的大志向，大理想。

②中原：原指黄河南北一带，这里代指中国。逐鹿：比喻争夺政权。

③事戎轩：指从军。戎轩即是兵车，此借指军队、军事。

④纵横计：进献谋取天下的谋略。不就：不被采纳。

⑤慷慨志：奋发有为的雄心壮志。

⑥杖：拿。策：谋略。谒：面见。

⑦关：潼关。

⑧凭轼：乘车。轼：古代车厢前面用作扶手的横木。下：是敌人降服。东藩：东边的属国。

⑨郁纡（yù yū）：山路盘曲迂回，崎岖难行。陟（zhì）：登。岫（xiù）：山。

⑩出没：时隐时现。

⑪千里目：荒凉冷落，令人凄伤的景象。

⑫九逝魂：旅途遥远而艰险。

⑬惮：畏惧，害怕。

季布无二诺⑭,

侯嬴⑮重一言。

人生感意气⑯,

功名谁复论⑰。

⑭季布:楚汉时人,以重然诺而
　　著名当世。诺:答应,诺言。
⑮侯嬴:年老时始为大梁监门
　　小吏。
⑯意气:指志趣投合。
⑰谁复论:谁还能去计较。

作者名片

　　魏徵(580—643),唐代著名政治家、史学家、文学家。字玄成,魏州曲城(故址在今山东莱州东北)人,一作馆陶(今河北馆陶县)人。少时家境孤贫,曾出家为道士。隋末随元宝参加李密领导的瓦岗军。李密失败后,投唐主李渊,自请安辑山东,擢秘书丞,后又为窦建德俘获,任起居舍人。窦建德败亡,入唐任太子洗马。"玄武门之变"后,唐太宗重其才,擢为谏议大夫,历官尚书右丞、秘书监、侍中、左光禄大夫、太子太师等职,封郑国公。任职期间,敢于犯颜直谏,劝诫太宗居安思危,兼听广纳,躬行俭约,对实现贞观之治颇有贡献,为一代名臣。

译 文

　　如今是一个群豪并起争夺天下的时代,男儿当弃文从武成就一番事业。

　　我曾经向李密献计但不被他采纳,但我心中的壮志并没因此丧失。

　　我拿着自己的计谋献给天子,领命纵马西出潼关。

　　终军当年请缨缚南越王,我乘车东去招降李密旧部和各路豪强。

　　盘旋在崎岖的山路间,放眼望去山下的平原时隐时现。

　　山林间寒鸟悲鸣,深山中不时传来猿啼。

远望去一片荒凉，不知前途几何，凶吉难卜。

在这样的环境中怎么会不担心自己的人身安全，但一想到唐王以国士之礼相待，不敢不尽心以报其知遇之恩。

季布、侯嬴都是千金一诺的人物。

人活在世上意气当先，又何必在意那些功名利禄。

赏 析

前四句"中原初逐鹿，投笔事戎轩。纵横计不就，慷慨志犹存。"主要表现的是诗人在这之前的胸襟怀抱。那时候作者先后投到元宝、李密帐下，自以为胸有珠玑，频频向故主献策，但都不为故主所用，很有些怀才不遇的感慨。

"中原"等二句，表明了天下纷扰，各地豪强并起，争夺天下。正是投笔从戎的时机，与其做个刀笔之吏，还不如从军，谋定天下。《史记·淮阴侯列传》："秦失其鹿，天下共逐之，于是高材疾足者先得焉。"《后汉书·班超传》："久劳苦，尝辍业投笔叹曰：'大丈夫无他志略，犹当效傅介子、张骞立功异域，以取封侯，安能久事笔砚间乎？'"纵横句，魏徵借此指自己曾向李密献下策，但不被李密所采纳，反被其耻笑为老生常谈。颇有苏秦不得志时的情景，英雄无用武之地。而"慷慨志犹存"一句充满了转折之意，表明了自己虽然屡遭挫折，但心中热血未灭、壮志依旧还在。

"杖策谒天子，驱马出关门。请缨系南越，凭轼下东藩。"主要勾勒诗人遇到明主，颇受唐太祖重用，为报太祖的知遇之恩，自告奋勇出潼关去招降山东的群雄，并表现所负使命之重大。"杖策"句指出作者果断为李渊献策，并义无反顾去实现这条计谋。"驱马"句表达出作者奉命安抚山东时的豪迈、敏捷和急迫之态。"请缨"等两句，则用汉终军和郦食其的故事比拟自己的山东之行，表明所负使命的性质之非同凡比。"系""下"两动词轻捷活脱，生动地表现出其安邦定国的宏图大志，蕴含着大唐江山的辟建就在此行之意，显示了诗人卓越的政治远见。

"郁纡陟高岫，出没望平原。古木鸣寒鸟，空山啼夜猿。"表明作者在路途中的艰险景况。"郁纡"等两句，是写因为山路萦回、崎岖不平，行迹在群山中放眼望去，那些平原时隐时现、时出时没，反衬出作者心情因任务艰巨，前途未卜而起伏不平、忐忑不安。"古木"等两句，从听觉的角度来渲染旅途的荒凉凄楚。古老的丛林里寒鸟悲啼，深山夜间猿猴哀鸣，构成了一幅荒无人烟，战乱留给人民的是一片凄凉。诗人把复杂的心情，都融汇到生动的旅途景物描写中，做到意境两浑，情景交融，形象地暗示了完成使命的艰难和诗人心情的沉重。

"既伤千里目，还惊九逝魂。岂不惮艰险？深怀国士恩"四句，既有对出关前景的展望，也有其肺腑的坦露。"既伤"两句既表现作者不但知道前途的艰险，个人也担心自己的人身安全。伤千里目：是说远望心里伤感的意思。《楚辞·招魂》："目极千里兮伤春心，魂兮归来哀江南"。九逝魂：屈原《哀郢》中有"魂一夕而九逝"的诗句。"岂不"两句的自问自答，更显示出诗人胸襟的坦荡。"岂不惮"意为有所惮，如同不掩饰自己对未知危险的恐惧，这不但无损于主人公的高大形象，反而更真实地展现了人性，更为作者明知山有虎偏向虎山行，更突现了他重义气、报太祖的知遇之恩。

最后四句"季布无二诺，侯嬴重一言。人生感意气，功名谁复论。"直抒胸臆，表明了作者重视信义、有恩必报、不图功名的思想。这里，诗人以季布、侯嬴自比，表达了自己既然请缨就决不负使命的决心。"人生感意气，功名谁复论"，明确地反映出魏徵的人生观、价值观。

这首诗在艺术上的显著特色是气势雄伟，意境开阔，诗人善于抓住在历史进程中的巍峨奇观，以粗犷的笔触，一扫汉魏六朝绮靡浮艳的诗风，成功地展示了诗人急欲建功立业的感情世界。魏徵后来在《隋书·文学传序》中提倡一种将南朝的清绮与北国的气质合一的"文质彬彬"的雅体，《述怀》就基本上实践着这一主张。它一方面措辞朴素、直抒胸臆、慷慨激昂，与声色大开的南朝诗风相异。另一方面又融汇典语、自铸新辞、对仗妥帖，与理胜其辞的河朔诗风不同。

土不同

【汉】曹操

乡土不同，

河朔隆冬①。

流澌②浮漂，

舟船行难。

锥不入地，

蘴藾深奥③。

水竭不流，

冰坚可蹈④。

士隐者⑤贫，

勇侠轻非⑥。

心常叹怨，

戚戚⑦多悲。

幸甚至哉⑧！

歌以咏志⑨。

注 释

① 河朔（shuò）：古代泛指黄河以北的地区。隆冬：严寒的时节。一年最冷的时段。

② 流澌（sī）：江河解冻时流动的冰块。

③ 蘴藾（fēng lài）：古同"葑"，芜菁。藾：蒿类植物。深奥：此指厚密。

④ 蹈（dǎo）：踩。

⑤ 士隐者：隐士，隐居不做官的士人。此处的"者"字是作为定语后置的标志，如"马之千里者"等。

⑥ 勇侠：勇敢的侠士。轻非：轻易行动，草率行事，蔑视法令。

⑦ 戚戚（qī）：忧愁，悲哀。

⑧ 幸甚至哉：表示非常幸运，用唱歌的方式表达我的志向。

⑨ 歌以咏志：这种结尾的形式是乐府诗常用的手法，与本诗的关联性不大。

译文

各地的风土人情有很大的不同，此时此刻，黄河以北的地区正值寒冬。

河中漂浮着冰块，舟船难以行走。

地被冻得用锥子都扎不进去，田地荒芜长满干枯厚密的蔓菁和蒿草。

河水冻结不流动，上面由坚硬的冰覆盖，人都可以行走。

有识之士穷困潦倒，而好勇斗狠的人却不在乎随意犯法。

我为此叹息怨恨，心中充满了悲伤和忧愁。

真是幸运极了，用歌唱来表达自己的思想感情吧。

赏析

《土不同》一作《河朔寒》，写的是黄河以北地区冬天的严寒景况与民风特点。诗人北伐乌桓之后，回到冀州，发现这里的乡土与黄河以南的土地有很大不同。开头说严寒景况：到了深冬，河里漂浮着冰块，舟船难以前行；地被冻得用锥子都扎不进去，田地荒芜长满干枯厚密的蔓菁和蒿草。河水冻结不流动，上面由坚硬的冰覆盖，人都可以行走。至于民风特点，集中于因忧贫而"勇侠轻非"。有识之士穷困潦倒，而好勇斗狠的人却不在乎随意犯法。这种不良民风触动了诗人，诗人为此叹息怨恨，最后忍不住唱出了"心常叹怨，戚戚多悲"两句，直接抒发了心中常存的哀怨和蓄积的悲伤。全诗描写了河北由于袁绍的统治导致的民生凋敝、社会秩序不安定的现状。

结客少年场行

【唐】虞世南

韩魏多奇节，

倜傥遗声利①。

共矜然诺②心，

各负纵横志③。

结交一言重④，

相期千里至⑤。

绿沉⑥明月弦，

金络浮云辔⑦。

吹箫入吴市⑧，

击筑游燕肆⑨。

寻源博望侯⑩，

结客远相求。

少年怀一顾，

长驱背陇头⑪。

焰焰戈霜动，

耿耿剑虹浮。

注 释

①倜傥：比喻英俊潇洒、不拘礼法，多指年轻人。声利：名利。

②诺：允诺，承诺。表示同意。

③负：背负，承担。纵横志：怀有大志向，凌云壮志。

④一言重：一言九鼎，重诺千金。

⑤相期千里至：相会的期限快到了，在很远的地方。

⑥绿沉：浓绿色。

⑦辔：皇帝车驾上驭马的缰绳。欲指皇权或朝纲。

⑧吹箫入吴市：过着流亡乞食的生活。伍子胥为报父兄之仇，从楚国逃到吴国，曾在吴国吹箫乞食。

⑨击筑游燕肆：荆轲欲前去刺杀秦王，其友高渐离在易水击筑为他送行。

⑩寻缘博望：指汉代的张骞，汉武帝命其穷黄河之源，因出使西域。

⑪陇头：陇山，六盘山南段的别称。

天山冬夏雪，

交河南北流。

云起龙沙⑫暗，

木落雁门⑬秋。

轻生殉知己，

非是为身谋。

⑫龙沙：河北喜峰口外卢龙山
后的大漠，后泛指漠北边塞
之地。
⑬雁门：长城上重要的关隘雁门
关，在山西代县北部。

译 文

韩魏多有轻生重义、为知己者死的游侠，洒脱不拘、留下名利。

少年游侠者重然诺、好结交，各负凌云之志。

他们一言九鼎，一旦结交，即千里相会。

绿带缠绕在如月的弓弦上，金丝绦络住如云的马鬐头。

伍子胥过着流亡乞食的生活，高渐离为前去刺杀秦王的荆轲击筑送行。

张骞出使西域，穷河源，游侠儿亦如博望侯怀抱赴边立功之志。

只要君王一垂顾，肝脑涂地、流血野草也在所不辞，都会义无反顾地奔赴战场。

刀光剑影映照着游侠儿矫健的身影，强弓劲弩尽显少年侠士的身手。

天山无论是冬日夏日都会飞雪，交河南北向流淌着。

云从漠北边塞升起，雁门关的秋日草木早已凋零。

游侠为知己者死，不是为自己谋名利。

赏 析

　　这首诗发端两句已概全篇之旨，"韩魏多奇节，倜傥遗声利"，以下均围绕"多奇节"处而展开。承接此二句，以下八句历叙少年游侠者的精神品格与豪荡气魄。"绿沉明月弦，金络浮云辔"，此十字着重从形象上描绘少年侠士潇洒倜傥的飒爽英姿。"吹箫入吴市，击筑游燕肆"，伍子胥有经文纬武之才，因楚平王听信谗言杀害伍奢与伍尚，他逃奔吴国，欲借外力以报杀父兄之仇。伍子胥在吴都梅里（即今无锡梅村），举目无亲、衣食无着，被迫吹起斑竹箫管，在市中乞食，后得公子光的赏识，谋刺王僚，成就大业。高渐离与荆轲为友，善击筑，"荆轲嗜酒，日与狗屠及高渐离饮于燕市，酒酣以往，高渐离击筑，荆轲和而歌于市中，相乐也，已而相泣，旁若无人者"（《史记·刺客列传》）。后燕亡，高渐离为秦王击筑，因在筑中置铅以伺机击秦王，未果被害。游侠之人并非久居人上，即使沉沦下僚之时，胸中仍怀一股不可磨灭之气。这段奇气促其忍辱负重，完成自己重然诺的历史使命。

　　下面以博望侯张骞的典故轻轻地转到了游侠儿慷慨立边功的主题上来，继写其在战场上杀敌报国的"奇节"。张骞出使西域，穷河源，直至昆仑山下，"大宛之迹，元因博望；始究河源，旋窥海上"（《史记·大宛列传》）。其开疆拓土的历史功绩永不可磨灭，"博望侯"就衍化为英雄主义的象征，而与任侠风气相联系在一起了。"寻源博望侯，结客远相求"，游侠儿亦如博望侯怀抱赴边立功之志。云气散漫风萧索，紫塞雁门草木凋，艰苦的边关生活并没有消损少年游侠奋勇杀敌、报效国家的豪情壮志；而是黄沙穿金甲、马革裹尸还，甘愿赴汤蹈火以报知己之恩遇。这样就自然引出了"轻生殉知己，非是为身谋"的感慨来，这既照应了开头的"遗声利"，也使全篇的中心思想得到统一。

综观全诗，首联已概括全篇之主旨，"侠"之精神在"奇"，此"奇"非他"奇"，而是奇在其轻身重义上，奇在其士为知己者死上，奇在其"遗声利""非是为身谋"上，正与尾联相应。中篇尽叙侠客之态，承首联之"奇"而启尾联之"殉知己""一言重""垂一顾""千里至""远相求"，皆应照生情，写得气脉流转、神情摇曳，悲壮英豪之中有清新雅致之音，与虞氏的一贯风格有其相通之处。

短歌行

【汉】曹操

对酒当歌①，

人生几何②！

譬如朝露，

去日③苦多。

慨当以慷④，

忧思难忘。

何以解忧？

唯有杜康⑤。

青青子衿⑥，

悠悠⑦我心。

但为君故，

注 释

①对酒当歌：一边喝着酒，一边唱着歌。当：是对着的意思。

②几何：多少。

③去日：过去的日子。用于感叹光阴易逝之语。

④慨当以慷：指宴会上的歌声激昂慷慨。

⑤杜康：这里代指酒。据传杜康是最早酿酒的人。

⑥子衿（jīn）：对对方的尊称。古式的衣领。

⑦悠悠：长久的样子，形容思虑连绵不断。

沉吟⑧至今。

呦呦⑨鹿鸣，

食野之苹⑩。

我有嘉宾，

鼓⑪瑟吹笙。

明明如月，

何时可掇⑫？

忧从中来，

不可断绝。

越陌度阡⑬，

枉用相存⑭。

契阔谈讌⑮，

心念旧恩。

月明星稀，

乌鹊南飞。

绕树三匝⑯，

何枝可依？

山不厌高，

海不厌深⑰。

⑧沉吟：沉思，深思，这里指对贤才的思念和倾慕。

⑨呦（yōu）呦：鹿叫的声音。

⑩苹：艾蒿。

⑪鼓：弹。

⑫掇（duō）：拾取，摘取。

⑬陌：东西走向的田间小路。阡：南北走向的田间小路。

⑭枉：用，以，此指"枉驾"。存：问候，思念。

⑮讌（yàn）：通"宴"。

⑯三匝（zā）：三周。匝，周，圈。

⑰海不厌深：一作"水不厌深"。此是借用《管子·形解》中的话，原文是："海不辞水，故能成其大；山不辞土，故能成其高；明主不厌人，故能成其众……"意思是表示尽可能地接纳人才。

周公吐哺^⑱，

天下归心。

⑱吐哺：极言殷勤待士。

译 文

一边喝酒一边高歌，人生的岁月有多少。

好比晨露转瞬即逝，逝去的时光实在太多！

宴会上歌声慷慨激昂，心中的忧愁却难以遗忘。

靠什么来排解忧闷？唯有豪饮美酒。

有学识的才子们啊，你们令我朝夕思慕。

只是因为你的缘故，让我沉痛吟诵至今。

阳光下鹿群呦呦欢鸣，在原野吃着艾蒿。

一旦四方贤才光临舍下，我将奏瑟吹笙宴请嘉宾。

当空悬挂的皓月哟，什么时候可以摘取呢；

心中深深的忧思，喷涌而出不能停止。

远方宾客穿越纵横交错的田路，屈驾前来探望我。

彼此久别重逢谈心宴饮，重温那往日的恩情。

月光明亮星光稀疏，一群寻巢乌鹊向南飞去。

绕树飞了三周却没敛翅，哪里才有它们栖身之所？

高山不辞土石才见巍峨，大海不弃涓流才见壮阔。

我愿如周公一般礼贤下士，愿天下的英杰真心归顺于我。

赏 析

这首《短歌行》的主题非常明确，就是作者求贤若渴，希望人才都来投靠自己。曹操在其政治活动中，为了扩大他在庶族地主中的统治基础，打击反动的世袭豪强势力，曾大力强调"唯才是举"，为此而先后发布了"求贤令""举士令""求逸才令"等；而《短歌行》实际上就是一曲"求贤歌"，又正因为运用了诗歌的形式，含有丰富的抒情成分，所以就能起到独特的感染作用，有力地宣传了他所坚持的主张，配合了他所颁发的政令。

全诗分为四节，逐而一一分析。

第一节主要抒写了诗人对人生苦短的忧叹。第一节中有两处都提到了"酒"，酒在魏晋时期，多受到魏晋诗人的喜好。无论心情愉悦，或是悲伤，感慨时都不难找到酒的影子。本诗中，第一句话就用酒来做开头引出诗人对人生苦短的忧叹。第一节最后一句"何以解忧？唯有杜康。"其中"杜康"相传发明酿酒的人，这里也是指代酒的意思。其中我们去如何理解诗人这种人生苦短的忧叹呢？诗人生逢乱世，目睹百姓颠沛流离，肝肠寸断，渴望建功立业而不得，改变乱世局面，因而发出人生苦短的忧叹。

第二节情味更加缠绵深长了。"青青"两句原来是《诗经·郑风·子衿》中的话，原诗是写一个姑娘在思念她的爱人，其中第一章的四句是："青青子衿，悠悠我心。纵我不往，子宁不嗣音？"（你那青青的衣领啊，深深萦回在我的心灵。虽然我不能去找你，你为什么不主动给我音信？）曹操在这里引用这首诗，而且还说自己一直低低地吟诵它，这实在是太巧妙了。他说"青青子衿，悠悠我心"，固然是直接比喻了对"贤才"的思念；但更重要的是他所省掉的两句话："纵我不往，子宁不嗣音？"曹操由于事实上不可能一个一个地去找那些"贤才"，所以他便用这种含蓄的方法来提醒他们："就算我没有去找你们，你们为什么不主动来投奔我呢？"由这一层含而不露的意思可以看出，他那"求才"的用心实在是太周到了，的确具有感人的力量。而这感人力量正体现了文艺创作的政治性与艺术性的结合。他这种深细婉转的用心，在《求贤令》之类的文件中当然无法尽情表达；而《短歌行》作为一首诗，就能抒发政治文件所不能抒发的感情，起到政治文件所不能起的作用。紧接着他又引用《诗经·小雅·鹿鸣》中的四句，描写宾主欢宴的情景，意思是说只要你们到我这里来，我是一定会待以"嘉宾"之礼的，我们是能够欢快融洽地相处并合作的。这八句仍然没有明确地说出"求才"二字，因为曹操所写的是诗，所以用了典故来做比喻，这就是"婉而多讽"的表现方法。同时，"但为君故"这个"君"字，在曹操的诗中也具有典型意义。本来在《诗经》中，这"君"只是指一个具体的人；而在这里则具有了广泛的意义：在当时凡是读到曹操此诗的"贤士"，都可以自认为他就是曹操为之沉吟《子衿》一诗的思念对象。正因为这样，此诗流传开去，才会起到巨大的社会作用。

第三节是对以上十六句的强调和照应。以上十六句主要讲了两个意思，即为求贤而愁，又表示要待贤以礼。倘若借用音乐来作比，这可以说是全诗中的两个"主题旋律"，而"明明如月"八句就是这两个"主题旋律"的复现和变奏。前四句又在讲忧愁，是照应第一个八句；后四句讲"贤才"到来，是照应第二个八句。表面看来，意思上是与前十六句重复的，但实际上由于"主题旋律"的复现和变奏，因此使全诗更有抑扬低昂、反复咏叹之致，加强了抒情的浓度。再从表达诗的文学主题来看，这八句也不是简单重复，而是含有深意的。那就是说"贤才"已经来了不少，我们也合作得很融洽；然而我并不满足，我仍在为求贤而发愁，希望有更多的"贤才"到来。天上的明月常在运行，不会停止（"掇"通"辍"，"晋乐所奏"的《短歌行》正作"辍"，即停止的意思；高中课本中"掇"的解释为：拾取，采取。何时可掇：什么时候可以摘取呢？）；同样，我的求贤之思也是不会断绝的。说这种话又是用心周到的表现，因为曹操不断在延揽人才，那么后来者会不会顾虑"人满为患"呢？所以曹操在这里进一步表示，他的求贤之心就像明月常行那样不会终止，人们也就不必要有什么顾虑，早来晚来都一样会受到优待。关于这一点作者在下文还要有更加明确的表示，这里不过是承上启下，起到过渡与衬垫的作用。

第四节求贤如渴的思想感情进一步加深。"月明"四句既是准确而形象的写景笔墨，也有比喻的深意。清人沈德潜《古诗源》中说："月明星稀四句，喻客子无所依托。"实际上是说那些犹豫不决的人才，在三国鼎立的局面下一时无所适从。诗人以乌鸦绕树、"何枝可依"的情景来启发他们，不要三心二意，要善于择枝而栖，赶紧到我这边来。最后"周公"四句画龙点睛，明明白白披肝沥胆，希望人才都来归顺我曹操，点明了全诗的主旨。关于"周公吐哺"的典故，据说周公自言："吾文王之子，武王之弟，成王之叔父也；又相天下，吾于天下亦不轻矣。然一沐三握发，一饭三吐哺，犹恐失天下之士。"这话似也表达诗人心情。

总起来说，《短歌行》正像曹操的其他诗作如《蒿里行》《对酒》《苦寒行》等一样，是政治性很强的诗作，主要是为曹操当时所实行的政治路线和政治策略服务的；然而它那政治内容和意义却完全熔铸在浓郁的抒情意境之中，全诗充分发挥了诗歌创作的特长，准确而巧妙地运用了比兴手法，来达到寓理于情、以情感人的目的。在曹操的时代，他就已经能够按照抒情诗的特殊规律来取得预期的社会效果，这一创作经验显然是值得借鉴的。同时因为曹操在当时强调"唯才是举"有一定的进步意义，所以他对"求贤"这一主题所作的高度艺术化的表现，也应得到历史的肯定。

少年行四首·其一

【唐】王维

新丰美酒斗十千①，
咸阳②游侠多少年。
相逢意气为君饮，
系马高楼垂柳边。

注 释

①新丰：在今陕西省西安市临潼区东北，盛产美酒。斗十千：指美酒名贵，价值万贯。
②咸阳：本指战国时秦国的都城咸阳，著名勇士荆轲、秦舞阳都到过此地。汉时曾徙豪侠于咸阳。这里用来代指唐朝都城长安。

作者名片

王维，字摩诘，原籍祁（今属山西），其父迁居蒲州（治今山西永济西），遂为河东人。开元（唐玄宗年号，713—741）进士，累官至给事中。安禄山叛军陷长安时曾受职，乱平后，降为太子中允。后官至尚书右丞，故亦称王右丞。晚年居蓝田辋川，过着亦官亦隐的优游生活。诗与孟浩然齐名，并称"王孟"。前期写过一些以边塞题材的诗篇，但其作品最主要的则为山水诗，通过田园山水的描绘，宣扬隐士生活和佛教禅理；体物精细，状写传神，有独特成就。兼通音乐，工书画。有《王右丞集》。

译 文

新丰美酒一斗价值十千钱，出没五陵的游侠多是少年。

相逢时意气投合为君痛饮，骏马就拴在酒楼下垂柳边。

赏 析

第一首诗，写少侠的欢聚痛饮。诗开头便以"美酒"领起，因为豪饮酣醉自来被认为是英雄本色，所谓"三杯吐然诺，五岳倒为轻。眼花耳热后，意气素霓生。"（李白《侠客行》）饮酒在当时因能激发意气而被视作盛事。"斗十千"语出曹植《名都篇》"归来宴平乐，美酒斗十千"，按李白也有《将进酒》诗云："昔时陈王宴平乐，斗酒十千恣欢谑。"此诗意近李诗，不仅极言酒之珍美，而且还借前人的用语写出慷慨好客、纵情欢乐的盛况。盖游侠之饮原非独酌遣闷，其倜傥意气正在大会宾客之际才得以充分的表现。第二句言"咸阳游侠"，乃以京都侠少为其代表。游侠人物大多出身于都市的闾里市井之中，故司马迁在《史记·游侠列传》里径直称之为"闾里之侠"，咸阳为秦的国都，则京邑为游侠的渊薮也不言自明，这里不过是举其佼佼者以概全体。诗的前两句以"新丰美酒"烘染在前，"咸阳游侠"出场在后，而"多少年"则为全篇之纲。诗的后两句更进一层，写出侠少重友情厚交谊的作风。即便是邂逅相逢的陌路人，杯酒之间便能成为意气相倾的知己，所谓"论交从优孟，买醉入新丰"（李白《结客少年场行》）、"一生大笑能几回，斗酒相逢须醉倒"（岑参《凉州馆中与诸判官夜集》），正表现了他们同声相应的热情。因此，在他们开怀畅饮的豪爽风度中，还渗透着为朋友倾情倒意、肝胆相照的人情美。酒如一面镜子，映照出他们率真坦荡的人生态度。诗为人物写照，最后却宕开去以景语收束。诗人撇开楼里的场面，转而从楼外的景象落笔，其实写外景还是为内景服务的。末句中的"高楼"不仅和首句呼应，暗示了人物的豪纵气派，而且以其卓然挺立的雄姿一扫鄙陋猥琐之态；"系马垂柳"则以骏马和杨柳的意象，衬托出少年游侠富有青春气息的俊爽风致。有此一笔，使情景历历如绘，遂在表现人物豪宕气概的同时，又显得蕴藉有致。全诗用笔的跳荡灵动，也是和少年奔放不羁的性格神采相吻合的。

少年行四首·其二

【唐】王维

出身仕汉羽林郎①，
初随骠骑战渔阳②。
孰知不向边庭苦③，
纵死犹闻侠骨香。

注释

①羽林郎：汉代禁卫军官名，无定员，掌宿卫侍从，常以六郡世家大族子弟充任。后来一直沿用到隋唐时期。
②骠骑：指霍去病，曾任骠骑将军。渔阳：古幽州，今天津市蓟州区一带，汉时与匈奴经常接战的地方。
③苦：一作"死"。

译文

才从军便作汉朝的羽林郎，一开始就随将军鏖战渔阳。
谁不知道奔赴边塞是艰苦的呢，纵然战死还留下侠骨芬芳。

赏析

　　第二首诗，写游侠的出征边塞。这首诗里所说的"仕汉""骠骑"，以及下面两首诗里出现的"五单于""汉家君臣"等，都是借汉事喻唐，这在唐诗中几乎是习闻熟见的惯例。这里说少年委身事君，入仕之初便担任了羽林郎的职务。由于羽林郎宿仗卫内、亲近帷幄，地位十分重要，故非一般等闲之辈可以入选。《后汉书·地理志》云："汉兴，六郡良家子选给羽林。"由此即可见一斑。骠骑指武帝时的名将霍去病，曾多次统率大军反击匈奴侵扰，战功显赫。少年报国心切，一心想效功当世，一旦国家有事，便毫不犹豫地随军出征。边关是遥远荒寒的，沙场的搏杀更是出生入死，而主人公"明知山有虎，偏向虎山行"，这种为国献身的精神，和曹植的《白马篇》里"捐躯赴国难，视死忽如归"的少年英雄是一脉相承的。所不同的是，曹诗通篇是用第三人称的视角来加以客观的描述和赞颂，这里却借少年自己的口吻直抒胸臆：第三句以自诘的口气反挑，使文势陡起波澜，末句则以斩截之语收束，而"孰""不""纵""犹"等虚词的连用，又在接二连三的转折中不断加强语气，活脱地传达出少年从容刚毅的神情和义无反顾的决心。这种借顿挫的用笔展示人物内心世界的手法，不仅很有力度，而且进一步深化了游侠"意气"的内涵。

少年行四首·其三

【唐】王维

一身能擘两雕弧①，
虏骑千重②只似无。
偏坐金鞍调白羽③，
纷纷射杀五单于④。

注释

① 擘：张，分开。一作"臂"。雕弧：饰有雕画的良弓。

② 重：一作"群"。

③ 白羽：指箭，尾部饰有白色羽翎。

④ 五单于：原指汉宣帝时匈奴内乱争立的五个首领。这里比喻骚扰边境的少数民族诸王。

译文

一个人就能拉开两张雕弓，敌骑千重全都不放在眼中。

偏坐金鞍上从容调好羽箭，不停地射去敌酋无法逃生。

赏析

第三首诗，写少年的勇武杀敌。诗人将主人公置于孤危险恶的战争情势之中。"虏骑千重"指敌人大军压境，形成包围之势；众敌酋倾巢出动、来势汹汹，企图以优势兵力取胜。而少年以"一身"对"千重"之敌，竟能左右驰突于敌阵之中，如入无人之境，且能擒贼先擒王，将凶蛮剽悍的敌酋"纷纷射杀"，其过人的胆略和武艺已分明可见。这里把少年写成孤胆英雄，意在突出他的勇冠三军、战功卓著。诗的一、三两句，以特写镜头为少年英武矫健的身姿写照："擘两雕弧"言其多力善射，能左右开弓；"偏坐金鞍"言其鞍马功夫娴熟，能在疾驰的马背上自如地变换各种姿势；"调白羽"则是善于在运动中瞄准目标、箭无虚发。二、四两句，从对方着笔来反衬少年的艺高胆大。敌我双方的力量愈是悬殊，也就愈能表现主人公无所畏惧的英雄气概，而这种气概，又正来自于其置生死于度外的献身精神。诗中所出现的雕弧、金鞍和白羽，均是以着色之笔略加点染，本来是爱其人而及其物，这里的物又为人增色，人与物原不妨是互相辉映、相得益彰的。盛唐诗人每喜表现尚武精神，如李白自称"弯弓绿弦开，满月不惮坚。闲骑骏马猎，一射两虎穿。"（《赠宣城宇文太守兼呈崔侍御》）杜甫自述"射飞曾纵鞚，引臂落鹙鸧。"（《壮游》）王维则称赞他的一位族弟说："读书复骑射，带剑游淮阴……席帆聊问罪，卉服尽成擒。"（《送从弟蕃游淮南》）等。这些都可看作是诗中理想形象的现实依据。

少年行四首·其四

【唐】王维

汉家君臣欢宴①终，
高议云台②论战功。
天子临轩③赐侯印，
将军佩出明光宫④。

注 释

①欢宴：指庆功大宴。
②云台：东汉洛阳宫中的坐台，明帝时，曾将邓禹等二十八个开国功臣的像画在台上，史称"云台二十八将"。
③轩：殿前栏槛。
④明光宫：汉宫名，汉武帝太初四年（前101）秋建。

译 文

朝廷君臣庆功大宴方告终，高高坐在云台上谈论战功。
天子亲临殿栏赐予列侯印，将军佩着印绶走出明光宫。

赏 析

第四首诗，写游侠的功成无赏。上一首诗既已写到少年游侠的勇却群敌，那么这一首写朝廷论功行赏，他也理应是受奖的主角了。诗的前三句，极写庆功仪式的隆重和气氛的热烈：君臣欢宴、云台论功、天子临轩、封侯赐爵，正当期待中的主角出场时，领赏者却突然变成了"将军"。这里的"将军"和第二首"初随骠骑战渔阳"里的"骠骑"当是一人，指军中的主帅。"将军佩出明光宫"，也即李白《塞下曲》其三所云："功成画麟阁，独有霍嫖姚。"意谓受皇帝宠信的权贵坐享其成而血战的勇士反遭冷落。诗以烘云托月的手法反复渲染，到头来却翻作他人；而活跃在前三首诗里的主角被悄无声息地推到了局外。这种欲抑故扬的艺术处理，使诗中的不平之鸣得以强有力的表现，这里再加申说反而是多余的了。

冬夜读书示子聿①

【宋】陆游

古人学问无遗力②，
少壮工夫老始③成。
纸上得来终觉浅④，
绝知此事要躬行⑤。

注 释

①示：训示，指示。子聿（yù）：
　陆游的小儿子。
②无遗力：用出全部力量，没有一
　点保留，不遗余力、竭尽全力。
③工夫：做事所耗费的时间。
　始：才。
④觉：觉得。浅：肤浅，有限的。
⑤躬行：亲身实践。

译 文

　　古人在学习上不遗余力，年轻时下功夫，到老年才有所
成就。

　　从书本上得来的知识毕竟不够完善，要透彻地认识事物还必须
亲自实践。

赏 析

　　"古人学问无遗力，少壮工夫老始成。"赞扬了古人刻苦学习的
精神以及做学问的艰难。说明只有少年时养成良好的学习习惯，竭尽
全力地打好扎实基础，将来才能成就一番事业。诗人从古人做学问入
手娓娓道来，其中"无遗力"三个字，形容古人做学问勤奋用功、孜
孜不倦的程度，既生动又形象。诗人语重心长地告诫儿子，趁着年少
精力旺盛，抓住美好时光奋力拼搏，莫让青春年华付诸东流。

　　"纸上得来终觉浅，绝知此事要躬行。"强调了做学问的功夫
要下在哪里的重要性。孜孜不倦、持之以恒地做学问，固然很重要，

但仅此还不够，因为那只是书本知识，书本知识是前人实践经验的总结，不能纸上谈兵，要"亲身躬行"。一个既有书本知识，又有实践经验的人，才是真正有学问的人。书本知识是前人实践经验的总结，能否符合此时此地的情况，还有待实践去检验。只有经过亲身实践，才能把书本上的知识变成自己的实际本领。诗人从书本知识和社会实践的关系着笔，强调实践的重要性，凸显其真知灼见。"要躬行"包含两层意思：一是学习过程中要"躬行"，力求做到"口到、手到、心到"，二是获取知识后还要"躬行"，通过亲身实践化为己有，转为己用。诗人的意图非常明显，旨在激励儿子不要片面满足于书本知识，而应在实践中夯实和进一步获得升华。

这是一首教子诗，诗人在书本与实践的关系上强调了实践的重要性。间接经验是人们从书本中汲取营养，学习前人的知识和技巧的途径。直接经验是直接从实践中产生的认识，是获取知识更加重要的途径。只有通过"躬行"，把书本知识变成实际知识，才能发挥所学知识对实践的指导作用。本诗通过写陆游对儿子子聿的教育，告诉读者做学问要有孜孜不倦、持之以恒的精神。一个既有书本知识，又有实践精神的人，才是真正有学问的人。

南园①十三首·其五

【唐】李贺

男儿何不带吴钩②，

收取关山五十州③？

请君暂上凌烟阁④，

若个书生万户侯⑤？

注　释

①南园：泛指作者昌谷故居以南一大片田畴平地。

②吴钩：一种头部呈弯钩状的佩刀。

③五十州：指当时被藩镇所占领割据的山东及河南、河北五十余州郡。

④凌烟阁：唐代旌表功臣的殿阁。

⑤万户侯：受封食邑达一万户的侯爵，借指高位厚禄。

译 文

男子汉大丈夫为什么不腰带武器，去收复黄河南北被割据的关塞河山五十州呢？

请你暂且登上那凌烟阁去看一看，又有哪一个书生曾被封为食邑万户的列侯？

赏 析

这首诗由两个设问句组成，顿挫激越，而又直抒胸臆，把家国之痛和身世之悲都淋漓酣畅地表达出来。

第一个设问是泛问，也是自问，含有"国家兴亡，匹夫有责"的豪情。"男儿何不带吴钩"，起句峻急，紧连次句"收取关山五十州"，犹如悬流飞瀑，从高处跌落而下，显得气势磅礴。"带吴钩"指从军的行动，身佩军刀，奔赴疆场，那气概多么豪迈！"收复关山"是从军的目的，山河破碎，民不聊生，诗人怎甘蛰居乡间，无所作为呢？因而他向往建功立业，报效国家。一、二两句，十四字一气呵成，节奏明快，与诗人那昂扬的意绪和紧迫的心情十分契合。

首句"何不"二字极富表现力，它不只构成了特定句式（疑问），而且强调了反诘的语气，增强了诗句传情达意的力量。诗人面对烽火连天、战乱不已的局面，焦急万分，恨不得立即身佩宝刀，奔赴沙场，保卫家邦。"何不"云云，反躬自问，有势在必行之意，又暗示出危急的军情和诗人自己焦虑不安的心境。此外，它还使人感受到诗人那郁积已久的愤懑情怀。李贺是个书生，早就诗名远扬，本可以才学入仕，但这条进身之路被"避父讳"这一封建礼教无情地堵死了，使他没有机会施展自己的才能。"何不"一语，表示实在出于无奈。

"收取关山五十州"一个"取"字，举重若轻，有破竹之势，生动地表达了诗人急切的救国心愿。然而"收取关山五十州"谈何容易？书生意气，自然成就不了收复关山的大业，而要想摆脱眼前悲凉的处境，又非经历戎马生涯、杀敌建功不可。这一矛盾，突出表现了诗人愤激不平之情。

"请君暂上凌烟阁，若个书生万户侯。"小诗的后两句是说，请你登上那画有开国功臣的凌烟阁去看一看，又有哪一个书生曾被封为万户侯？

诗人问道：封侯拜相，绘像凌烟阁的，哪有一个是书生出身？这里诗人不用陈述句而用设问句，牢骚的意味显得更加浓郁。看起来，诗人是从反面衬托投笔从戎的必要性，实际上是进一步抒发怀才不遇的愤激情怀。由昂扬激越转入沉郁哀怨，既见出反衬的笔法，又见出起伏的节奏，峻急中作回荡之姿。就这样，诗人把自己复杂的思想感情表现在诗歌的节奏里，使读者从节奏的感染中加深对主题的理解和感受。

始闻秋风

【唐】刘禹锡

昔看黄菊与君①别，
今听玄蝉②我③却回。
五夜④飕飗⑤枕前觉，
一年颜状⑥镜中来。
马思边草拳毛⑦动，
雕⑧眄⑨青云睡眼开。
天地肃清⑩堪四望，
为君扶病⑪上高台。

注 释

①君：即秋风对作者的称谓。
②玄蝉：即秋蝉，黑褐色。
③我：秋风自称。
④五夜：一夜分为五个更次，此指五更。
⑤飕飗：风声。
⑥颜状：容貌。
⑦拳毛：拳曲的马毛。
⑧雕：猛禽。
⑨眄：斜视，一作"盼"。
⑩肃清：形容秋气清爽明净。
⑪扶病：带病。

译文

去年看菊花我和你告别，今年听到蝉叫我又返回。
五更的风声飕飕枕上觉，一年的颜状变化镜中来。
战马思念边草拳毛抖动，大雕顾盼青云睡眼睁开。
秋高气爽正好极目远望，我为你抱着病登上高台。

赏析

这首诗不同于一般封建文人的"悲秋"之作，这是一首高亢的秋歌，表现了独特的美学观点和艺术创新的精神。

首联"昔看黄菊与君别，今听玄蝉我却回"，就别出心裁地创造了一个有意有情的形象——"我"，即诗题中的"秋风"，亦即"秋"的象征。当她重返人间，就去寻找久别的"君"——也就是诗人。她深情地回忆起去年观赏黄菊的时刻与诗人分别，而此刻一听到秋蝉的鸣叫，便又回到诗人的身边共话别情。在这里诗人采取拟人手法，从对方着墨，生动地创造了一个奇妙而又情韵浓郁的意境。据《礼记·月令》：菊黄当在季秋，即秋去冬来之际；蝉鸣当在孟秋，即暑尽秋来之时。"看黄菊""听玄蝉"，形象而准确地点明了秋风去而复还的时令。

颔联"五夜飕飕枕前觉，一年颜状镜中来"，是诗人从自己的角度来写。诗人说：五更时分，凉风飕飕，一听到这熟悉的声音，就知道是"你"回来了，一年不见，"你"还是那么劲疾肃爽，而我那衰老的颜状却在镜中显现出来。这前一句是正面点出"始闻秋风"，后一句是写由此而生发的感慨；和上两句连读，仿佛是一段话别情的对话。

读到这里，颇有点儿秋风依旧人非旧的味道，然而颈联"马思边草拳毛动，雕眄青云睡眼开"，用力一转，精神顿作。到了尾联，由于有颈联"马思边草""雕眄青云"为比兴，这里的迎秋风上高台，翘首四望的形象的寓意也就自在不言之中了。"为君"二字照应开头，脉络清晰，结构完整。"扶病"二字暗扣第四句，写出一年颜状衰变的原因。但是，尽管如此，豪情不减，犹上高台，这就更表现出他对秋的爱，更反映了诗人自强不息的意志。可见前言"一年颜状镜中来"，是欲扬先抑，是为了衬托出颜状虽衰、心如砥石的精神。

作者刘禹锡晚年写的这首诗所表现出来的那种跌宕雄健的风格和积极健康的美学趣味，正是诗人那种"老骥伏枥，志在千里"的倔强进取精神和品格的艺术写照。

崖门谒三忠祠①

【清】陈恭尹

山木萧萧②风又吹，

两崖波浪至今悲。

一声望帝③啼荒殿，

十载愁人④来古祠。

海水有门分上下，

江山无地限华夷。

停舟我亦艰难日，

畏向苍苔读旧碑⑤。

注 释

①崖门：即崖门山，在广东新会县南海中，南宋末年为抗元的最后据点。三忠祠：为纪念民族英雄文天祥、陆秀夫和张世杰所建的祠堂，建于陆秀夫投海处。

②萧萧：摇动的样子。

③望帝：又名杜宇，传说中周朝末年蜀地的君主。后国亡身死，化为杜鹃鸟，每逢暮春便作哀啼，其声令人痛楚酸恻。

④十载愁人：诗人自称。诗人作此诗时明朝灭亡已十年，故云。

⑤苍苔：青苔。旧碑：指表彰三忠的碑文。

作者名片

陈恭尹（1631—1700），字元孝，初号半峰，晚号独漉子，又号罗浮布衣。广东顺德县（今佛山顺德区）龙山乡人，清初诗人。工书法，时称清初广东第一隶书高手。有《独漉堂全集》。

译 文

又吹起了萧萧的山风，崖门山下，海浪至今还在悲鸣。

荒殿里杜鹃声声啼血，奔波十年的愁苦人，前来拜谒三位忠臣。

既然海水尚被崖门分隔，何以江山没有地界限制异族入境？

舟泊崖门，我也感受到败亡日的艰难，怀着敬畏之心，阅读布满苍苔的碑文。

赏 析

开头两句"山木萧萧风又吹，两崖波浪至今悲。"苍凉沉郁，感慨遥深，为全诗奠定了悲壮的基调。诗人登上崖门山，听到萧萧的风声，似乎又见到了风雨飘摇、岌岌可危的国家局势；看见两崖的波浪，似乎又映现陆秀夫从容抱帝赴海的悲壮景象。南宋的这一幕在几百年后，南明又再次重演，诗人悲恸万分。"至今悲"三字，点明了诗人不是在单纯吊古，而更是在伤今，语极浑厚有力。

"一声望帝啼荒殿"，诗人借望帝的传说抒写亡国之痛。三忠祠的荒凉的大殿上，猛然传来一声杜鹃的啼叫，骤然令诗人想起其声中的亡国哀思，因而悲不自胜。下句"十载愁人来古祠"，大殿只有杜鹃声，而无人声，可见人们已久不来祭拜了。他们或是忘却了这三位英烈，或是迫于高压不敢来此。从清兵入关到本年，正好是十年。在这十年中，诗人时时刻刻是个"愁人"，是为故国忧愁的人。这句将诗人谒祠的用心昭示于读者：正是为了一释十年的愁苦，使愁怀有一恸之处。

"海水有门分上下，江山无地限华夷。"变客观叙事为主观抒情。"海水有门分上下"，波涛汹涌、横无际涯的大海，在海港入口处尚有上、下海门之别。"江山无地限华夷"紧对上句，大好的锦绣河山被异族占领，以至于无法分别华、夷的界限。这两句即景成对，表现了对清朝统治者的极大义愤，又能属对工切，是诗中警句。

"停舟我亦艰难日，畏向苍苔读旧碑。"诗人以三位忠烈的事迹激励自己，永葆节志。永历帝失败之后，陈恭尹曾避于江汉一带，现返回广东，故曰"停舟"。虽然结束了避难逃离的亡命生涯，但生活依然充满了艰难险厄。即便如此，诗人也决不改变初衷。"畏向苍苔读旧碑"言自己惧怕去诵读表彰三位英烈的碑文。言下之意，对自己未能像三位英烈那样舍身明志，却苟活于世深感不安。这是诗人的自责之词，但苟活尚且不安，屈节当然更不可能，所以，这句也表明了诗人誓不与清统治者合作的决心。

这首诗在韵脚的使用上很有特点，韵部本身便造成低回恳挚的语境，再加上诗人那沉重压抑的情感，使全诗从内容到形式取得了高度的统一和较强的艺术效果。

扶风豪士歌

【唐】李白

洛阳三月飞胡沙①，

洛阳城中人怨嗟。

天津流水波赤血②，

白骨相撑如乱麻③。

我亦东奔向吴国，

浮云四塞道路赊④。

东方日出啼早鸦，

注 释

①胡沙：胡尘，指安禄山叛军。飞胡沙：指洛阳陷入安禄山叛军之手。

②天津：桥名。天津桥，在县北四里。隋大业元年初造此桥，以架洛水，田入缆维舟，皆以铁锁钩连之。南北夹路，对起四楼，其楼为日月表胜之象。然洛水溢，浮桥坏，贞观十四年更令石工累方石为脚，《尔雅》"箕、斗之？为天汉之津"，故取名焉。故治在今洛阳西南洛水上。波赤血：流水为血色染红，谓胡兵杀人之多。

城门人开扫落花。

梧桐杨柳拂金井⑤，

来醉扶风豪士家。

扶风豪士天下奇，

意气相倾山可移。

作人不倚将军势⑥，

饮酒岂顾尚书期。

雕盘绮食会众客，

吴歌赵舞香风吹。

原尝春陵⑦六国时，

开心写意君所知。

堂中各有三千士，

明日报恩知是谁？

抚长剑，一扬眉⑧，

清水白石何离离。

脱吾帽，向君笑；

饮君酒，为君吟。

张良未逐赤松去，

桥边黄石知我心⑨。

③"白骨"句：谓尸首遍地之意。天宝十四载（755）十二月，安禄山攻陷洛阳，杀人如麻，骸骨成堆。

④道路赊：道路长远。赊：远。

⑤金井：井口有金属之饰者。

⑥"作人"句：作人，为人。辛延年《羽林郎》："昔有霍家奴，姓冯名子都。依倚将军势，调笑酒家胡。"此句反其意而用之，谓扶风豪士为人不依仗权势。

⑦原尝春陵：指战国时四公子：赵国的平原君、齐国的孟尝君、楚国的春申君、魏国的信陵君。

⑧"抚长剑"两句：咏自己才能非同一般。《孟子·梁惠王下》："夫抚剑疾视曰：彼恶敢当我哉？"

⑨"张良""桥边"两句：据《史记·留侯世家》，张良怀抱着向强秦复仇的志向，在沂水桥上遇见黄石公，接受了《太公兵法》一编。后来，他辅佐汉高祖刘邦，立下了不朽之功。天下大定后，他不贪恋富贵，自请引退，跟着赤松子去学仙。这里作者以张良自比，暗示自己的才智和抱负。

译文

暮春三月飞沙扬，安史胡儿太猖狂，
城中百姓怨连天，哀号不绝断肝肠。
天津桥下血成河，赤波呜咽泪不干，
郊外白骨垒成山，南隐东南我奔迁。
岂料道路尽充塞，难坏沦落士一员。
直奔吴地避战乱，旭日东升曙光显，
惊起鸟雀噪一片，开门扫除喜连连。
梧桐初发柳絮飞，雕饰华丽美井栏。
好景如画人欢畅，醉卧扶风豪士衙。
天下奇士多直爽，与我意气投又羡，
做人不以他人势，情谊深重可移山。
香风欢愉客心暖，好客乡俗照肝胆。
忽想战国养士人，原尝春陵四先贤，
真诚待士美名扬，堂中食客人数千。
今日君效前人样，礼贤下士情意长。
我抚长剑谢主忙，脱帽欢笑表衷肠。
饮君美酒歌一曲，来日报恩效张良。

赏析

此诗一开始，直写时事："洛阳三月飞胡沙，洛阳城中人怨嗟。天津流水波赤血，白骨相撑如乱麻。"这一年的正月，安禄山在洛阳称"大燕皇帝"，洛阳成了叛军的政治中心。洛城西南的天津桥下血流成河，洛城的郊野白骨如山。"我亦东奔向吴国，浮云四塞道路赊"，报国无门，空有一身匡世救国之心的诗人李白无奈只能奔往东南吴地以避战乱。

就在这时，李白遇到了"扶风豪士"。"东方日出啼早鸦"以下十句，描写在豪士家饮宴的场景。这一段写得奇宕，就是叙事过程和描写场景有很大的跳跃与转换。经这一宕，转出一个明媚华美的境界，这是闲中着色：四句赞美环境，四句赞美主人，两句赞美盛筵。这些诗句并不意味着李白置国家兴亡于不顾而沉溺于个人安乐，而不过是即事即景的一段应酬之辞罢了。从章法上说，有了这段穿插，疾徐有致，变幻层出。

李白并没有在酣乐中沉醉。铺叙过后，转入抒情："原尝春陵六国时，开心写意君所知。堂中各有三千士，明日报恩知是谁？"这里举出战国四公子，用以引发下面的自我抒怀。在战国那个动乱的时代，战国四公子各自蓄养了数千门客，其中不乏杰出人物。信陵君门客重义气、轻死生，以大智大勇协助信陵君成就了却秦救赵的奇勋，千秋万代，为人传诵。此时又逢罹乱，李白很想效仿他们、报效国家。眼前这位扶风豪士虽然不能给李白提供立功报国的现实机会，但他"开心写意"以待李白，使李白顿生知遇之感，禁不住要将胸中事一吐为快。"明日报恩知是谁"一句极为自负，大意是说：我今天受了你的款待，明日定要干出一番事情来教你瞧瞧！诗人故意用了反诘语气，将下文引出："抚长剑，一扬眉，清水白石何离离！脱吾帽，向君笑；饮君酒，为君吟：张良未逐赤松去，桥边黄石知我心。"末段表明心迹，一片真诚。南朝陈代诗人江晖有句："恐君不见信，抚剑一扬眉。"（《雨雪曲》）古乐府《艳歌行》有句："语卿且勿眄，水清石自见。"李白化用其语，以"三三七"的句法出之，"清水白石"比喻心地光明，"脱吾帽"四句益发烂漫，活画出诗人率真的天性。接着，以张良为喻。李白把张良的事迹倒转过来，说"张良未逐赤松去，桥边黄石知我心"。这两句的大意是：我之所以没有像张良那样随赤松子而去，是因为功业未成、国难当前，我更得报效国家。耿耿此心，黄石公可以明鉴。

李白七言歌行自由挥洒、不暇整饬，诗人的思想往往只包含在某些片断和句子中。《扶风豪士歌》以系念时事发端，以许国明志收束，这正是诗的本旨所在。

在狱咏蝉·并序

【唐】骆宾王

余禁所禁垣西，是法厅事也，有古槐数株焉。虽生意可知，同殷仲文之古树；而听讼斯在，即周召伯之甘棠，每至夕照低阴，秋蝉疏引，发声幽息，有切尝闻，岂人心异于曩时，将虫响悲于前听？嗟乎，声以动容，德以象贤。故洁其身也，禀君子达人之高行；蜕其皮也，有仙都羽化之灵姿。候时而来，顺阴阳之数；应节为变，审藏用之机。有目斯开，不以道昏而昧其视；有翼自薄，不以俗厚而易其真。吟乔树之微风，韵姿天纵；饮高秋之坠露，清畏人知。仆失路艰虞，遭时徽纆。不哀伤而自怨，未摇落而先衰。闻蟪蛄之流声，悟平反之已奏；见螳螂之抱影，怯危机之未安。感而缀诗，贻诸知己。庶情沿物应，哀弱羽之飘零；道寄人知，悯余声之寂寞。非谓文墨，取代幽忧云尔。

西陆①蝉声唱，

南冠②客思侵。

那堪玄鬓③影，

来对白头吟④。

露重飞难进⑤，

风多响易沉⑥。

无人信高洁⑦，

谁为表予心⑧。

注释

①西陆：指秋天。

②南冠：楚冠，这里是囚徒的意思。

③那堪：一作"不堪"。玄鬓：指蝉的黑色翅膀，在此欲指自己正当盛年。

④白头吟：乐府曲名。

⑤露重：秋露浓重。飞难进：是说蝉难以高飞。

⑥响：指蝉声。沉：沉没，掩盖。

⑦高洁：清高洁白。

⑧予心：我的心。

作者名片

骆宾王（约619—约687）字观光，汉族，婺州义乌人（今浙江义乌）。与王勃、杨炯、卢照邻合称"初唐四杰"。又与富嘉谟并称"富骆"。高宗永徽中为道王李元庆府属，历武功、长安主簿，仪凤三年，入为侍御史，因事下狱，次年遇赦，调露二年除临海丞，不得志，辞官。有集。骆宾王于武则天光宅元年，为起兵扬州反武则天的徐敬业作《代李敬业传檄天下文》，敬业败，亡命不知所之，或云被杀，或云为僧。

译文

囚禁我的牢房的西墙外，是受案听讼的公堂，那里有数株古槐树。虽然能看出它们的勃勃生机，与东晋殷仲文所见到的槐树一样；但听讼公堂在此，像周代召伯巡行在棠树下断案一般。每到傍晚太阳光倾斜，秋蝉鸣唱，发出轻幽的声息，凄切悲凉超过先前所闻。难道是心情不同往昔，抑或是虫响比以前听到的更悲？哎呀，蝉声足以感动人，蝉的德行足以象征贤能。所以，它的清廉俭信，可说是秉承君子达人的崇高品德；它蜕皮之后，有羽化登上仙境的美妙身姿。等待时令而来，遵循自然规律；适应季节变化，洞察隐居和活动的时机。有眼就瞪得大大的，不因道路昏暗而不明其视；有翼能高飞却自甘淡泊，不因世俗浑浊而改变自己本质。在高树上临风吟唱，那姿态声韵真是天赐之美，饮用深秋天宇下的露水，洁身自好生怕为人所知。我被处境困扰，遭难被囚，即使不哀伤，也时时自怨，像树叶未曾凋零已经衰败。听到蝉鸣的声音，想到昭雪平反的奏章已经上报；但看到螳螂欲捕鸣蝉的影子，我又担心自身危险尚未解除。触景生情，感受很深，写成一诗，赠送给各位知己。希望我的情景能应鸣蝉征兆，同情我像微小秋蝉般的飘零境遇，说出来让大家知道，怜悯我最后悲鸣的寂寞心情。这不算为正式文章，只不过聊以解忧而已。

秋天蝉儿在哀婉地鸣叫，作为穷徒的我，不由得生出了阵阵悲伤。

我虽不到四十岁已是满头白发，哪还经得起那如妇人黑发般的蝉儿哀鸣的侵袭。

秋露浓重，蝉儿纵使展开双翼也难以高飞，寒风瑟瑟，轻易地把它的鸣唱淹没。

虽然蝉儿居高食洁，又有谁能相信我的清白，代我表述内心的沉冤？

赏析

这首诗前有一段序，而一些唐诗选本往往只录诗，对序则弃而不录。其实这段序文与诗是一有机整体，诗中比兴寓意，亦即自然之物与人格化身的契合，是以序文的铺叙直言为前提的。欲解两者契合之妙，不可不读这首诗的序。

此诗正文起两句在句法上则用对偶句，在作法上则用起兴的手法，以蝉声来逗起客思，诗一开始即点出秋蝉高唱，触耳惊心。接下来就点出诗人在狱中深深怀想家园。三、四两句，一句说蝉，一句说自己，用"那堪"和"来对"构成流水对，把物我联系在一起。诗人几次讽谏武则天，以至下狱。大好的青春，经历了政治上的种种折磨已经消逝，头上增添了星星白发。在狱中看到这高唱的秋蝉，还是两鬓乌玄，两两对照，不禁自伤老大，同时更因此回想到自己少年时代，也何尝不如秋蝉的高唱，而今一事无成，甚至入狱。就在这十个字中，诗人运用比兴的方法，把这份凄恻的感情，委婉曲折地表达了出来。同时，白头吟又是乐府曲名。相传西汉时司马相如对卓文君爱情不专后，卓文君作《白头吟》以自伤。其诗云："凄凄重凄凄，嫁娶不须啼，愿得一心人，白头不相离。"（见《西京杂记》）这里，诗人巧妙地运用了这一典故，进一步比喻执政者辜负了诗人对国家一片忠有之忱。"白头吟"三字于此起了双关的作用，比原意更深入一层。十字之中，什么悲呀愁呀这一类明点的字眼一个不用，意在言外，充分显示了诗的含蓄之美。

接下来五、六两句，纯用"比"体。两句中无一字不在说蝉，也无一字不在说自己。"露重""风多"比喻环境的压力，"飞难进"比喻政治上的不得意，"响易沉"比喻言论上的受压制。蝉如此，诗人也如此，物我在这里打成一片，融混而不可分了。咏物诗写到如此境界，才算是"寄托遥深"。

诗人在写这首诗时，由于感情充沛，功力至深，故虽在将近结束之时，还是力有余劲。第七句再接再厉，仍用比体。秋蝉高居树上，餐风饮露，没有人相信它不食人间烟火。这句诗人喻高洁的品性，不为时人所了解，相反的还被诬陷入狱，"无人信高洁"之语，也是对坐赃的辩白。